警視庁捜査二課・郷間彩香
特命指揮官

梶永正史

JN210784

宝島社
文庫

宝島社

目次 Female Mission Commander

警視庁捜査二課・郷間彩香

特命指揮官

プロローグ

小さな紫色の花。ゲンゲというのが、その名前だった。

「ゲンゲ畑は春の風物詩。稲を植えるまでのわずかな間しか見られない」

父はそう言った。

山と川と田んぼという、絵に描いたような田舎の風景。その田んぼ一面を、鮮やかな紫が埋め尽くす――。

私がまだ幼い頃、父に連れられて訪れたのは、そんな所だった。記憶が確かならば、そこは山口県の八代という村だ。ゆかりはないだろうが、同じ苗字の演歌歌手がいたから、なんとなく覚えている。

それに、父と出かけた記憶は極端に少ないから、遠い昔のゲンゲ畑のことを今でも忘れないでいられるのだろう。

私の海馬の奥深くには、そのとき出会った少女の姿が刻まれている。私は彼女のことを〝ゲンゲねぇね〟と呼んでいた。訪れた田舎町で出会い、数日を過ごしただけの間柄だが、今でも彼女は、私の記憶の中で大きな存在感を維持している。

ゲンゲねぇねを思い出す時にイメージする色は白だ。それは、花の色というよりも、彼女が白いワンピースを着ていたからだろう。記憶の中の映像がハレーションを起こすほどに眩《まぶ》しい。

二人で畑を駆け回り、ひたすらゲンゲをつんだ。そのゲンゲで、あの人は髪飾りを作ってくれた。シロツメ草もつんだ。混ぜて輪っかにして、お互いの頭に被せた。化粧も教えてくれた。もちろん子供のすることだから、ただの真似ごとでしかないが、化粧のやりかたを知っているだけでずいぶんと大人に思えた。

私は、少し前に母親を亡くしていたから、その行為に、大人の女性、母性のようなものを無意識に感じ取っていたのかもしれない。

同じ歳の頃の少女を思い浮かべて「あの人」というのは、そういったことに起因しているのだろう。

ゲンゲねぇね——本当の名前は知らない。さらに言うと、会話をした記憶もない。たぶん、彼女は喋れなかったのだと思う。彼女が発した言葉でかろうじて覚えているのは、「トモダチ」と「おけしょう」のふたつだ。どちらもひどく聞きづらかった気がするし、実際はそう言っていなかったかもしれない。

それでどうやって意思の疎通ができていたのかはわからないが、子供というのは時として非言語的な方法でいとも容易くコミュニケーションを成立させてしまう。

例えば訳のわからないことを叫びながら走り回る。

そのリズムは、今でも唐突に蘇り、頭のなかでぐるぐるとリフレインすることがある。

クックルー！　クケセ！　クックルー！　クケセ！

なにこれ。子供の思考回路はまったく理解できない。たとえそれが自分のものであっても。


三十分で一万円も取る私のカウンセラーは、それを妄想だと言ってのける。当時見た夢や様々な曖昧な記憶が長い時間の中で融合したものだと。

ストレスにさらされると、心は寄りどころを求める。かつて優しさに包まれていた記憶に身をおくことによって、解放されたいと思っている、らしい。

それにしたって、なんで子供の頃なの？

——記憶がはっきりしている状況では、現実から離れたことにならないでしょ。

でも、現実感があるんだけど。

——じゃぁ、その子とどんな話をした？

んー、そういえば、会話してないかも。

——じゃあ名前は？

んー、わからない。でもトモダチって認識はあったけどなぁ。

——知らないの？　それとも忘れたの？

どちらかというと……知らない、かな。

——でしょー。

なにが「でしょー」なのかわからないが、お見通しなのよ、というその姿勢に辟易してても、カウンセリングを受けに来ている時点で強がりを言える立場ではない。

で、仮にゲンゲねぇねが私の作り上げた妄想だったとしても、それが突然現れた原因というのはやっぱりストレスなのだろう。

やっぱり疲れてんのかなぁ、私。今の仕事、実は向いてないのかしら。

あぁ、一杯やりたい気分だわ。

第一章

事件を把握するための猥雑な交渉

【一四：三〇】銀行

あぁ、フローズン生が飲みてぇなぁ。

今日みたいな残暑厳しい日に、しかもまだ明るいうちに飲むってのは最高だろうなぁ。

丸山《まるやま》はまだ仕事中であることを思い出し、こっそりと喉を鳴らして妄想を追い払った。

目の前には銀行の支店長がソファーに浅く座り、少し前屈みになって自分の半生を得意げに語っている。

本人の話によると、支店長は大阪市生野区に在日朝鮮人二世として生まれ、差別を受けたこともあったが、それをバネにして東京の一流大学へ進み、卒業後に入ったこの銀行に今もいる。決して順風満帆ではなかったが、その都度逆境をはねのけながら今の地位に至る。

そんな話を、百均で買った手帳に、やはり三本百円のボールペンで文字に変換していく。どんなに輝かしい人生も、合わせて二百円足らずの文房具で書き写されれば、とたんに安っぽく見えてくるから不思議だ。

いや、それは道具ではなく俺の能力によるところなのだろうか。

仮にささやかな文才があるとしても、フローズン生の存在が、その能力を確実に半減させていた。

「芸術的な奴ぁいらねぇ。湧き上がる使命感や情熱をガソリンにして突っ走る奴が、本当のジャーナリストだ」

これは駆け出しの頃に世話になった先輩からの、ありがたい言葉だ。しかし、ガソリンはとうの昔に尽き、今のエネルギー源はアルコールとエイヒレになっている。

ふと気付けば、話は別の方向へ向かっていた。

明治政府による韓国併合にはじまり、今の国会にも蔓延《まんえん》する陰謀話になっている。差別されてきたことに対する反発だろうか。それは結婚の障害にもなったらしく、笑顔は浮かべているが根は深いように思えた。書類上の国籍が日本でも、心の祖国は違うようだ。

サッカーでも野球でも、日韓戦だと緊張感が違うもんな。

ちなみに、この件についてはメモを取っていない。国際問題や政治、これらの問題に万人受けする答えは存在しないからだ。

迂闊《うかつ》にも言われたことをそのまま書いてしまいました。私の本意ではありません――と言っても治まらないこともある。そして思わぬところから攻撃されることになり、結果的に仕事が減る。

ここは大きめの写真を載せて記事を絞ろう。特に政治ネタは、もう懲りた。

今日の取材相手が銀行の支店長ということで、身なりを整えた方がいいだろうと考え、最近はめったに着ることのなかったジャケットを押入れから引っ張り出してはみたものの、衣服に回す金はなく、まともに着られるのは十年前に買った冬用しかなかった。貧乏でもせり出す腹のせいで、ジッパーは上がり切っていない。

脇の下を汗が走るのが感じられ、アゴにできた瘡蓋《かさぶた》も気になる。出がけに、慌てて無精髭《ぶしょうひげ》を剃《そ》った時にできた傷だ。

そんなわけで、熱を閉じ込められた体は、さっきからビールを飲ませろと訴えている。どーでもいいが、エアコン効いてねぇんじゃねぇか？ エコかなんか知らねぇが、やり過ぎは不快だ。社会を不愉快にさせてなんの得があるってんだ。仕事にだって集中できねぇならかえって非効率じゃないか。

「いやぁ、ところが、これが意外な展開になりましてね」

支店長の人生大逆転のはじまりに、丸山は霜をまとったビヤジョッキの妄想をいったん脇に置いた。それからキュウリが眼鏡をかけたような顔に一瞬だけ目を向けて、また手帳を一枚めくった。

丸山はジャーナリストだった。かつては政治家や財界人など権力者らの秘密を次々と暴き、その歯に衣を着せぬ言い方がずいぶんもてはやされた。

もともと飛び抜けた文才があるわけではないが、かと言って他にできることもない。それまで見下されてきた反発で、ヤケクソで業界のお偉いさんに噛《か》みついたら、これがウケた。過激なことを言っていれば金が貰え、しかも尊敬されるのが愉快だった。そのうち、積み上げたものを失う焦りや、意地のようなものに支配され、ペンを牙にすることがカッコいいと勘違いした。中身を理解せず、自分の意見すらも持たずにとにかく批判することで注目されようとした。

しばらくは良かった。

しかし、真実を見抜く力――持っていたとすればだが――そんなものが衰えていたのかもしれない。ヤマの大きさに目が眩《くら》み、足をすくわれた。

ある日、ヘマをしたのだ。ある政治家の女関係と腐敗をスクープしたつもりが、根拠のない捏造《ねつぞう》だと訴えられ、逆につるし上げられた。

あれから五年、業界からも干された格好だ。調子に乗った自分に女も愛想を尽かし、去った。

「丸山さんは、おいくつになられますか」

「今年で五十になります」

「じゃぁ、私と同じバブル世代ですね。将来の蓄えは十分ですか」

十分なわけがない。むしろ、長生きすればするほど苦労するのは目に見えている。

最近の仕事といえば、昨日が戸越銀座の名物コロッケの取材だったが、その前は何だったのか。いちいち覚えていられないほどの小さな仕事を、かつての仲間から分けてもらっている。いくらにもならない仕事ですら、いくらも巡ってこない。

そして今日は渋谷にある新世界銀行に来ていた。銀行の社内報に載せる、支店長の記事を書くためだ。

内容は学級新聞レベルだが、仕事がある分ありがたく思わなければならない。

ほぼ一方的だった支店長の話を聞き終わり、丸山は支店長室を出た。ここは地下一階で、すぐ奥には金庫室のプレートが貼られた扉があった。その向こうは見えなかったが、映画に出てくるような、分厚い金属の丸い扉が、蛍光灯の光を鈍く反射させながらゆっくりと開いていくのを想像した。そして、そこには山積みになった札束。どのくらいの金があるんかなぁ。少し分けてくれんかな。俺の人生の悩みの九割は金で解決できるんだがなぁ。

丸山さん——と呼ばれ、妄想の世界から戻ってくると、支店長が階段の三段目と四段目それぞれに足を置き、惚《ほう》けた顔を浮かべる丸山を待っていた。彼は肩をすくめ、金庫なんて全然気にしていませんよ、的な笑顔を浮かべてみせたが、自分でもかえって怪しく思えた。

丸山は手のひらで膝を突き伸ばすようにして階段をのぼった。踊り場で折り返したところで、一階の壁一面にはめ込まれたガラスから差し込む外光の不意打ちを受けた。その健全な光は、まだ夕方と呼ぶには早い時間であることを、気怠《けだる》さを訴える身体《からだ》に思い知らせたが、丸山は、ささやかな抵抗を見せるように顔をしかめた。

そこから見える渋谷の街。歩く人の数は思ったより少なかった。繁華街における昼と夜の人口が入れ替わる刹那の、凪模様《なぎもよう》に思える。

新世界銀行渋谷支店は、老舗デパートの一階と地下部分にあり、さほど広くないスペースに、一般業務の窓口が押し込められている。

カウンター越しに札束を数える若い女性行員を恨めしそうに眺め、理不尽な不公平感に襲われながら、支店長に別れの挨拶をした。

「では、今日はありがとうございました。私はATMでお金を下ろして帰りますので」

ここで結構です、の意味を込めて頭を下げた。

「下ろすだけじゃなくて、たまには預けてくださいね」

支店長は丸山にとって悪い冗談にしか思えないようなことを言い、背を向けた。

あんたの半生を取材した原稿料なんて、二日分の飲み代にしかならない。しかも安酒場でだぜ。預ける金なんてあるわけがねぇじゃん。

丸山はヨレヨレのジャケットの内ポケットから財布を取り出す。キャッシュディスペンサーに向かい、パーティションポールで仕切られた通路を左右に進む。閉店間際で誰も並んでいないのに、どうしてこんなに遠回りさせるのか――という疑問は今の彼には浮かばなかった。疑うことをせず、システムには従うことが何よりも大切だと思っていた。特に前回の失態からは。

五台ほど並んだキャッシュディスペンサーの入口側に、女がひとりいた。すらりとしたスタイルで、真っすぐな黒髪が肩甲骨のあたりまで伸びている。薄手の白いブラウスに透けるブラジャーのラインに、意識せずとも目が向いてしまう。

どうしたらあんな女とヤレるんだろう。

そんな妄想の前に、昨日の〝名物コロッケ〟の締め切りが立ちはだかる。

ああ、そっちもまだヤッてねぇ。

分厚い財布を開き、キャッシュカードを取り出した。かつて、財布を膨らませていた札束は消え、今の主役はレシートだ。精算できないと分かっているものでも、貧乏が身につくと、なぜか捨てられないでいた。

どこで間違ってしまったのだろう。丸山はよく、そうつぶやく。

アツアツのコロッケではなく、身体が燃えるようなアツい仕事がしたい。そして、彼をあざ笑う同業者や、彼を捨てた女を見返してやりたいと思う。それが生きる唯一のエネルギーになっている。

身体だけは熱い。

それはそうだ。冬物のジャケットを着ているのだから。とりあえずビールだ、フローズン生だ。

キャッシュカードを機械に飲み込ませ、暗証番号を押そうとしたとき、ふと風を感じて入口に目をやると、ちょうど三人の男が入ってきたところだった。先頭は赤系のアロハシャツを着た中年男。暑そうだな、と思ったのは、その後に続く二人が黒い目出し帽をかぶっていたからだ。

動くな。床に伏せろ。手をあげろ。

そんなことを言っている。どういう意味だろう、と丸山は首を傾げた。

目出し帽の二人はかなりの身長差があり、背の高い方――だいたい一九〇センチくらい――が大股で近寄ってきた。そして、彼より入口に近いキャッシュディスペンサーの前に立っていた奇麗な髪の女にいきなり平手打ちした。丸山は呆気《あっけ》にとられ、彼のほうに倒れ込んできた彼女を受け止めることができなかった。

悲鳴があちこちから響いた。

伏せろ、とまた指示が飛ぶ。今度は皆が従った。丸山も理解が追いつかないまま言われるとおりにする。

この状況にあっても、意識はしばらくフローズン生にしがみついていたが、目の前で起こっているのが現実なのだと理解するにつけ、ようやく諦めがついた。

しばらくフローズン生はお預けだ。

銀行強盗に巻き込まれたということを、丸山の脳は明確に認識した。

【一五：〇〇】警視庁

郷間《ごうま》彩香《あやか》は、両の手のひらを上に向け指を軽く握ると、人差し指から小指に向かい、一本ずつ親指の腹で爪を撫でていった。これは、彼女が考えごとをする時の癖であり、決まって左手の人差し指から始まり、右手の小指に移動して、また戻ってくる。今日は二往復したところで動きを止めた。その答えが見つかったからではなく、爪の根元に注目すべき点を認めたからだ。

エレガントかつ優雅がコンセプトだったジェルネイルが、大陸移動のように二週間分押し出され、爪の半月が見えていた。

やだ。ネイルサロンに行かなきゃ。最近は忙しかったからな……。

彩香の所属する警視庁捜査二課は、主に企業犯罪や政治家の汚職などを捜査する部署だ。

数ヶ月前に大手企業の収賄の情報があり、ここ一ヶ月は机にへばりつき、書類に埋もれながら、もくもくと数字を精査する日々を送っていた。しかしその甲斐《かい》もなく、まだ起訴に結びつけられるようなものはなかった。このままではまた東京地検に先をこされてしまう。

湧き上がった疲労が両肩にぶら下がった。こちらがどんなに疲れていても遠慮なく飛びついてくる、甥っ子のようだ。

背もたれの限界に挑むように思い切り身体を預けると、鼻息を吐いた。

彩香は大学四年のとき、警視庁の採用試験を受けた。男手ひとつで育ててくれた父が刑事だったこともあり、幼い頃は下校すると警察署で食事をとったり、署員に宿題を手伝ってもらったりと、我が家のように過ごすことも多かったため、警察官になることは当然のことのように思えた。警察官が市民のために日夜駆けずり回る姿を見て育ってきたからか、街行くＯＬの姿にどうしても自分を重ねられなかったのだ。

警察学校を卒業し、赤羽警察署に配属されると、物怖《ものお》じしない性格と負けん気の強さが気に入られたのか、交通課から地域課に引き上げられ、そして巡査部長の昇進試験に受かったのを機に、渋谷署刑事課へと取り立てられた。父のように強行犯ではなく、窃盗犯を追う「泥棒刑事」だった。

毎日質屋を回り、盗品が流れていないか目を光らせる日々。その頃、父が異動になった本庁捜査一課のような華やかさはなかったが、刑事としての誇りのようなものを感じていた。

彩香が三十歳になった年はいろんなことがあった。まず、男と別れた。次に昇進試験に合格し警部補になった。多くの先輩を追い抜いての昇進で、ずいぶん早いなともてはやされながら警視庁捜査二課に配属された。そして、その年の暮れ、入れ替わるように父が他界した。癌《がん》だった。

それから二年、全力で突っ走ってきた。今では先頃退職した主任の代理を務め、年上の部下もいる。

周りからは、出世と引き換えに女の幸せを捨てたと言われている。

飲み会の席などでは、「付き合ったら飯の食い方まで指示されそうだ」とか「小遣いも領収書を提出しなければならない」とか「何をするにも稟議書《りんぎしょ》が必要」など、冗談に見せかけた本音を言われ続けている。

「郷間は男の理想が高すぎるんだよ、チョモランマ級だから、誰も登頂できないんだ。それに『郷間』だけに『傲慢』。なんちゃって！」

上手いこと言ったと思っている前主任のドヤ顔が浮かぶ。

バカ言ってんじゃないっつーの、と心で毒づく。私はただ一生懸命にやってきただけなのに、どうしてそんな風に言われなきゃならないのよ。私の人生に一片の後悔もないわ！

それでも、世の中の恋人たちがはしゃぐような季節のイベント毎に、寂しさを感じてしまうことは、自分でも認めている。

男イコール幸せではないのだろうが、やっぱり、いなきゃいないで寂しくもなる。

確かに仕事ではそれなりに結果を残してきたと思う。この先、今より責任のある立場にもいけるだろう。でもプライベートにおいて女の幸せと呼べるものを手に入れただろうか。

ないなぁ。

決して女を捨てたわけじゃない。化粧もするし、着る物にも気を配っている。スッピン美人ではないからこそ、その辺の女よりも準備には時間をかけているつもりだ。

今日も完璧。キートンの黒の上下にバレンシアガのバッグ。ＩＷＣの腕時計をはめ、靴は八センチヒールのクリスチャンルブタン。ちなみにバッグと靴はまだリボ払い中だ。

緩く巻いた黒髪を肩にふわりと乗せ、前髪は涼しげな目を邪魔しないよう額の左上から楕円《だえん》軌道を描きながら右耳の前へ。

うん、間違いなく似合っている。すれ違う男の視線を感じる確率は、最近は低くなったとはいえ、まだまだイケてる、と思っている。

唯一の例外はブラウス。以前、張り込みが続いたとき、洗濯する時間がなくてストックを使い果たした際に地元の押上商店街で購入したものだ。今朝は寝坊したうえに、眉描きに時間がかかり過ぎ、慌てて着たのが一九八〇円のそれだった。

とにかく、見た目は決して悪くないはずなのに、例えばどうして総務のあの女が先に結婚するのよ。しかも割とイケメンの刑事と。彼氏はネット犯罪の捜査員らしいが、彼女の猫系キャラの裏側の腹黒いところまではつかめなかったようだ。

ふぅ。

あたりを見渡すが、恋愛レーダーに反応はない。今まで一度たりともない。つまり、私にはいい出会いがないってことなのよね。

しかしながら、職場で出会いがあるとしたら相手は警察官か犯罪者である可能性が極めて高いわけで、そのどちらも遠慮したい。

今年の初詣では奮発して五百円玉を投げ入れ、『いい出会い』を頼んでみたのだが、一年もすでに三分の二を過ぎている。

どうなってんのよ神様。五百円でダメなら、いくら出せばいいの？　ねぇマジで。

彩香はボールペンを握る手に必要以上に力を込めていたことに気がついた。小刻みに震えた指先は白くなっている。

先日の健康診断で、年齢欄に三十二と記入して我ながら驚いた。きっと何年後かにまた振り返って、同じようにため息をつくのだろう。

恋愛レーダーの範囲を少し広げようかしら。プラスマイナス十歳くらい。んー、プラスはともかく、マイナス十はまずいか。

蛍光マーカーが幾筋も引かれた資料の上にペンを投げ捨て、やはりため息をつき、机の上に突っ伏した。

「お疲れですね、主任」

この時間、ただひとり残って作業していた部下の鈴木《すずき》くんが声をかけてきた。彼はまだ三十になったばかり。身体は小さいが水泳で全国大会にも出ていたらしく、がっちりとした逆三角形をしている。好青年で恋愛レーダーの範囲内ではあるが、部下はさすがにまずいか。

「主任代理よ。でもみんなのおかげで助かっているわぁ」

彩香が暫定で指揮を執っている二係は、彼らのような、若い力に支えられている。やるべきことは山ほどあるが、こういう子には逆のことを言ってしまう。

「帰れるときは帰ったら？　せっかくの金曜だし、たまには彼女とデートでもしてあげなよ」

「そんな人はいませんよ」鈴木くんはいつも爽やかに笑う。「ところで主任……代理。今日、みんなで飲みにでも行こうかって言ってて」みんなというのは係員、彩香の部下たちだ。「他の連中は出先から新橋に直行するんですけど、たまには主任もどうですか？　こんな暑い日はフローズン生っすよ」

凍った泡が褐色の液体と共にジョッキにつがれているのを想像して、喉の渇きが加速した。

行きたい……。ただ、一緒に行けば、部下に気を遣わせることになるのではないか、という気がしてしまう。はじめは、それなりに弾む会話もそのうち皆が賢明に話題を探そうとする妙な空気になる。三十二歳、独身の女上司と仕事以外に何を話す？　会議の延長のような会話。そして早々に解散し、彼らは二次会に行き、私は電車に揺られながら押上のマンションにひとり帰る。

そこまで想像して、いつも躊躇《ちゅうちょ》してしまう。

しかし、今日はそれでもいいかと思った。小さくても、こういった何気ないアクセントが、このぼんやりとした日常の霧を払うきっかけになるかもしれない。人生に〝張り〟のようなものが欲しい。

「そうね……行こうかしら」

「えっ！」

なによ、誘った方が驚いているじゃない。でも部下の気持ちを推し量るのはやめた。行くって言ったら、私は行くの。男なら言ったことに責任をとりなさい。

彩香は心で笑いながら、書類の束をまとめはじめた。それまでに、やることはやっておかないと。

その時、天井からガサッと音がした。館内放送のスイッチが入ったのだ。

『首都方面本部から一斉通達。本日午後三時頃、渋谷区宇田川町、新世界銀行渋谷支店において立てこもり事件が発生。犯人、人質の人数については不明。各員においては追って指示があるまで待機。以上』

彩香は背筋を伸ばして周囲を見渡した。刑事部二課と三課は同じフロアに押し込まれていて、書類棚などで仕切られながら二百近い数の机が島をつくりながら広がっている。ほとんどは捜査に出ているのか、実際に座っている課員は四分の一ほどだが、そのほとんどは今の放送を聞き流したかのように仕事を続けている。

この手の通達はときどきあるが、銀行強盗のような強行犯の場合は二課の出る幕ではなく、捜査一課の特殊犯捜査係が対応にあたる。地下鉄サリン事件のような大規模なテロなんかでなければ、課を越えてまでお呼びはかからないであろうことを知っているのだ。

ただ、事件が解決しないうちにビールというのも不謹慎な気がする。早期解決とならなければ、今日はお預けか。

彩香は安心したような、寂しいような気になった。

「そういえば主任はもともと渋谷署でしたよね」

「だから代理だって。ええ、きっと今頃は大変な騒ぎでしょうね」

宇田川町といえば、渋谷駅を挟んで渋谷署の反対側に位置する。ハチ公口スクランブル交差点からセンター街を擁する、特に人が集中するエリアだ。金曜の夜ともなれば、現場はかなりの混乱をきたすだろう。

突然、携帯電話が震えて机の上を飛び跳ねた。彩香はディスプレイを確認し、懐かしい相手に声をかけた。

「噂《うわさ》をすればなんとやら。タケさん、ご無沙汰をしてます。まだ引退してないの」

竹下《たけした》は渋谷署の刑事で、もう定年が近いはずだ。渋谷署時代には随分としごかれた。足でかせぐタイプの刑事で、彩香も靴を何度買い換えたかわからない。安いランニングシューズを何足も買って後をついて回った。いわば彩香の師匠だった。それが今や同じ警部補だ。

『よう、お嬢。元気にしとったか。偉くなったらワシなんか老いぼれには見向きもしなくなったな』

そう言って笑う。けれども、昔話がしたいわけではないなというのは声でわかった。

「タケさん、銀行の件、大丈夫なの」

『あぁ、もうしっちゃかめっちゃかだよ。池尻の機動隊も入り混じって付近を封鎖してる。それからSITも到着した。なにしろこれから人が増える。特に野次馬が酷い』

SITは捜査一課内に設けられた特殊犯罪を担当する組織で、特に立てこもりなどの案件において、犯人との交渉や、武装したうえでの突入まで対応する。

「まぁ、連中に任せておけば大丈夫でしょ。タケさんは甘栗でも食べながら見物してればいいわよ」

『お嬢が来たら引き継ぎして、そうさせてもらうよ』

「もう歳なんだから、あんまり無理しないでね……へぇっ？」

変な声を出してしまい、何人かが怪訝《けげん》な顔を無遠慮に向けた。

「私が来たらって、どういうこと？　私は……ちょ、ちょっと待って」

彩香は通話口を手でふさいだ。鈴木が二つ離れた席で、持ち上げた受話器を指差している。

「主任代理、お電話です」

「折り返すと伝えて」

「でも、そのぉ、刑事部長ですが……」

両者を天秤《てんびん》にかけるまでもなく、優先すべき相手は刑事部長だ。彩香は竹下に、かけ直す、と伝えると、携帯を持った手とは逆の方で受話器を上げ、赤く光るボタンを押した。

「郷間です」

『野呂《のろ》だ、突然で悪いが君に頼みたいことがある』

「はい、何でしょうか」

『渋谷で銀行立てこもり事件が発生している』

「たった今聞きました」

『そうか、すまないが至急現場に向かい、指揮を執ってくれ』

頭に浮かんだ疑問を言葉に変換する前に、野呂が言った。

『先ほど人質になっていた老婆が解放されたんだが、犯人からのメッセージを預かっていた。そこに、現場の指揮および交渉は二課の郷間警部補にさせろと書かれていた』

彩香はしばらく考えて、ようやく口を開いた。

「二課の郷間というのは全国にどれくらい……」

『警視庁捜査二課郷間警部補、というのはひとりしかいない』

「すいません、意味が分かりません。まったく部外の私がなぜ?」

『分からない。しかし、少なくとも犯人は君のことを知っているようだ』

「でも私は電卓女ですよ。立てこもり事件を取り扱ったことなんてありません」

庁内で言われている自分のあだ名を出した。

彩香は捜査対象を主に数字で追いつめる。金の流れを追うのだ。そんなとき、自分では気付いていないが、親の敵のように電卓を叩《たた》きまくるところからきているらしい。そういえば、今の電卓は三台目だ。

あだ名はもうひとつある。〝半マロ〟。肘を付き、頭を抱えている間に片側の眉が消えていることがあり、それが麻呂のようになっているかららしい。

つまり言いたいのは——。

「銀行強盗、さらに立てこもり犯との交渉なんて務まりません」

『全力でフォローする』

手柄を上げれば、キャリアアップにつながるかもしれない、という欲はないわけではないが……ムリムリムリムリムリ、絶対無理。なにしろ人の命がかかっているのだ。

「おじさん」思わず言ってしまった。

一介の刑事だった彩香の父とキャリアの野呂は、立場は違っていたが仲が良く、母を幼い頃に亡くしていた彩香は、野呂宅に世話になることも多かった。父は捜査が長引いて年頃の娘をひとりにしてしまう心配から解放されたし、子供のいない野呂夫妻は娘同然の扱いをしてくれた。特に野呂夫人である光子は、母親の記憶が薄い郷間にとってまさに母代わりだった。

入学、卒業、成人式など、事ある毎におはぎを作り、誰彼かまわず分けて回った。本庁勤めが決まった時などは桜田門に乗り込んで、特製おはぎを配り歩いた。ウチの娘をよろしくお願いします、と。

気持ちはありがたかったが、その一件は今でも「おはぎテロ」として警視庁内で逸話になっている。

『彩ちゃん、申し訳ないが頼まれてくれないかな。危険な目にはあわせない。犯人が誰なのか、そしてその意図が分かるまででいい。そこで次の手を考えるから』

勤務中は厳しい野呂も、この時は「おじさん」モードになっていた。警視庁内で二人が直接話すことはあまりないが、会うと、時々こういう口調が入り混じる。

まぁ、そもそも選択の余地がないことは理解している。犯人は自分のことを知っているのだから、そこを糸口に相手が誰なのかを探ることは当然だ。

「分かりました。現場には渋谷署の竹下さんがいるはずですので、まずはそちらに合流し、状況を聞きます」

『すまんが頼んだ。現場にはSITもいるし、対策本部は捜査一課長に任せてあるから心配はいらない。なにかあれば直接連絡してくれ』

彩香は電話を切ると、プレイリードッグのように様子を窺《うかが》っていた鈴木くんにお手上げのポーズをした。

フローズン生は、お預けだ。

金曜日の渋谷。ただでさえ人が溢《あふ》れるハチ公口のスクランブル交差点は、警察によって規制がかけられ、さらなる混雑を生み出していた。

その様子を携帯のワンセグテレビで見ながら、彩香は鈴木の運転する捜査車両で渋谷に向かった。六本木通りを、サイレンを鳴らして駆け抜ける。交通量は少なくなかったが、十分ほどで渋谷駅東口に到着、懐かしい渋谷署を横目に交差点を右折した。

駅周辺は大変な渋滞となっていたので宮益坂の手前で降りると、鈴木を帰らせ、彩香はバスロータリーを横切った。

出迎えにきた竹下が黄色い規制線の前に見えた。数年ぶりだがその姿は以前と変わらない。ネズミ色のスーツ、はげ上がった頭に人を疑いすぎて固まってしまったかのようなV字の眉。それから耳毛もたぶん……飛び出しているだろう。

彩香は懐かしい友人に会うような気持ちだった。が、今回は事件だ。人ごみを掻き分けながら、気を引き締めた。

「タケさん、お疲れさまです。状況は？」

「よう、少し見ないうちに……潤いっていうか色気がなくなったな」

彩香は膝が折れそうになるのをこらえた。

まったく、こんな事態でも減らず口は変わらない。かつては彩香に対する、セクハラや女性蔑視とも取れる言動をすることもあったが、それが愛情表現の一種であることに気付くまで、彩香は随分悩んだものだった。

「わずかな年金狙いでまだしがみついているのね」

この彩香の切り返しも愛情表現だ。

警官が持ち上げてくれたテープをくぐり、現場に向かって歩き始めた。ここを境に竹下の表情が変わった。

「犯人との接触はまだできていない。奴らが渡してきたメモには、お嬢としか話さないって書いてあったもんだから俺も驚いたよ。いったい何モンじゃろか」

それは私が聞きたい。過去に挙げた犯人の逆恨みだろうか。

先を歩く竹下の後を、八センチのヒールで懸命についていく。さすが現役刑事。年寄りとバカにできないほど人ごみの中をするすると進んでいく。さらに規制線。山手線のガードを境に完全に封鎖している。

「こっちから行くぞ」

竹下は居並ぶ警官に返礼し、ガードの手前の路地に入った。

〝のんべい横丁〟は、数人入れば身動きが取れないほどの狭い飲み屋が密集した区画だ。戦後、現在の東急本店通りを根城にしていた屋台の集りが、区画整理のためにここに移されたと聞く。夜は赤提灯《あかちょうちん》が灯《とも》り、昭和の色を今に残している。

けたたましい音を残して通過する山手線を横目に歩くと、宮下公園の南端に突き当たる。道は左に折れ、駐輪場としても利用されている高さ二・五メートルほどの小さなガードをくぐる。

その出口を塞ぐように、路線バスほどの大きさの捜査指揮車が止めてあった。そこから様々なケーブル類が、水槽から逃げ出した蛇のように方々に走っている。買ったばかりのヒールを履いた彩香は二度ほど足を挫《くじ》きそうになった。

指揮車に入ろうとした竹下に声をかけ、彩香はまず現場を見渡すことにした。指揮車によって塞がれた狭い路地を抜ける。

現場は、一度の青信号で多い時に二、三千人が渡るといわれる渋谷駅前スクランブル交差点から五十メートルほど北側にある〝井の頭通り入口〟交差点。ここもスクランブル交差点なので、路面に横断歩道がクロスして描かれている。それが、立ち入ってはならぬ結界のようにも見えた。喧騒の激しい場所のはずなのに、規制がかけられているため、ここだけがぽっかりと開いた異空間のようだった。

正面には老舗デパートの総武渋谷店があり、吉祥寺までを結ぶ井の頭通りは、そのA館とB館に挟まれたこの場所を始点としている。渋谷センター街と平行する区間は一方通行で、いつもなら路線バスなどが通行し、交通量は多い。

デパートの一階部分には銀行が向かい合うように入っているが、渋谷駅寄りのA館が現場になった。

〝新世界銀行〟は大手ではないが、堅実な経営で、設立以来再編・合併をせずに乗り切っている。十年ほど前に創設者の会長が亡くなってからは、現会長の長男が積極的な融資策をとり、グループ全体の業績を上げている。業界内では、決して焦げ付かないことから「フッ素加工されたフライパンのような投資」とか、「裏で政府から支援をもらっているのではないか」とやっかみ半分に言われている。

交差点内に立ち止まらないでください、という機動隊の必死の声に首を左に振るとハチ公前交差点には野次馬が壁をつくっていた。今は道玄坂、明治通り、玉川通り各方面のみの三叉路《さんさろ》通行になっているはずだが、この黒山を見ると全面通行止めも時間の問題に思えた。

右を見ると公園通りを下りきったマルイシティ前のY字路で通行止めにされている。ここにも報道のカメラや野次馬が詰めかけ、分厚い人垣を構成していた。

視線を移し、正面を向く。まだ残暑を引きずっているとはいえ、日が暮れるのは早くなっている。ビルの谷底にあるこの現場は、空よりも確実に暗かった。

彩香は銀行の向かいにある信号機の支柱に肩を押し付け、片側二車線の道路の先にある銀行の入口を見やった。

シャッターが半分ほど下がっており、奥のガラスの自動ドアは閉じられた状態だ。通りに面した壁には大きなガラスがはめこんであるが、レースのカーテンが覆っており、さらに室内の照明が消されているために中の様子を窺うことはできなかった。入口の横には新世界銀行のマスコットであるピンクのウサギのパネルが掲げられていて、人参を持って飛び跳ねながら、お得な定期預金の金利を伝えている。

彩香はため息をついた。

交渉なんて自信ないが、やるからには責任を全うしなければならない。

「犯人は複数。閉店間際に押し入った」竹下が横に並び、前置きなく状況を話し始めた。「人質は、支店長を含む行員と一般人を合わせておよそ十名。銀行はもともと閉店準備をしていたので客はあまりいなかったし、行員の多くは通用口から逃れた」

そう言って、丼の頭通り側の壁面に灯る夜間金庫のサインを指差した。そこに金属製の無機質な扉が見えた。

ふと見上げると、丼の頭通りを跨《また》ぐようにA館とB館をつなぐ連絡通路に人影が見えた。指摘すると、竹下も目を細めてその姿を確認した。

「デパート内からは店員、客含めて全員が退去している。あれは警備員だ。最後の見回りをさせている」

全員退去とは穏やかではない。

「つまり、犯人は武装を？」

「ああ。まだ詳しくは分からんが、少なくとも二名が銃を持っている。それも小さくないやつ」

「それって、マシンガン的な？」

「ああ、的な」

なるほど、危急的な状況ね。

「それで犯人との接触は？」

「はじめに解放された客、七十二歳のおばあちゃんだが、彼女が犯人からのメッセージを預かっていた」

「つまり、私のことですね」

「そう、お嬢としか接触しないと言っている。誰か心当たりはあるかい」

「まったくもって」彩香は首を振った。

銀行強盗するような知り合いは、記憶の限り思いつかない。

「メッセージって紙?」

「ああ。実物は鑑識に回したが、コピーがある。これだ」

竹下が、一着しか持っていないと思わせるグレーのスーツの胸ポケットから、三つ折りのA4用紙を取り出し、広げてみせた。確かに野呂から言われた内容のことが書いてあった。しかし……。

「これって、切り貼り?」

「そうだ」

「てことは……」

「あらかじめ用意していたってことだ。少なくとも思いつきでお嬢を呼んだわけじゃない」

そんなことを言われてもまったく心当たりがない。

そこに若い私服の男が来た。渋谷署の刑事だろう。スーツ慣れしていない就活生のような印象を受ける。オドオドとした目で竹下を窺った。どうやら、竹下が今の面倒見役のようだ。

「すいません、通行止めの件でバス会社から問い合わせが」

彩香は竹下と顔を見合わせた。すると、現場の責任者はお前だ、という目で見返してくる。

なによぅ、私を試すつもり？

彩香は周囲を眺めつつ、頭に地図を思い描く。

「井の頭、公園通りを通る路線バスについては明治通りに迂回、勤労福祉会館前から公園通りに合流させて。そのための警官は所轄から出します。規制解除は追って連絡するが現在は目処《めど》たたず。それから地域課、交通課には周辺の整理を強化させて。金曜の夜の渋谷よ、群衆事故が起こるわ」

「了解しました。あの、それと、商店街振興組合などから規制緩和の要望が。その、売り上げ的に打撃が大き過ぎるとのことで……。特にデパート側からは、A館上階部分や、せめてB館だけでも営業できないかと」

それはそうだろう。金曜のかせぎ時。理解はできる。ただ、共感と同情は違う。

この刑事は収入を奪われる一般市民を代表するような憂い顔を浮かべている。あるいは事後、警察の過度の規制により損害を被ったというクレームを心配しているのか。

彩香は小さくかぶりを振って竹下を見やる。いったいどんな教育してんのよ、と。その竹下は、相変わらずの表情で郷間の出方を待っているようだった。

彩香は、刑事に向き直った。

「いい、武装した犯人が逃走を図った先に、のんきに買い物をしている客がいたらどうなる？　もしそれが自分の家族や大切な人だったら？　そう言い返してやりなさい。事が起きて受ける非難より、なにも起きなくて非難されるほうがずっといいと思わない？」

「は、はい」刑事の表情に赤みがさした。

「というわけで間坂までは完全封鎖よ」

「マサカ？」

「あなた、渋谷の所轄刑事でしょ。地名くらい覚えておきなさい。無線で異常の連絡を受ける時や知らせる時、場所をピンポイントに特定できる能力はとても重要よ」

昔、彩香にそう教えた竹下は、そんなにいじめてくれるな、という目で見る一方で、成長を見届ける親のようでもあった。

「すいません、まだ渋谷に来たばかりで」

「刑事は言い訳無用。間坂は総武Ｂ館とＬＯＦＴの間にある坂道よ。石碑も立っているから警らの時にでも確認しておきなさい」

「はいっ」刑事は敬礼とキレのいい返事を残して駆け足で去っていった。竹下も補足しなかったから間違った指示ではなかったようだ。

それにしても蒸し暑い。

高級ジャケットを脱ぐと、薄くかいていた汗が夕暮れの渋谷の風に触れて、体温を少しだけ下げてくれた。

彩香はきびすを返し、指揮車を見やった。

「SITは誰が？」

「第一係の後藤《ごとう》さんだ」

彩香はため息をついた。よりによって、あいつか。

後藤の階級は警部。縄張り意識の強い男だ。本来なら自分がこの指揮を執るはずだったのに、それを奪われたのだから彩香に対していい印象は持っていないだろう。

誰も事件が起こることを望んではいないが、起こってしまったからには自らの手で解決したい、と思うのは理解できる。こういう時のために日々厳しい訓練を重ねているのに、その機会を電卓女に奪われたのだ。友好的には迎えてくれないだろう。

しかし、彩香が後藤をやりづらく感じるのは以前からの確執があるからだ。それを知っている竹下が肩を叩く。まぁ、仲良くやれや、と。

指揮車の側面の中央に細長いドアがあり、そこから竹下に続いて身をねじ込んだ。

車両の前方部分にはモニターやら無線機などがびっしりと詰め込まれていて、三名のオペレーターが様々な機器の操作に忙殺されていた。

後方部分には小さなテーブルと、それを囲むようにパイプイスが四脚ほど出してある。一番奥に、浅く腰掛け、短い脚を組み、腕組みをする男がいた。後藤だ。防弾チョッキが顎のすぐ下までずり上がっているせいか、起きあがるのを諦めたカメのようにも見えた。マメタンクの異名が妙にしっくりきた。

後藤はやはり、友好的ではない顔で出迎えた。

「できんのか、お前に」

いきなりそれ？　こっちだってやりたくてやってんじゃないんですけど。

後藤の太い眉がくっつきそうになっていたが、それを遮るように深い皺《しわ》が盛り上がっている。ゆっくりと腰を上げ、両手をテーブルの上につき、下から睨《にら》み上げる。距離は離れているのに、すぐ目の前まで詰め寄られたかのような威圧感があった。彩香の目の中に覚悟が見えるか、探るようだった。

やがて、小馬鹿にするように、ふうっと息を吐き、またふんぞり返った。

「やっぱり分かってねぇな。素人はすっこんでたらどうだ」

ドスの利いた声だった。気付かれないように唾を飲む。自分が発する声がうわずっていたりしていたら怖がっていると思われ、男はすぐにつけあがる。

こうなれば理論攻めだ。

「刑事部長の下命により、現場の指揮は私に任されています。素人だろうがなんだろうが指示に従ってください。くれぐれも勝手なまねはしないように。よろしいですね」

不穏な空気を読み取ったのか、竹下が割って入った。

「まぁまぁ。対策本部の一課長さんからも協力して対応するよう連絡がきてるわけだしさ」

後藤は鼻を鳴らすと、またイスに腰を落とした。重みで車が揺れる。

彩香は大人の対応で追い打ちをかけた。

「ぜひ、ご指導を」

後藤とは課が違うので本庁で顔を合わせることはあまりないが、こうやって「つばぜり合い」を演じるのは初めてではなかった。

ＳＩＴの特殊犯捜査第一係は、今回のような人質をとって立てこもるようなケースを担当している。殺人班が扱うのは基本的に、すでに終わっている事件だが、特殊班が扱うのはまさに進行中の事件だ。対応の遅れが犠牲者を出すことにもつながりかねない。そのため、事件発生からＳＩＴが現場に到着するまでの間に状況が悪化しないよう、所轄の刑事たちに基本的な交渉術などを身につけさせるための講習会があった。彩香が渋谷署にいた頃、その講師としてやってきたのが後藤だった。

指揮官としての能力は高く、全国のＳＩＴが集まる大会でも常勝で、上層部からの信頼も厚い。しかし、何しろ性格が悪い。バカ、アホ、死ねというのは挨拶代わりで、女性警官にも容赦はない。子供を誘拐された家族に代わって犯人と応対する、という訓練で、母親を演じた警ら課の女性警官に汚い言葉を浴びせかけ、何人が化粧を崩したことかわからない。

彩香の時も例外ではなかった。

「てめぇ、ちったぁ泣けよ、子供が心配でたまりませんって取り乱せ！　母親の気持ちになってみろよボケが！　所詮《しょせん》ひとごとだと思ってんだろう、そんな演技なんてしてたらなぁ犯人に見抜かれるだろうよ、この、クズ、役立たず！」

母親の気持ちになれ？　あんたに母親の何が分かるっていうの？

彩香はむかつき、震える声で返した。

「出来損ないで申し訳ありません。では警部、お手本をお見せいただけないでしょうか。第一人者の警部ならきっと完璧なご対応をされるかと思います。それを見て勉強したいのです」

ハードルを上げられるだけ上げて、ボロを出させる腹づもりだった。もし完璧な手本なら、それはそれでためにもなるだろうから、もともと失うものはない。

後藤は、彩香の目に剣呑《けんのん》な気配を感じ取ったのか、それとも一介の女性警察官に提案をされるということ自体が気に入らなかったのか、小刻みに痙攣《けいれん》する目で睨み返してきた。彩香も受けて立つ。無言の圧力のぶつけ合い。

さぁ、なにか言ってみなさいよ。

不穏な気配を察知した当時の上司が休憩を進言し、その場を収めなければどうなっていたか分からない。ちなみに、その休憩時間中、彩香は通常任務に戻された。

本庁捜査二課に異動してからは、本庁内にある喫茶店や、隣の総合庁舎地下のフードコートでばったり顔を合わせることもあったが、お互いに無視を決め込んできた。

後藤はバツ2で四十歳くらい。見た目が若く、意外とモテるらしい。

恐らくマニアックでマゾな層に——。

そのモテモテ隊長は狭い指揮車の中で機嫌悪そうに鼻を鳴らすと、奥にいる係員に目配せをした。それから、ポケットから板ガムを取り出すと、包み紙で噛んでいたガムを包み、新しいガムを口に放り込んだ。

それって、ノンストップでガムを噛み続けてるってことかしら。一体、最後はどうするんだろう。

「じゃあ、さっそく犯人側の要求でも聞き出してもらおうか」

後藤が受話器を手渡してきた。

えっ、いきなりぃ？

耳に当てるとすでに呼び出し音。オペレーターがつなげたらしい。

彩香がこれまで相対してきたのは泥棒やら詐欺師やらだ。中には大物と呼ばれる者もいたが、カテゴリーとしては所詮嘘つき犯罪者。立場はこちらが上だった。

だが今回は違う。人の命を盾にする武装した極悪人だ。一体どう立ち回ればいい？

心臓はバクバクだったが、犯人にも、そして後藤にも気取られないように咳払いをした。ためしにあーあー、と声に出してみると、それはずいぶん上ずっていた。鬼の首を取ったようににやける後藤の視線に気づかないフリをして、彩香は集中した。

呼び出し音は鳴り続ける。彩香は辛抱強く待ったが、呼び出し音は止まらない。

三分ほど待って受話器を置くと、ぽそりと言った。

「なんで？」

竹下が首をすくめて、分からない、のポーズをとった。後藤も答えを持っていないようだった。

無理難題な要求でもいい。なにかしらのコミュニケーションが取れなければ、なにも進展しない。

「わざわざ指名しておいて、どうして電話に出ないのかしら」

彩香は拍子抜けしながらひとりごちた。

「それは、あなたが来たことをまだ知らないからでは？」

その声に振り返ると、彫りの深い顔立ちの男がドアから頭を出していた。狭い戸口で窮屈そうに掲げる警察手帳に〝警視長〟の文字が見えた。階級制度の適用外である警察庁長官を除けば、警視総監、警視監に次ぐ三番目の階級だ。

男は自己紹介する時間ももったいないと言わんばかりに続けた。

「あなただけを待っているんです」

心地良い、渋い声だった。違うシチュエーションでそんなセリフを言われてみたいものだ。

ところで、あなたは——の意味を込めて眉根を寄せてみた。

「すいません、警察庁の吉田《よしだ》と言います。私のことはお聞きおよびでしょうか」

指揮車の天井に頭をぶつけないよう軽く頭を下げながら入ってきた。身長は一八〇センチくらいありそうだ。四十半ばくらいに見えるが、体つきがいい。鈴木のような無駄を削《そ》ぎ落とした感じではなく、全体的に〝分厚い〟感じがした。

「あれ、連絡が来ていると思ったのですが」

どうして警察庁の人間が現場に来るのだろう。疑問は、透明度の高い湖を想わせる吉田の目を見ているうちに、霧にかすんでいた。

それは渋さと純粋さを併せ持ったようなきれいな目だった。

むぅ、結構タイプかも。

久々に恋愛レーダーが反応する。

「あの、郷間警部補？」

「は、はいっ？」

真っ赤になった顔を見られないように彩香は慌てて反対を向いたが、ちょうど竹下のにやけ顔の正面だった。

気を取り直して吉田に向き直ると、彼が片手でドアを押さえているのに気付いた。他に誰かいるのかと外を覗《のぞ》くと、そこに若者が控えていた。黒帽に黒服。肌を露出させているのは線の細い顔と肘までまくり上げた袖から覗く白い腕だけだ。

吉田は半身を捻《ひね》って紹介する。

「こちらは如月《きさらぎ》巡査部長。ＳＡＴの狙撃手です」

「ＳＡＴ？」

彩香と後藤の声が重なった。

後藤は背もたれから上背を起こした。テーブルに置かれた拳は固く握られ、小刻みに震えている。

一旦恋愛レーダーを停止し、警戒態勢に入る。

後藤と彩香は同じ刑事部だが、組織を異にする警備部にはハイジャックやテロに対応するさらに強力な組織がある。それがＳＡＴだ。基本的に銀行強盗を相手にする組織ではない。少なくともこの段階では。

「如月です」

男が敬礼した。SATは選ばれた者たちの集団と聞いていたが、如月の体つきは華奢《きゃしゃ》に見えた。眉はその先端まで油断なく整えられ、どちらかといえば今時の若者だ。そう、ここ渋谷でナンパした女と朝までカラオケでもしてそうな雰囲気。

ただ、恐らく高性能のライフル銃を収めているであろう大きく平べったいケースを下げるその細い腕には、無駄のない筋肉が見えた。

「すでにSITを重装備で待機させていますが、どうしてSATが？」彩香は辺りを見渡す。「しかも、ひとりで？」

「決して邪魔をするためではありません。万全を期すように来てもらっているだけです」

「警察庁がSATを呼んだんですか」

「ええ、警視庁に腕利きをひとり貸してくれとお願いしたら、彼に敵う狙撃手はいないと紹介されました。万が一の時、彼がいれば良かったのにと後悔しないために来ていただいているだけです」

「それでも、ひとりだけですか？」後藤が身を乗り出す。「大部隊で来られても困るけど、スポッターすらいないというのは不自然ではないですか」疑心に満ちた抑揚だった。

スポッターというのは狙撃手の補助をする者のことで、スコープの狭い世界しか見ていない狙撃手に代わって、射撃に影響を与えそうな要素、対象物までの距離、風向きなどの助言をする。

「この距離なら、必要ありませんから」

如月がぼそりと言う。

とうとう後藤が彩香を押しのけて前に出た。指揮車が小さく揺れる。

「吉田さんとおっしゃいましたか。いくら警察庁のかたでも、現場で勝手なことをされては困るのですが」

警察庁が進行中の現場に介入するなんて聞いたことがない。特に後藤はSIT隊長としてのプライドがあるから、SATを連れてきたのが面白くないのだろう。能力を否定されたように感じるのかもしれない。

「後藤警部、ご懸念は理解できます。この現場にいる者がチームとして動く以上、隅々まで統率が取れていなければならない。私は邪魔をするつもりはありません。今後の捜査技術向上のためのオブザーブが目的です。如月君には違う視点を得るために来てもらっているのです。それに、現場指揮官は郷間さんだと聞いていますが？」

目を覗き込まれ、彩香は身を引き締めた。自分の中で吉田をどう扱えばいいのか考えあぐねた。

「彼には都合のいい位置にいさせてもらっても良いでしょうか」

「都合のいい、というのは射殺に関してですか？」

牽制《けんせい》してみたが、如月は顔色を変えずに、はい、と言った。「狙撃手ですから」

彩香は、聞こえるようにため息をついた。

「ちなみにどこですか」

如月は周囲を見渡すと、目で示した。

「あそこがベストです」

銀行の向かいにあるファストフード店の隣、商業ビルの非常階段だった。

「人目につかないように工夫しますので」

「わかりました。ビルの管理会社に連絡をしておきます」

如月は敬礼をして、奇麗な回れ右をした。

【一六：〇〇】警察庁
野呂が警察庁から警視庁に出向し、刑事部長の任を受けてからもうすぐ二年になる。キャリア官僚である野呂にとってホームタウンであるはずの警察庁は、警視庁に隣接する総合庁舎の中に入っているが、彼がここを訪れたのはずいぶん久しぶりのことだった。
正義と謀計が相克しているようで、なんとなく居心地が悪い。

それは野呂の足を警察庁から遠ざけさせる理由になっていたが、その想いは、今日さらに強まることになった。

大きな楕円を描く会議卓を中央に置いた会議室に、野呂は「監禁」されていた。

身体を包む革張りは本物で、見るからに高級なイスなのに、居心地がすこぶる悪い理由はふたつあった。

まず、このイスは背もたれに身体を預けると、いとも簡単にフルリクライニングしてしまう。さっきから固定するレバーなりを手探りで探しているのだが一向に分からない。そのため中途半端な姿勢を取らなければならないのだ。ふたつ目の理由は、対角線上に鎮座する男たちの存在だ。

警察庁のナンバー二と三。警察庁次長の百瀬《ももせ》と、官房長の佐伯《さえき》だ。どちらの階級も野呂と同じ警視監だが、年齢は彼らの方がずいぶんと若い。つまり野呂よりも速いペースで出世してきたのだ。警視監という階級は定員が決まっている。そのため下からの昇進があると、定年前にところてんのように押し出され、大抵はどこかの団体に天下りすることになる。

野呂はまさにその状況だった。噂によると、ストレートで昇進を重ねる有望株がいて、次の人事異動で警視監に昇進するらしい。さらに、おおよそ二年といわれている刑事部長の任期満了が迫っている。

そうなれば俺が〝ところてん〟か。

つまりは、百瀬や佐伯といった連中とは、これからまだ未来があるかどうかという意味で、立場がずいぶん違う。将来の日本警察を背負っている分、年齢が下でも警察官としての価値は上なのだ。実際、百瀬は次期警察庁長官と目されているし、佐伯も警視総監の有力候補だ。

心なしか、肩に乗せる金の階級章の輝きすらも、異なって見える。

引退の文字が頭をよぎった。もうすこし引っ張りたかったというのが正直なところだった。退官後に、妻と二人でのんびり過ごすには心もとない貯蓄しかない。かといってどこかに天下るのもパッとしない。

もともとは、野呂も彼らと同じように国家公務員I種に合格しキャリアとして入庁し、出世街道から外れないように邁進《まいしん》してきた。それが、出世のペースが鈍ったのには、いくつか心当たりがある。

野呂は古い友人である、郷間警部を思い出した。

郷間陽平《ようへい》と出会ったのはお互い四十も半ばの頃だった。彼は所轄に身を置くノンキャリアの刑事で、本来ならお互いの人生に干渉するような存在ではなかった。

それが、ある殺人事件の捜査本部で一緒になり、会議の席で捜査の指揮を執る野呂に郷間が嚙みついた。最新のプロファイリングや科学捜査、そんなものを〝刑事の勘〟

というやつで蹴散らしたのだ。駆けずり回った下っ端の意見を無視するな、というわけだ。

結果、刑事の勘が正しかった。

事件解決後、捜査本部を解散するときに彼は言った。

――決して科学捜査を否定したのではない。すべての情報を総合的に考えただけである。刑事の勘というのは、一見関係なさそうな様々な要素が、論理や既成概念を超越した力によって無意識に結びつけられたものなのだ、と。

程なく郷間が本庁の捜査一課に配属されると、頻繁に顔をあわせるようになった。よくよく話してみると、不思議な魅力の持ち主で、彼といるときは本気で笑えた。それが久しく忘れていた感覚だったから、新鮮で幸せだった。刑事としては間違いなく優秀だったから、別の事件に対して意見を聞くことすらあった。

野呂は現場に呑《の》まれた、と他のキャリア組からは揶揄《やゆ》される。つまり、判断を迫られたとき、政治的な事柄まで考慮しなければならない上層部と、現場で足を棒にして真実を追う刑事との間で意見の食い違いが起こった場合、現場の意見を優先するようになったのだ。

包括的判断力に乏しいとの評価がなされ、自分のキャリアは足踏みとなったが、警察官として相応しい日々を送れていると思っている。

俺をところてんにしようとしている有望株は、きっと出世街道を猛スピードで走るだけで理解はできないだろう。現場の苦しみや、犯罪という名の沼に沈む人間の悲哀を。

野呂は、郷間の油断ならない、そして温かみのある眼差しを思い出す。

そういえば、家で酒を飲みながらチェスと将棋はどちらが優れたゲームかというくだらない言い合いになったことがあり、結局オセロで決着をつけようということになった。

通算勝敗はどちらが勝ってたかなぁ、郷間よ。文字通り白黒つける前に逝ってしまいやがって。

それから彼の一人娘である彩香を想い、そこで野呂はわずかに口角を上げた。

彼女はお前とそっくりだな。特にあの目が。

「野呂刑事部長、緊張感が足らないように見受けられますが気のせいでしょうか」

百瀬がため息をつくついでのように言った。

「すいません、ちょっと昔のことを」

「状況はお分かりになってますか。民間人の人質がいるのですよ」

見た目の印象を裏切らない嫌味な言い方しやがるなぁ。でも、それならこっちも言わせてもらう。

「もちろん状況は理解していますよ。本来なら刑事総務課の対策室で陣頭指揮を執るつもりでしたから。今からでも戻りたいくらいです」

実は嘘だ。確かに刑事部長の権限として自ら指揮を執ることもあるが、今は捜査一課長をはじめとして優秀な部下がいるから任せておいて問題はない。それに今回は別の理由があった。彩香が犯人に現場指揮官および交渉人として指名される事態となっているのだ。彼女は詐欺や収賄などの知能犯罪を担当しているから、人質立てこもりのような事件に対する経験がない。

それで現場に行こうとしていたのだ。見えるところからバックアップしたかった。

そうしてまさに本庁を出ようとした時、指揮を執らぬなら警察庁へ来い、と呼び出されたのだ。通された会議室には窓がなく、圧迫感を感じさせる薄暗い照明のせいで時間の感覚すら奪われるような所だった。倉庫に入れるものがなかったので会議室にしてみました、といった雰囲気だ。そこに、重苦しい空気をさらに沈ませるのがこの二人の男だった。

入るなり、現場の状況を把握しこの会議室で共有せよ、との命を受けた。

しかしこれも妙な話で、普段はこんなことはしない。同じ警察官でも、警察庁の人間は実際の捜査にはあたらないものなのだ。

野呂は独特の嗅覚で、この事案はただの立てこもり事件ではないと感じとった。たぶん、とても面倒くさいことになりそうだ。

こんなことなら、素直に対策室にいればよかったかな。彩ちゃんは大丈夫だろうか。

佐伯が咳払いをして、野呂の注意を引き戻す。

「ところで、郷間警部補とはどういう人物ですか。野呂さんとは私生活でも親しいようですね」

どうせ調査済みだろ、と思いつつも答えてやる。

「ええ、郷間彩香警部補の父親はかつて捜査一課の刑事で私の友人でもありました。彼は娘を男手ひとつで育てていましたので、帳場が立ってしばらく帰れないことがあると、彼女を私の家内が面倒をみることが多かったのです」

「犯人はなぜ彼女を指名したと思いますか」

「わかりません。ただ直接対話することで犯人が誰なのか分かれば、その意図も判明するでしょう。いずれにしろ進展があり次第、直接連絡が入ることになっています」

そう言った途端、野呂の携帯が震えた。ディスプレイには〝アヤっぺ〟と出ている。

「さっそく進展があったようです」野呂は百瀬に目をあわせないまま、通話ボタンを押した。彼の蛇のような目がどうも苦手だった。

「野呂だ」

言うなり叫び声が飛び出してきて、野呂は一〇センチほど携帯を耳から離した。他の二人も目を丸くしている。静かなこの会議室ではスピーカーフォンも同じことだった。

「ちょ、ちょっと待て、なにが起こった？」

『おじさん！　なんでサッチョウの人間が現場に来るのっ！』

野呂は思わずレシーバーを手で押さえた。おじさん、って。

「待て待て、なんのことだ」

ブッと鼻息がマイクを直撃する音がする。おい、まず落ち着け。

『部長、警察庁の吉田という方が先ほど現場に入られまして、えっと、オブザーブすることになっていると。しかもＳＡＴのスナイパーまで連れて来てるんです。どうしてサッチョウが介入するんですか！』

現場に警察庁の人間が？

「それは聞いていない。ちょっと待て」

眼鏡を額に乗せ、資料に目を落とす百瀬に声をかけた。

「次長、現場に警察庁から誰かを派遣していますか？」

「あぁそうだ。言ってなかったですか」目を上げずに言う。

「それは、どういった意図で？」

「ただのオブザーブです。別に問題ないですよね。現場の捜査に口出しはしません。

安心してください」

いや、安心とかいうことではなくて。

バーコードにも足らない頭髪量の佐伯が、在りし日の癖なのか、髪を耳にかける仕草を見せながら柔らかい口調で乗っかる。

「より細かく状況を把握するためですよ。いくら我々が情報を得るためとはいえ刑事部の人間を勝手に動かしては悪いから、自前で用意しただけのことです。プロとしての意見を得るためにSATからもひとりお借りしていますが」

やっぱりなにか変だ。

「そもそも、この会議はどういった趣旨なんですか。わざわざ警察庁の次長、官房長が出てくるような事件ではないと思いますが」

どう考えてもおかしいだろ。警察の中枢ともいえるメンツが、ただの銀行強盗に首を突っ込むなんて。

「我々も警察官ですから、事件の行く末には少なからず関心を持っています。まぁあえて言うなら、捜査技術の未来についての検討会、ってことになるでしょうか。この事件を通して、最適な捜査方法とはなにかを考えるのです」

まだ腑《ふ》に落ちないが、とりあえず話を先に進めることにした。

「ところで、吉田という男は何者ですか」

「階級は警視長。出向であちこち飛び回っている男らしく私もよく知らない。そもそも長官の指名だから」

「長官？」

「そうです。誰かを派遣しようと考えていたら、長官が吉田を使えと。あの人も耳が早い」

警察庁長官が？

しばらく考え込んで、やがて電話がつながりっぱなしなのを思い出した。

「郷間、吉田警視長は長官から直々に派遣要請を受けているそうだ。将来の捜査技術の発展のため、現場をオブザーブしたいらしい。君がアドバイスを求めるのは自由だが」ここでイスを半回転させ、横を向いた。口元を隠すためだ。「もし……なにかあったら知らせてくれ」

これだけで伝わったようだ。俺が呼び出されているのも、彩香が指名されたことも合わせて、なにか臭う。

「それで、犯人側と連絡は？」

『架電していますが、呼び出しに応じませんでした。時間をおいてかけ直します』

「了解、頼んだ」

爬虫類《はちゆうるい》のような目がこちらを向いていたが、野呂は気付かないふりをして、すっかり冷めてしまったコーヒーに手を伸ばした。

【一六：三〇】井の頭通り入口交差点

彩香は街路灯に寄りかかっていた。道の向こう側の歩道には現場である新世界銀行渋谷支店の白い壁がある。

携帯電話を胸ポケットに入れ、かわりにそこに差していたボールペンを抜き取ると、長い髪を後ろでねじりながら丸めたダンゴに突き刺して留めた。首の後ろでこもっていた熱気がすうっと逃げる。

野呂の話によると、吉田なる人物は警察庁長官の指名だという。そして、野呂自身も、今回の事件はなにかが違うと思っているらしい。

「ども」

街路灯を挟み込むように、反対側に吉田も寄りかかった。

「どうも」

警視長というのは、彩香から見れば雲の上の階級で、ノンキャリアの刑事がどんなに手柄を上げてもたどりつけない高級官僚だ。おそらく順調に昇進を重ねてきたのだろう。エリートと言ってもいい。その割には気さくな雰囲気も感じられた。

ライトグレーのジャケットにノーネクタイ、ボタンを二つ分開襟したシャツの白さが映えている。襟のカットが今風でシルエットがシュッとしている。シンプルだがさりげないオシャレさんだ。頭が固い印象を持っていたキャリア組だが、好感は持てる。

確かにいい男ではある。が、気を許してはならない、と彩香は自分に忠告した。現場の主導権は渡してはいけないし、それに男には酷い目にあわされたでしょ、と。

吉田が彩香の顔を覗き込んでいたが、目の焦点が合うまでそのことに気付かず、大いに慌てた。おかげで言葉を聞き逃す。

「は、はい？」

「郷間さんは、この事件、どうお考えなのですか」

「どうと言われても……私が現場指揮と交渉役に指名された時点で普通ではないと思います。どう捉えていいのか、正直戸惑っています」

そうですねぇ、と頷《うなず》く吉田の横顔を視界の隅に捉えながら、二人は指揮車に足を向けた。ドアを開けると、後藤が爪の垢《あか》をいじりながら目も合わせずに言う。

「郷間ブケホー、銀行の防犯カメラは全部潰されてるってよ」

目隠しされた状態か。こうなったらかけまくってやる。

それから二回ほど銀行に電話をしてみたがいずれも応答はなかった。

なぜ出ない？

指揮車のなかに閉塞感が漂う。

「あ、あの、すいません」

指揮車の前方部分にいた係員が上半身をそらして、「こちら側」に声をかけた。おそらく指示系統が分かりにくかったので、全員に声をかけたのだろう。捜査一課、渋谷署刑事、警察庁キャリア、そして二課の電卓女。確かに分かりにくい。

本来は後藤が指揮官なのだが、彼はむすっとして返事もしない。

ちょっと、まさか、まだスネてんの？　めんどくさい男ね、まったく。

彩香は呆《あき》れながらも、係員には笑顔で答えた。

「なあに？」

「通信司令センターからの連絡です。妙な一一〇番通報があると」

「妙って？」

「恐らく、あの銀行の中からではないかと」

何だかんだで我慢できなくなったのか、後藤が腰を浮かして言う。

「スピーカーに出せるか」

オペレーターは頷くと、軽快な手さばきでスイッチを二つ三つ弾いた。すると、壁に取り付けられていたスピーカーからノイズが流れてきた。衣擦《きぬず》れと思われる音や咳払い、それから足音？

コツコツという音ではなく、キュッキュッという感じ。ゴム製の靴底、スニーカーやブーツの類だ。

会話は聞こえるが、くぐもった音声でよく聞こえない。

皆で耳を澄ます。すると、強い衣擦れの音の向こうから声が途切れ途切れに現れた。

意識を集中して言葉を拾う。

『我々は……ダイナマイトを使……う……爆破……』

そこで通話が切れた。

その場にいた者は、言葉の意味を理解するのにしばらく時間が必要だった。聞き取れなかった部分を想像で補完し、楽天的な観測ができないものかと考えたのだ。やがて同じ結論にいたって、顔を見合わせた。指揮車内が戦慄する。

犯人グループはダイナマイトを所持している！

「郷間、刑事部長に報告、封鎖線を下げさせろ、館内からの退去を再確認！　こっちは対策本部に連絡、ＪＲ線を運休させるか討議する」

後藤がテキパキと指示を出した。状況が状況だけに身体が勝手に反応するらしい。竹下も部下に指示を出すために飛び出して行った。

周囲の警官たちが慌ただしく動き出したのが、モニターに映る外の様子や、飛び交う無線で分かる。

オペレーターがヘッドフォンの片側を浮かせながら言った。

「一一〇番通報してきた携帯の持ち主が分かりました。『マルヤマハジメ』という人物です」

続けて、丸山一《はじめ》、という漢字であることも付け加えられた。

「あれ、どこかで聞いたことがあるような……」

彩香がつぶやくと、後藤が大げさにため息をついた。

「ひと騒ぎ起こしたジャーナリストだろ。そんなに昔のことじゃねぇぞ。その程度の記憶力で、よく刑事やってられるな。それとも昇進試験に夢中で世の中のことにご興味がなかったか？」

そんなに昔じゃないっていうけど、もう四、五年前の話のはず。普通の人なら忘れているわ。私の場合、赤羽署時代の副署長が夜遊びが過ぎた件ですっぱ抜かれたからだけど、名前を覚えていただけでも大したものじゃないの。いちいちムカつく男ね。

ええ、確かに鬼のように昇進試験の勉強をしていましたが、なにか。早く警部に昇進してあなたにタメ口きいてやりたいわ。

後藤がさりげなく閉じたパソコンの画面に〝マルヤマハジメ〟の検索結果が表示されていたのを彩香は見逃さなかった。

……このビッグマウスめ。

「確かその人は、政治家のスキャンダルをスクープしたものの結局ガセで、逆に訴えられた人ですよね。一時期ワイドショーによく出ていました」吉田が優しく教えてくれる。

さすが大人だ。なんかいい人っぽそう。サッチョウの人間は出世しか能のない連中かと思っていたが、人間味のある人もいるんだ。長官が指名したのも頷ける。

「丸山さんは人質になりながらも自分の携帯を通話状態にして銀行内の状況を伝えてきた。ジャーナリスト魂を見せたってことですね」という吉田に対して、「単なる目立ちたがりだ。名前を売って金が欲しいんじゃないですかね」と後藤が返す。

どこまで性格がねじれているんだ、と思いつつも、実は彩香も同感だったりする。なんとなく、下品な書き方をする人だった印象がある。

「で、半マロ、次はどうすんだ」

「半マロ？」吉田が無邪気に反応する。

そこは流して結構よ。

「どうするもこうするも、電話に出てくれないと手の出しようがありませんから、かけ続けますよ。後藤さん、他になにかアドバイスはありますか」

あんたに名案でもあるのか。あるなら言ってみろ。

以前を彷彿《ほうふつ》させる険悪な雰囲気になった二人の間に、落ち着き成分を含んだ吉田の声が緩衝作用をもたらした。

「犯人はまだ電話に出ないのですか」

吉田は得体の知れない存在だが、まぁ好みだ。甘さと苦さを兼ね備えた高純度カカオのチョコレートっていうところだろうか。

目を見ると、つい引き込まれそうになるので、逸《そ》らしたまま言った。

「ええ、私を指名してきたのに、まだなんのコンタクトもありません」

「そうですか……遅いですね。のんびり構えているのか、それともなにかトラブルで手間取っているのか。まぁ、そのうちあなたがここにいることに気付けば、なにかしらの動きはあるでしょう。しかし不思議ですよね」

「ええ、私を交渉役にするなんて」

吉田の目が光った気がした。

「それもそうなんですが、私が不思議に思うのは、あなたを現場指揮官にも指名したことです」

「まぁ、そうですね。なんの経験もないのに」

「いえ、そういうことでもありません」

「はい？」

「交渉役はまだ分かります、実際に話す相手ですから。しかし現場指揮官というのはどうでしょう」

「どういうことですか」

「例えば実際の現場指揮を後藤さんがしていたとしても、犯人側にそれが分かるでしょうか」

確かにそうだ。でも、そしたらなぜ？

しばらく考えてみたが、答えが出てこなかったので聞いてみた。

「なぜだと思われますか」

「わかりません。私も不思議に思っただけで」

吉田は悪戯っぽい笑顔をしてみせた。

なんて少年っぽいのかしら。おじさんもお偉いさんの中では「緩い」ほうだと思うが、この人の場合は「ちょいワル」という死語が浮かんだ。茶目っ気があるというか、つかみどころがないというか。

後藤の視線が突き刺さっているのに気がついた。ひょっとしたら、にやけて気色悪い表情になっていたのかもしれない。

彩香は緩んだ頬を引き締めると立ち上がった。

「どこへ行く？」後藤が耳をほじくるついでのように聞いた。

「外です。犯人が私の姿を見たらコンタクトしてくるかもしれないと思って」

「無線機持って行けよ」

後藤はそう言うと、肯定とも否定ともつかない表情で鼻を鳴らし、だるそうに身体を反らせながら背後の受話器を取り上げた。イスの前脚が浮き上がる。対策本部へ連絡するのだろう。二課の電卓女が来ましたが役に立ちません、とかなんとか。

外に出た彩香はまだ熱を蓄えたパトカーのボンネットに手を置き、ひとり唸《うな》った。銀行の壁面には背丈ほどのガラス窓があるが、外の方が明るいため、彩香は反射する自分自身の姿と睨み合う状態になっていた。

公園通り側の野次馬を掻き分けて、竹下が戻ってきた。

「お嬢、政治は任せて、おれは雑踏警備に戻るぜ。渋谷駅周辺がパニック状態だ」竹下がポンと肩を叩く。「でも、そっちもいろいろ面倒くさそうだなぁ、おい」

そう言って笑う竹下に、苦笑いで応えるしかなかった。

「ま、無理すんなよ。お前はオヤジさんとは違うんだから」

なにそれ？

理由を聞く前に竹下は歩き去り、人垣の中に消えていった。

途端に心細くなった。

【一七：〇〇】銀行

新世界銀行のロビーに置かれていたベンチソファーはアロハシャツを着た銀行強盗

の指示で片隅に寄せ集められ、人質は皆がそこに座っていた。今はがらんとしたロビーの向こうにATMがあり、右手が入口、左手には地下へ降りる階段が見える。ソファーの席は人数分よりも多いし、縛られているわけではないので窮屈には感じないが、皆、一様に顔を伏せている。不安に押しつぶされそうな者、緊張で爆発しそうな者。ある若い男の行員は、親指の爪をせわしなく噛んでいた。

しかし丸山は違った。恐怖心はあるが、半分以上は好奇心だ。はじめは驚いたが、落ち着いた今は、内心、ラッキーだとさえ思っていた。主犯格と思われるアロハの男は概ね紳士的で、逆らわなければ命の危険はなさそうだったし、何しろこれは起死回生のネタだ。事件の真っ只中にいる自分にしか書けないことだらけなのだから。週刊誌、ひょっとしたらテレビにも引っ張りだこになるかもしれない。

――丸山さん、大変な思いをされましたね。

――いえ、必ず助かると信じて、皆で励まし合ったんです。こんなことが二度と起きないよう、犯人たちの心理、彼らを犯罪に追い込んだ社会についても、僕たちは学んでいかなければならないのではないでしょうか。

……みたいな。

イエス！　一発逆転だ。

人質は自分を含めて十名だった。客は四名、行員が六名。この中で、支店長だけが個人投資コーナーのブースにいる。もっとも、今見えるのは彼の足だけだ。

支店長は、大半の行員を通用口から逃がす際に犯人に抵抗したため、目出し帽の男にこっぴどくやられていた。カウンターの向こうで起こったことなので、床に伏せていた丸山からは見えなかったが、倒れた支店長を銃床で何度も叩きつける痛々しい音は聞こえた。それからブースに引きずられたが、それ以降は、投げ出された支店長の足しか見てない。ときどき唸り声が聞こえたり、動いたりしているので死んではいなそうだった。

生きて戻ったら、彼は自分の武勇伝を記事に追加するよう言ってくるに違いない。多くの行員を、身を挺《てい》して逃がした英雄的な行為について。

でもね、その頃の俺は忙しいかもしんないよ。

丸山はにやけながら様子を窺った。

犯人グループは三人。アロハと目出し帽の仲間たち。今は目出し帽一人をここに残して他は階下に消えている。

見張りは中肉中背の男。マシンガンを手に睨みをきかせていた。

丸山が座っている場所からは、身体を軽く捻るだけでカーテンの隙間から外を見ることができた。封鎖されているのか街行く人がいない。ここが渋谷のど真ん中であることを考えると不気味な感じだったが、通りの反対側の街路灯に寄りかかる女の姿を認めた。こちらをじっと見ていたが、おもむろに長い髪を後ろでまとめた。思ったよりも細い首が現れて、斜めから差し込む太陽が、オレンジ色がかった光で輝かせた。

仕事できます、というオーラが冷たい印象と合わさって、女としての魅力を半減させているように見えた……まぁ嫌いじゃないけど。

それから男がやってきて、二人はバスのような警察車両に入っていったが、綺麗な脚を覗かせるタイトスカートと高いハイヒールのせいか、窮屈そうにステップを踏んでいた。なかなかいい女だと思った。

いいオンナといえば、隣には、平手打ちを食らったあの女がいる。すっかりショックを受けていると思ったが、他の人質たちを気遣う余裕があり、時折声をかけている。大丈夫ですか、しばらくの辛抱ですよ、と。

それがたとえ根拠のないことであっても、透き通るような声で励まされると不思議と落ち着く。実際、彼女に声をかけられた人は、皆わずかに笑みを見せていた。

彼女のような美人は、チヤホヤはされても殴られたりするような人生は過ごしてこなかっただろうから、きっとパニックに陥るだろうと思っていた。が、この肝の据わりかたは意外だった。

それにしてもいい女だ。異常事態の中では、通常ではあり得ないカップルが成立することがあると聞いたことがある。こっちも、チャンスかぁ？

この期に及んでもそんなことを考えられる自分に呆れて丸山は頬を緩めたが、彼女から漂う高潔な空気感は不思議な安らぎをもたらしていた。

ブルルル……、と出し抜けに銀行中の電話が鳴った。しかし、目出し帽は一瞥《いちべつ》しただけで出ようとはしなかった。

警察からじゃないのか。出なくてもいいのか。

やがて、見向きもしない目出し帽に愛想を尽かせたように、電話はプツリと切れた。途端に、耳鳴りがするくらいの静寂に戻る。

さっきもそうだった。何回か電話が鳴ったのに出ようとはしない。交渉する気がないのか、それとも作戦でもあるのか……。

そこでまた考える。

商店街の名物コロッケの記事は誰にも書けるが、やはりこれは違う。人質になった自分にしか書けないのだ。そして、失ってしまったものを取り返せる。

その想いが、丸山を大胆にさせた。

犯人が半分ほど下りたシャッターの隙間から外の様子を窺っているスキに、折りたたみ式の携帯電話を取り出すと、突っ伏した振りをしながら、太腿の間で操作した。一一〇をダイヤルし、またポケットにしまう。安堵《あんど》のため息をつきながら顔を上げ、凍りついた。ニットから覗いた一組の目が、こちらを睨んでいた。

目出し帽がゆっくりと歩み寄ってきた。指先はしっかり引き金にかかっている。殺される、と思った。

しかし、ひとしきり睨みをきかせると、背を向けて歩き出した。どっと冷や汗が噴き出す。その時、犯人がポケットから紙切れのような物を落とした。

命拾いした高揚感、そして犯人グループと接触する機会を狙っていた丸山は声をかけた。

「あの、なにか落としましたよ」

紙切れを拾い上げ、人差し指と中指に挟んで掲げる。二つ折りにされた隙間から、ちらりと中が覗いた。コピーを百回繰り返したかのような、粗いイラストのようなものが見えた。

鳥の……彫刻?

目出し帽の男は素早く振り返ると、自身のポケットに手を入れた。そして、あるはずのものが丸山の手に移っていることを悟り、大股で一気に距離をつめた。銃口が丸山の眉間を小突くまで五歩足らず。

「いや、えっと、こここれをおおお落とされたから」

犯人は強い力で銃口を押し付け、硬直した丸山の指から紙切れを奪い取る。

短い悲鳴が上がる。それは自分自身が発したものかもしれなかったが、彼には判別がつかなかった。

「ヘイヘイ！」

新たな声がして、目出し帽の男は振り返った。

アロハシャツだった。アロハが頷くと、目出し帽は何も言わずに階下に姿を消した。

ふと思った。ひょっとして耳が聞こえないのだろうか。さっき電話が鳴っていたのに、出ようともしなかった。いや、しかしアロハの声には反応したな。

「驚かせてすいません。なにぶん気の短い奴でしてね」

アロハは親しみやすい笑顔を浮かべながら、長年の友人を迎えるように、両手を軽く開いた。

「さて、みなさんにはご不自由をおかけして申し訳ありません。でも、こちらの指示通りにしていただければ、すぐに自由にさせていただきます」

人質たちはどこまで信じていいかわからないといった様子で顔を見合わせた。その心情を悟ったのか、アロハは商談に負けたセールスマンのような顔をした。

「いやー、じゃあ具体的に申し上げちゃいます。今から二時間――」

ピンと伸ばした二本の指を自慢げに掲げた。その満面の笑みと相まって、まるでなにかを成し遂げた者がピースサインをしているようにも見える。

「そう、二時間以内に解放させていただきます」

人質たちの顔がぱっと明るくなった。アロハは余興を楽しむように皆の顔を見渡すと、今度は眉をしかめて言った。

「でもごめんなさい。残念ながら全員ではありません。この中から二名様には残っていただく必要があります。どなたになるかは後で決めます。しかし、見張りが手薄いからといってひとりでも妙なことをされますと、全員、残っていただきます。これは、私とあなたたちとの信頼関係の上に成り立っているものとご理解ください」

抜け駆けはするな、ということか。あと二時間だけ大人しく従ってさえいれば、八〇パーセントの高確率で解放されるのだ。

携帯電話を入れていたポケットごと尻で踏んでいたことに気付いて、マイクがアロハの方に向くよう、さりげなくジャケットを広げて調整した。

「それから、あとひとつ。このあと我々は作業上やむを得ずダイナマイトを使用します。今爆破の準備をしていますが、安全なものです。ただセンシティブな作業なので、どうかお静かにお願いします。重ねて申し上げますが、我々は危害を与えるつもりはありません。そしてご協力いただければ、必ず、自由にして差し上げます」

そう言うと、念を押すように微笑《ほほえ》んでみせ、それから窓際に歩み寄るとカーテンの合わせ目に指を差し入れて、暗くなりはじめた空を見上げた。

バレてるのかな。怖くなって、丸山はこっそり携帯を閉じた。

【一七：三〇】井の頭通り入口交差点

彩香は憂鬱な気持ちで銀行を眺めていた。

捜査は進んでいなかった。未だコンタクトが取れないからだ。むしろダイナマイトの存在が分かり、事態は深刻な方向に向かっている。自ら望んだわけではない。しかし指揮官に指名され、周りからもそう認知されているからには、この閉塞感を取り払わなければすべての捜査員の士気にも関わる。

心の片隅で、手柄を上げて……などと考えていたのが恥ずかしい。

後藤と上手くコミュニケーションをとり、おだててでも、自分を貶《おとし》めてでも、彼の経験を人質救出のために活かさなければならないのに、それも上手くいっていない。

——私はそんなに器用じゃない。

身内との交渉もできないのだから、犯人の心を動かすなんて無理だ。

「なんとかして犯人側とコンタクトを取りたいところですね」

驚いて振り返ると、後ろから吉田が声をかけてきた。

何だかいつも付いてきているみたい。

「ええ。この先、どうしたものかと」

吉田は深いため息をついた。それから何度か頷いた。

「あなたは、なぜ私がここにいるのかと、不思議に思われていますよね」

「え、ええ、まぁ。普通、サッチョウ、いえ警察庁の方とは現場でご一緒することがないので」

苦笑を浮かべた吉田は、すぐに笑顔をしまい込むと、携帯電話を取り出した。

「その理由をお教えします」

小手を振って折りたたみ携帯を開くと、どこかに電話をかけ始めた。目は正面の銀行に置いたままだ。

「あ、ご無沙汰しております。警察庁の吉田といいます。ええ、はい、はい、そうです。メールをいただいた件で。ええ、そうです。なんの因果かこちらの現場に回されまして。そうなんです。ええ。それで、郷間警部補も現場入りされているのですが、まだコンタクトが取れないでいると聞きまして。あ、そうだったんですか。今はお手隙ですか？　じゃあ、ちょっと代わりますね」

吉田は時折笑みを挟みながら話すと、受話部分を肩口で拭いて、彩香に電話を差し出した。

「え、私？　どなた、ですか？」

「國井《くにい》という者です」

「はぁ」

銀行に向き直った吉田につられて、彩香もそちらを向いた。「あの中にいる男です」

「はぁ？」再び吉田の顔を見る。今度はマジマジと。

「犯人グループの主犯格の男です」

「はぁっ？」

「詳しくは後でお話しします。とりあえず」と、電話を指差した。

戸惑いを通り越した彩香だったが、それでも、まずは犯人と話すべきだという考えに行き着いて、覚悟も準備も整わないまま携帯を耳に当てた。すると垢抜けた声が聞こえてきた。

『どうもどうも、郷間さんですか。國井と申します。すいませんね、地下で作業をしてたもので電話に出られませんでした。せっかくの金曜日なのに突然お呼び出しして申し訳ありません。いやぁ、まだ暑い日が続きますね。こんな日は、つめたーいビールが最高ですよね！』

犯人とのファーストコンタクトは、世間話だった。こんなの、警察のどの教科書にも載っていない。

ここで、気を取り直す。相手の話に乗ると見せかけて、主導権は握っておかなければならない。冷静さを心がけて返した。

「そうですね。私もビールは好きです。ところで……國井さんとおっしゃいましたか。

要求をお聞かせ願えますか」

二十メートルほど先の大笑いが耳元にも届いた。

『いきなりですね！』

いきなりもなにも、逃走用のバスとか、羽田に燃料満タンのジャンボジェットとか、なんか要求くらいあるでしょう。交渉とは、犯人との会話から人質解放や投降までの駆け引きとか、突入のタイミングを見いだしたりするものではなかったか。

『単刀直入なのは好感持てますが、今の段階で要求はありません。ですので、投降とか突入の駆け引きはまだ先ですよ』

ばれてる。

『いきなり交渉役にされたんですから、さぞ大変だと思います』

恐縮です、と言いそうになったのを抑えた。あんたがしたんだろうが。

『不慣れだとは思いますが、こういう時は、まず人質の方の安否を確認したほうがいいのでは？』

そうそれ、今聞こうって思ってたの。

「そ、それで、どういう状況ですか」

『十名の方に残っていただいています。のっぴきならない理由で支店長は怪我をされていますが、もちろん命に別状はありません。他の方は特に異常なしです。あ、そうそう。地下室の冷蔵庫にジュースとかコーヒーとかあったので、人質の皆さんにお配りしたのですが、お金、どうしましょう』

はぁ？

『とりあえず、カウンターに置いておきますので銀行の方にお渡しください』

だめだめ、相手のペースに乗っちゃだめよ彩香。落ち着いて、脳に酸素を。

ぶふぅ、と鼻息がマイクに当たる。

ダイナマイトの存在の真意を問いたかったが、とりあえず抑えた。情報が漏れていることを悟られたくなかったからだ。丸山の立場を危うくしてしまう可能性もある。知らんぷりを装って結果的に多くの情報を得ることが重要だ。

「わかりました。では……」個人的に一番の疑問をぶつけてみた。「なぜ私を指名されたのですか。どこかでお会いしたことがありますか」

『いや、ないですよ』

「ではどうして私のことを知っているのですか」

『今は……ご説明するタイミングとしては相応しくない気がします。でも、これから事件を解決しようと奔走される中で、徐々に見えてくるでしょう。その隣の優男がいろいろ教えてくれると思いますよ』

國井はゲームでもしているかのようだった。

『でもね、警察庁の連中には要注意ですよ。くれぐれもお気をつけください』

それはどういう意味か。横目で吉田を見る。包み込むような眼差しの持ち主だが、確かに今は怪しくて仕方がない。何しろ主犯格が誰であるのか、さらにその連絡先まで知っていたのだ。

『ま、お近づきのしるしに人質の方を解放させていただきます。残念ながら全員ではありませんけど、上層部からある程度の評価は得られるはずです。じゃあ、ちょっとまだ調整をしなきゃならんもので、とりあえず行きますね。あと少ししたら一階に上がるので、銀行のほうに電話してもらって大丈夫ですよ。ちゃんと出ますから。では……』

友達だったっけ？　そう思わせるような電話の切り方だった。

彩香は静かに携帯を閉じた。そのまま優男に返す。液晶画面に残っていたファンデーションの跡を拭き取るというところまで意識が回らなかった。

【一八：〇〇】警察庁
「おい、何をやっている！」
野呂が、会議室の隅に置かれたコーヒーメーカーで何杯目かのブレンドを注《つ》いでいると、背中越しに百瀬が叫んだ。なんだと言われても、見ての通りコーヒーを淹《い》れているだけなのだが、その声にビクッと肩を上げてしまったのが妙に悔しくて、わざと落ち着いた声で返した。

「ブランドは分かりませんが、なかなか良いブレンドですよ」こぼさないように振り返る。「次長もお飲みになりますか」

しかし、百瀬と佐伯は野呂ではなく、テレビを指さしていた。銀行強盗の中継映像だ。

銀行の向かい側の車道上、二人の男女がつかみ合っていた。いや、よく見ると、つかみかかっているのは背を向けている女のほうで、首もとで両手を交差させ、スーツの襟を効果的に使った絞め方をしている。男は一方的な状況で無抵抗を示すように両手を小さくあげているが、その苦しそうな表情は演技ではないように見えた。

この局の映像はＪＲ線と京王井の頭線を結ぶ連絡橋からの撮影だと想像できた。距離はずいぶんあるはずだが、見下ろすような角度なので野次馬の後頭部に邪魔されず、さらに高倍率のレンズのおかげでその様子をはっきりと見ることができた。

画面に〝現場で動き　トラブル発生か？〟とテロップが出た。

公園通り側からのアングルに切り替わり、首を絞めている女の顔が大きく映し出されると、野呂は思わずコーヒーカップを落としそうになった。女が見慣れた人物であったからだ。部下であり、亡き友人の忘れ形見。

つまり彩香が、事件現場で、どこかの男につかみかかっている映像が全国に流れている、ということだった。

「あ、あれは、君のところの？」佐伯官房長がもう一度聞いて、野呂は「あれは、そちらの警視長……さん」と絞め上げられている男を指差しながらつぶやいた。

野呂は数秒固まった後に我に返ると、すぐに携帯電話を取り出した。

まったく、なにやってんだよぉ。

履歴から〝アヤっぺ〟を選択し、早く出ろ、とつぶやく。

テレビの中の彩香が男をつかむ手を止め、ポケットから携帯を乱暴にひっぱり出すと耳に当てた。反対の手は相変わらず襟を激しく振っている。柔道の試合中に電話をしたら、きっとこんな感じになるのだろう。

『はい、なに？』

「なに、じゃないだろう、いったい、なにをしてる！」

『お、おじさん？　だってねこの人――』

「バカっ！　とりあえず指揮車に入れ！　丸写しだぞ！」

『はい？　まる？』

「テレビで全国にお前の姿が流れてるっつってんだ！」

『は？』

振り返った彩香と、テレビ越しに目があった。

『……あ』

恐らく彩香は彼女に向けられる野次馬たちの無数の目や、カメラの存在に今更ながらに気付いたのだろう。静止画か？　と思えるほどに固まっていた。

「あ、じゃないだろう、いいか、直ちに指揮車に戻り、状況を報告しろ！　おい、聞いているのか」

百瀬がテーブル中央に置かれた、ヒトデのような形をしたスピーカーを指差す。そこに電話をしろということらしい。

「ここの番号は？」

「吉田が知っています」

テレビでは固まったままの郷間を、吉田や騒ぎに気付いた警官たちが取り囲み、指揮車の方へ引きずっていた。

こちらに折り返すよう伝えていったん電話を切ったが、それからの三分間、野呂は針のむしろだった。いっそのこと、怒鳴るなりされたほうが気は楽だが、部屋にはただ冷たい空気だけが漂っていた。

『郷間です』

テーブルのスピーカーからだ。冷静を装っているような声だったが、なにか突っつけば、ポンっと破裂しそうなくらい危うい緊張感を伴っていた。

何があったのか分からないが、後先考えずに……まったく、父親の遺伝だな。

一介の刑事だった郷間陽平は、キャリアの野呂に臆することなく意見した。少しでも日和見的なことを言おうものなら机を叩きつけ、ひとしきり喚《わめ》いたあと、黙って出て行く。仲間に迷惑をかけたくないと、ひとりで捜査をするのだ。そして悔しいことに結果を出してくる。無言で野呂の間違いを突きつけてくるのだ。

性格が悪いことこの上ない。

それでも、彼を憎めなかったのには理由がある。

上に立つ者は、時に政治的な判断をしなければならないこともある。ただ、結果が同じであろうとも、本来どうするべきかを分かった上で行う判断と、惰性でするそれとは雲泥の差がある。それを思い出させてくれるのだ。それは警察官の良心とでもいえばいいか。

さて、アヤっぺの場合は？

『先ほどは、お見苦しい姿をお見せして申し訳ありませんでした。しかし、警察庁は情報を隠していたのです。現場の混乱を招きますので現場指揮官の権限として吉田警視長には退散していただこうかと思っています』

次長の鋭い視線がチクチクと刺さった。

「それは、君がつかみかかっていた男か」

『そうです』

そうです……って、彼の階級は警視長だぞ。首を絞めるか、普通？

注意深く聞くと、マイクに当たる鼻息が震えている。これがキレる寸前のサインであるのは、これまでの〝子育て〟から学んでいた。現場で孤立してストレスが溜まっているのかもしれない。とりあえず、ここは上司としてアヤっぺの味方であることを思い出させておこう。

「それで、彼はどんな情報を隠していたんだ」

『主犯格と思われる人物の名前と携帯電話の番号です』

「なにっ、それは本当か」

野呂はテーブルの対角線上で腕を組む次長を上品に睨んだ。そういうことなら、彩香の怒りも理解できる。確かに前もってその情報をくれていれば打てる手もあったはずだ。こっちまでむかついてきた。こんな時にまで組織の壁を現場に建てるな。

やんわり非難の眼を対面に投げてみると、百瀬が手をひらひらとさせた。何ですか、と首を前に出すと、なにか説明したいことがあるようで、そのために電話を切れと言いたいらしい。

野呂は頷くと、テーブルに前屈みになって言った。

「郷間警部補。テレビの件はもういい。ただ、あらゆるところにカメラがあり、君を追っていることは忘れないでくれ。その映像を犯人グループが見ていることだってあるのだから……」

『警察庁は何を企んでいるのですか』食い気味にきた。

「困ったものだねぇ」佐伯がぼそりと言った。それが針になって、郷間彩香という風船を突き刺した。パンッ！

『ちょっとあんた誰っ！　外野は黙ってなさい！　いい、あの中には不安な想いの人たちが閉じこめられているのよ！　一刻も早く救出しないといけないのに、どうして情報を隠して回り道させるようなことをするのよっ！』

あぁ、先にこの会議室の状況を伝えておけば良かった。私が一緒にいるのはとっても偉い人たちなんだよ、と。

実際、官房長たる者が怒鳴られるなど何年前のことになるんだろうか、と野呂は思いながら、彩香の注意を他に向けさせようと必死になった。

「情報は私のほうでもまとめて連絡する。君は今できることに集中しろ。言いたいことはあるだろうが、現場指揮官なんだぞ。皆が君の指示を待っている。指揮官が取り乱してどうするんだ」

沈黙。ぼうぼう、と突風のようなノイズがスピーカーを震わせている。彩香の鼻息はこのまま待つということを示していた。

それならと、野呂も沈黙し、目の前の二人を交互に見やった。やがて沈黙に耐えかねたのか、顔を見合わせた後に佐伯が口を開いた。

「今回は慎重に対応しなければならなかったのです。だから情報も出せるものとそうでないものがあった」

「犯人をご存じのようですが、何者なんですか」

「國井という男で、元警視庁捜査二課の刑事です」当たり前のように言う。

かつて私の部下だった？

野呂は記憶を探った。数百人規模の組織でひとりひとりの名前を覚えてはいられない。やはり、思い出せなかった。

ぼう、ぼう。スピーカーからはなおも鼻息が漏れてくる。

もう少しマイクを離しなさい。

「犯行直前、長官と次長宛にメールが来たのです。犯行予告ととれるものでした」

「國井からですか」

「ええ。『これからお騒がせすることになりますが、すいません』って、ふざけた野郎だ」

佐伯が吐き捨て、百瀬が拾う。

「彼らは武装しているし、ダイナマイトまで所持している。何をやらかすか分からない」

ぼう、ぼう、ぼう。彩香の鼻息がさらに荒くなった。

「いいか郷間、相手は元二課の刑事だ。お前を指名したのも、それとなにか関係があるのかもしれん。とにかく、今は会話を継続させること。怒鳴られようが軽蔑されようが、とにかく言葉を引き出すんだ。なにか分かったら連絡してくれ。一課の対策本部とも連携をとるように」

『了解しました』

最後は冷静な声になっていた。

通話が切れ、再び無音になった会議室で、野呂はどうするべきかと考えた。

確かに彩香の言うことは分かる。情報がなくてはすべてが後手に回る。情報だ。情報がいる。

「次長、他にもご存じのことがあったら教えていただけませんか」

「いや、他は分からない」特に躊躇もせずに言った。そこがまた怪しい。

さしあたって疑問なのは、やはり、サッチョウの動きだ。この会議そのものが、やはり異質なのだ。この際、ずばり聞くけど……。

「先ほど、この会議は将来の捜査技術向上のためとおっしゃいましたが、そうではなく、國井からの犯行予告に対処するため……ですね？」

百瀬が目頭をつまむ。

「確かに、ぼやかして伝えてしまったが、元刑事が事件に関わっていると確定するまでは、どうにも慎重にならざるを得なかったのですよ」

「ひょっとして、國井がこれからやらかそうとしていることにもお心当たりがあるのでは？」

「それは分からない。まぁ、組織に従ってくれればそれで結構です」佐伯が言った。

一番嫌いな言葉だった。もちろん組織の一員として組織には従うべきだが、これほど語り手に左右される言葉はないだろう。信頼関係なくしては決して成り立たない。もし自分が頭ごなしにこの言葉を言う時が来るとしたら、その時は刑事部長の座を降りてやる。

そこまで考えさせるのは、郷間陽平がよく言っていた言葉が頭に残っているからだ。

――血の通ったコミュニケーションがすべてを変える。

警察という巨大な組織が、正義という名の絆《きずな》でつながり続けるための最後の良心。

その割には、気に食わないことがあると、すぐに会議室を飛び出していたけど。

――逃げるのは下っ端の特典だよ、野呂部長。

したり顔の亡き友人を思い浮かべ、そして権力の前に緩みがちな良心を引き締めた。

「官房長、警察庁がこの事件に介入されたのは、元刑事が事件に関わっていたからですか」

「介入などしておらん。いつあなたたちの捜査に口を挟んだ」

佐伯はふんぞり返ると、大きく突き出した腹に組んだ両手を置いた。

やはり信頼関係は築けそうにない。その姿に苛立《いらだ》ちが言葉となって現れてしまう。

「では、私は対策本部に戻ってもよろしいですか。この先、事件が大きくなれば発生時に刑事部長が不在にしていたことに、警視総監は興味を持つかもしれませんね」

ハッタリをかましてみた。もしここで引き留めるようなことがあれば、それは単なる情報収集以上の役割を求めているということになる。

野呂と佐伯のつばぜり合いを見ていた百瀬が声をかけた。それからこの先のやりとりを、チェスのように頭の中でシミュレートしているのかもしれない。値踏みをするように銀縁メガネの奥から真《ま》っ直《す》ぐに野呂の目を見据えてきた。野呂も逸らさない。

百瀬が重々しく口を開いた。

「他に、信用できる警察官がわからないのですよ。たとえ警視総監であっても」

「それは、どういうことですか」

「野呂さんは〝ブラッド・ユニット〟という名前を聞いたことがありますか」

百瀬が野呂の目を覗き込んだ。離れているのに、空間をねじ曲げてすぐ目の前に迫るような感覚だった。

〝ブラッド・ユニット〟――血まみれ部隊。

確かに聞いたことはあったが、しかしそれは……。

「現場の刑事たちが言っている都市伝説的なものですよね。警視庁内に密かに存在し、法で裁けない連中を秘密裏に処理するとかいう必殺仕事人みたいな影の組織、でしたか。困ったものです。映画じゃあるまいしね」

軽く笑ってみせたが、それは野呂だけで、百瀬も佐伯も表情筋をまったく動かさなかった。

あれ、なにか変なことを言ってしまっただろうか。

「野呂さん……」小さく咳払いした百瀬が、抑揚のない声で言った。「もしそれが存在して、この事件に関わっているとしたら、どうしますか」

現実の事件から与太話。野呂の脳はそんなに器用に切り替わるようにはできていなかった。

「どうするって言われましても。ねぇ？」

しかし、助けを求められる誰かがいるわけではなく、冗談を言っている雰囲気でもなかった。

本当はなにかを知っているんじゃないのか。野呂の答えを無言で待つ二人は、この部屋の時間を止めてしまったかのようだった。重苦しい空気につぶされそうになったとき、ノックがして、まるで魔法が解けたかのように時間が動き出した。

女性職員が一礼の後に入室し、コーヒー豆と茶菓子を補充しはじめると、野呂は助かったとばかりにコーヒーメーカーに飛びつき、こっそり安堵のため息をついた。

【一九：〇〇】井の頭通り入口交差点
「吉田さんって、一体、どんな方なんでしょう」

彩香は、本人が車外に出た時を狙って後藤に聞いてみた。「それに、あの如月って男も」

犯人と対峙する前に、身内とのコミュニケーションがとれなければ話にならない。下手に出ることで物事がすんなり動くなら、自分のプライドを捨てるなど安いものだ。そこで吉田をネタに仲間意識をアピールしてみた。

後藤も同じような意識があったのか、話に乗ってきた。

「実はな、俺も気になって調べさせたんだ。まず如月って男だが、SAT隊員は警官名簿から消されるから詳しいことは分からないが、伝手をたどって聞いたところ、確かに腕は一流のようだ。ただ、ここ最近の奴の射撃訓練は病的とも言えるほどの入れ込みようで、三十メートルの距離からひたすら撃ち続けていたらしい」

「どこが病的なんです」

「人型の的を使っているんだが、とにかく胸ばかりを狙う。百発撃って、バラつきが一円玉の範囲に収まらないと気が済まないそうだ。離れて見たら、穴がひとつしかないから一発しか撃っていないように見えるほどらしい」

「胸って、心臓ってことですか」

「ああ。トラウマでもあるんだろうかな」

確かに、病的な雰囲気はあったなぁ。

「それで、吉田警視長のほうは？」

「うん、かなりのやり手らしい。あの若さで近々警視監に昇格するという噂だ。幼少から海外生活が長かったのだが、大学編入で日本に来て、現役一発で国家公務員Ⅰ種試験に合格し入庁している」

「両親が英才教育してたとか？」

「いや、ただのサラリーマンだそうだ。たまにいるんだよ、なんの苦労もせずにやたらと知能指数だけが高い人間が。そういうのに限って生き方はヘタだったりするけどな」

こんな時にディスってどうする。

「実際、夜遊びがよほど楽しいのか、未だ独身で、女もとっかえひっかえって噂だ。新橋、銀座、六本木、新宿。まさに神出鬼没」

とっかえひっかえ？　そんなことされたら、またスタンディングのまま首を絞めてやるわ。

「でも、仮に変人であっても、評価はされているんですよね？」

「ああ。俺は、直接は知らないが、以前、地方本部の管理官として捜査一課にいたこともあるらしい。見た目はのほほんとしているが、指示は的確で、若いのに総合的な判断能力は確かだと評判は良かったそうだ。それからはサッチョウと地方本部を行ったり来たり。ここ数年姿を見ないと思ったら外務省に出向し、書記官として韓国やイタリアに駐在していた。今は国際捜査管理官として刑事局にいる」

「そこでは何を？」

「分からん。ただ……」声が数段小さくなった。「怪しげな動きをしているようだ」

彩香もささやき返す。

「怪しげ？」

まさに、存在が怪しげ、といえばそうだが。

その時、突然指揮車のドアが開いたので彩香は尻を浮かした。目をくりっと丸くして驚いている後藤の姿は、いたずらを見咎《みとが》められた少年のようなかわいらしさがあった。

「ごーまさんっ」

ドアの縁に手をかけ、頭を覗き込ませた吉田も、どこか少年らしさが漂っている。

「あ、いたいた。郷間警部補、銀行の方がいらっしゃっていますよ。どうしてもご挨拶したいとのことで」

吉田の後ろに二人の男が控えているのが見えた。慌てて駆けつけてきたのだろう、肩で息をしている。身体を左右に揺すりながら、吉田の肩越しにこちらを覗き込んでいて、今にも押しのけて乗り込んできそうだ。

「どうぞ」

そう言うと、やはり吉田を肩で押しのけるようにして入ってきて、彼を苦笑させた。

「失礼、私は新世界銀行グループ会長の寺内《てらうち》と申します。これは秘書の太田《おおた》。用事で地方に出かけておりまして、遅くなって申し訳ない」

別に呼んでないけどね。あら、でもゴルフにはよく行くのね。今日もそうだったのかしら。

彩香は、左右で日焼けの度合いが違う手を見比べながら思った。右手にグローブをはめているのなら、あなたは左利きね。

寺内は白髪混じりの髪をきれいに後ろに流している。六十歳を超えていそうだが、高級スーツを着こなし、威厳が漂っている。神経質そうな顔つきは、おそらく事件の有無にかかわらず普段からだろう。横には太田と呼ばれた小男を連れ添っていて、こちらは典型的な七三分けだ。

後藤は相変わらず動く気配がなく、その目は挑発的だった——彩香に対して。指揮官はおれじゃねぇし、という顔だ。

……まったく男ってやつは。

「現場の指揮を執っております、郷間です」

寺内の目が、訝《いぶか》しむような色を見せたのを見逃さなかった。女なのか、と蔑むような目だった。寺内は車内を見渡し、後藤と吉田を恨めしそうに眺める。きっと、そちらの方が頼りになりそうなのに、どうして指揮を執らないのかと思っているのだろう。

こんなのは今に始まったことではなかった。なにか言えばいつも「女のくせに」。そんなくだらないことで事件解決への回り道をしたこともある。反骨精神から、入庁以来、必死に試験勉強をしてきた。性別を階級で超えるためだ。そうしなければ普通に仕事ができない。

そっちじゃないのよ、おじさん。私が指揮を執っているの。あなたの時代と違って、どこでも男が仕切ってると思ったら大間違いなのよ！

ひとり鼻息を、ふんっ、と吐いた。

人命のかかった重大事件、その指揮を任されたときは正直迷いがあった。場合によっては後藤にすべてを押し付けてさっさと退散した方が事件解決の近道ではないかとさえ思った。しかし今は、はっきりと特命指揮官としてのプライドが芽生えていた。

他には譲れない。それは、この特異な事件に自分がピースとして組み込まれていることを無意識に感じ取っているからだ。

太田と紹介された男が名刺を出してきた。彩香はそれを見もせずに手帳に挟む。

「あの、ところで今はどういった状況なのでしょうか。私の大切な行員とお客様が心配です。要求ならなんでも受け入れますので」

「はい、その時はご相談させていただきますが、進展はまだありません」

「し、しかしなにか要求などは」

消え入りそうな声に、ぴしゃりと返す。

「ありません」

「そんな。で、では、ただこうして、ここにいるだけなのですか？」

「そうです」

「もしよかったら私から連絡してみましょうか。要求が金であれば即答できます。直接話したほうが彼らの要求に……」

彩香は面倒くさくなった。この手の人間は、自分こそ役に立つつもりなのだろうが、実際は現場を混乱させているだけだということを分かっていない。捜査には手順というものがある。強盗に向かって、お金払うから出て行ってくれ、では済まない。

「今わかっているのは、人質は十名で、犯人は武器を持っている可能性がある。それだけです。進展があったらこちらからご連絡します」

報道関係に公開されている情報を、少し強い口調で言ってのけた。

今まで黙っていた後藤が、ふんぞり返ったままボールペンで秘書を指差す。

「あなたは銀行内の間取りやセキュリティーについて詳細をご存じですか」

「はい、熟知しております。資料もお持ちしました」

「それはいい。郷間警部補、私は技術の連中と――」眉根を寄せて太田を見据えると、おずおずと名乗った。「そう、太田さんに話を聞いていますので、あなたはこちらで会長と……」

ごゆっくりどうぞ、と言いたそうな顔だった。

ズルい。面倒くさい対応を押し付けて自分だけ情報を入手するつもりだ。銀行の内部のことについてはイニシアティブを握っておこうというわけね。

寺内がモニターの前にイスを引き寄せ着座したので、慌てて言った。「あ、ここではなく彼と一緒に」

放っておくと、コーヒーでも飲みながら居座りそうな勢いだった。

「状況が見たくて」

「必ず、ご報告いたしますから」

渋々腰を上げた寺内に言った。

「そうだ。もし、協力したいとお考えでしたら、渋谷支店の貸金庫の利用者リストをいただけますか」

寺内の顔に動揺の色が広がった。せっかく立ち上がったのに、また座り込んでしまいそうだった。

「な、なぜ、そんなものが必要なのですか」

おもしろくなった。これまで、政治家からコソドロまで数多くの嘘つきとやり合ってきた。だからピンときた。この連中は貸金庫に痛いところがあるのだ。

チラリと後藤を見る。彼は何も気付いていないようだ。出し抜くチャンスだ。

彩香は当たり前だといわんばかりの表情をつくった。

「借り主のリストと最近の出入り、利用期間、そんなもので大丈夫です」彩香は顔色を失った寺内の顔を覗き込んで言った。「なにか不都合でも？」

「い、いいえ。そんなのを調べて、役に立つのかと」

「ええ、大助かりです。早めにお願いします」

権力者がうろたえる姿を見るのは嫌いではない。さらに追い打ちをかける。

「それと、後でお互い面倒なことにならないために、提出資料には漏れがないよう確認をお願いします。お手数なら、二課から人手を出しますよ」

間違いない、寺内はなにかを隠している。動揺と怒りが、不恰好に混ざり合った表情が見て取れた。

演技下手ね、会長さん。

そんな二人と後藤を指揮車内に閉じ込めると、彩香は再び外に出た。左右を見ると野次馬がはちきれそうに膨らんでいて、それを整理しようと奮闘する警官の声が喧騒と混じり合い、ひと気のないこのビルの谷間に反響していた。

昼間の太陽熱を吸い込んだパトカーの屋根に手を置き、指でリズムを刻みながら銀行を睨んだ。入口のシャッターは半分くらいの位置まで下げられている。店内の照明は消されているようで、外光によってパトカーの屋根から頭ひとつ飛び出した彩香を鏡のように映していた。

入口の横には子供の背丈ほどもあるウサギのパネルが立てられており、人参を片手に定期預金を呼びかけている。

ゆるキャラが背伸びしたようなキャラクターで、擬人的に笑みを浮かべてはいるが、目や毛並みはリアルタッチで表現されている。どちらかというと、欧米の絵本に出てきそうなウサギだ。こんなのが暗がりから飛び出してきたら怖くて泣いてしまうかもしれない。

どうしてウサギの名前がキューちゃんなんだろう。

眉根を寄せ、焦点を外した目で考えごとをした。周りからは仕事以外、心にないと思われているが、半分は妄想やこんな些細でくだらないことだ。仕事中に不謹慎だと言われそうだが、捜査に行き詰まったとき、こうやって脳をリラックスさせることで結果的に早く事件を解決できる。彩香自身そうは考えている。

そして気付いた。シャッターの奥にガラスのドアがあるのだが、それが開いていた。全開ではないが、それがはじめからだったかは自信がない。

冷房まで止めてしまって暑いのだろうか。どうなのキューちゃん？

「あまり、ご老人をいじめちゃだめですよ」

キューちゃんが喋ったように思えたが、もちろんそうではない。振り返ると吉田がいて、半分笑っていた。

「アイスでいいですか」

手にはファストフード店のアイスコーヒーを二つ持っていて、ひとつをパトカーのトランクの上に置くと、吉田はガードポールに腰掛け、後部タイヤに片足を乗せた。

「いじめるなんて、そんなことないですけど」

彩香も隣に座り、礼を言ってトランクの上のアイスコーヒーを取り、ストローを咥《くわ》える。

「それで？」

「はい？」

「どうして貸金庫が怪しいって分かったのですか。会長もかなり動揺していましたから、たぶんストライクでしょう」

おっと、あなたは見逃さなかったのね。

「私は、この現場に来たときから違和感があったんです」

「違和感？」

「はい。普通、こんな銀行襲うかな、って」

「普通の人は銀行強盗などしないと思いますが」

「ではなくて、ここは渋谷のど真ん中です。ハチ公口と宇田川町に交番があり、それぞれ一分で駆けつけられる。さらに渋谷署は駅を挟んだ反対側、お隣の池尻大橋駅の近くには機動隊の本部。あっという間に包囲網が出来上がります。実際そうだった」

「確かに、そうですね」

「お金なら他の銀行にもあります。元刑事の國井がわざわざここを選んだのは、ここにしかない目標があるんじゃないかと。それで試しにカマをかけてみたんです。そしたらあの慌てっぷり。銀行は銀行で、なにか良からぬものを隠してる気がします」

「さすが二課の主任様ですね。ああいう連中はお手のものってことですね」

「主任代理です。まぁ二課はずるがしこい連中が相手ですから、人をついそんな目で見てしまうのかもしれません」

視線を銀行から吉田に移すと、彼は彩香をじっと見ていた。顔ではなく少し下。胸のあたり。

平べったいなぁ、とか考えているのだったら許さん、と思ったが、焦点が合っていない。

「どうかしましたか」

「いやぁ、國井はどうして郷間さんを指名したのかなって。お二人は同時期に二課にいらっしゃったわけではないですよね。それに二課の主任なら他の係にもいるのに」

「ですから主任代理です。まあそうですよね。私でなければならないとしたら、私が今、手を付けている事件と関係があるかも……」

「それとも、あなたが知らないところで國井と関わりをもたれているか」

そう言われても、〝二課〟以外に共通点はないように思える。

「國井のことはどこまで分かっているのですか」

「あくまでも記録の上で分かることだけです。今回の事件につながるようなことはありませんでした。ですから二課の人にしか分からないようなこととか、ひょっとしたら郷間さんにしか気付けないなにかがあったりするのではないかと……」

それはあるかも。

彩香はコーヒーを飲み干すと吉田にもう一度礼を言ってその場を離れた。それから携帯を開き、本庁にかける。

「鈴木くん、ごめん。至急調べてほしいことがあるの。以前、二課にいた國井って人知ってる？」

鈴木は部下ではあるが、彼が二課に配属されたのは彩香より早い。

『いえ、わかんないです』

「オッケ。そしたら、今そこに残ってる人から國井のことを聞いてほしいの。数年前まで在籍してたらしいから」

彩香は手のひらを上に向け、お気に入りのＩＷＣの文字盤が見えるように捻る。まだ多くの捜査員が残っているはずだ。

『それなら情報室とか総務に問い合わせた方が早いのでは？』

「そっちは対策本部があたっていると思う。だから、印象とか趣味とか、書類上では分からない彼を知りたい。もちろん、退官した理由や最後に追っていた事件、そんなのが分かれば助かる」

『了解しました。古株が何人かいるので聞いてみます。急ぎですか』

「残念ながら」

『では、さっそく』

「ごめんね、他のみんなは飲んでるっていうのに、また残業ね」

『定時で退勤するなんて、刑事になった時から都市伝説になっていますよ』

「よし、頼んだ」

『頼まれましたー』

独特のリズムで電話は切れた。

彩香はタバコに手を伸ばしたが、また全国ネットで流れるかもしれない、と思い直した。野呂の視線を意識して、少し背筋を伸ばすと、指揮車の陰に隠れるまで気取って歩いた。

吸わなきゃやってらんないよ。

彩香は辺りを見渡し、ヤジ馬やテレビカメラの死角であることを確認すると、細長いタバコを咥えた。そのまま、ポケットひとつひとつを手で押さえる。

あれ、ライターがない。しまった、ジャケットの中だ。

通りかかった警官がライターを差し出して来た。彩香は会釈をして、スケルトンの安っぽいそれを受け取る。チャイルドセーフ機能のためか、火が点けづらい。

全部同じやり方にすればいいのに。この場合、ボタンがかなり固く作られているようだ。

今度は指先に力を入れてボタンを押し込んだ。

その火が灯るのと同時に、ボンッとなにかがはじける音がし、ほぼ同時に足下を振動が駆け抜けた。水を打ったような一瞬の静寂のあとで、あちらこちらから短い悲鳴が上がり、地鳴りのようなどよめきが後に続く。

彩香は思わずライターを手のひらの上で眺めた。これじゃない、よね。

指揮車の陰から出てみると、銀行の入口から煙が漏れ出ていた。さっきの音が爆発であったことが明白になり、唖然《あぜん》とした。火の点いていないタバコが口からポロリと落ちる。

ライターを投げ返し、指揮車に飛び込むと、後藤が監視班に状況確認の指示を飛ばしているところだった。

「後藤さん！　状況は？」

「煙で何も見えん！」

モニターで銀行の様子を見る。後ろから覗き込む吉田が彩香の肩越しに言う。

「煙は一過性ですね。濃度はすでに薄くなりはじめていますので、なにかが燃焼しているわけではなさそうです。むしろ埃《ほこり》の類《たぐ》いだと思います」

それでも人質たちが心配だ。

「電話を」

彩香は受話器を上げ、銀行に電話をかけたが、一向に出ない。そのうち、指揮車内の電話がふたつ鳴った。後藤は対策本部からの電話を、彩香は銀行への呼び出しをいったん切ると、野呂からの電話を受けとった。

『なんだ、なにが起こった』

固い声だった。

「銀行内部から爆発音がしました。被害は不明。犯人側とのコンタクトを試みていますが、応答がありません」

『人質の状況は？』

「まだわかりません」

『犯人の目的は？』

「まだ不明ですが……」

『なにかあるのか』

「いえ、まだ想像の段階です」

『なんだ。言ってみろ』

彩香は息を吐くと、受話器を握りなおした。

「現金ではなく貸金庫を狙った可能性があります。今のも、貸金庫を爆破したものかもしれません」

ここで無言が続いた。奥のほうでなにかを話している声がボソボソと聞こえる。

『郷間、何も分からない状況であればＳＩＴに突入命令を出す……と言っている』

俺の本意ではないけど、というように取れた。

「しかし、そもそも私を指名してきたのは犯人側ですから、私を利用するという意図はあるはずです。それを待たずして突入するのは尚早ではないでしょうか。コミュニケーションが取れれば、きっと活路が見えるはずです」

そうだ。犯人側が、わざわざ私を指名したメリットがまだ分からない。

深いため息が受話器の向こうから聞こえた。

『対話ができないなら、突入も辞さない状況だということだ。実際に爆破事件も起きてしまった。これ以上被害が出る前に手を打たねばならない。タイミングを見誤って取り返しのつかない事態にはしたくない』

「了解です」

それはそれで理解できる。

受話器を置くと、先に報告を終わらせ、吉田と言葉を交わしていた後藤が彩香に顔を向けた。

「なんだって？」

「進展がなければSITを突入させるそうです」

あなたの出番よ。さぞ嬉しいでしょう。

「バカ言え。状況が分からないまま突っ込んだら死人が出るぞ」

後藤の反応が予想外だったので、彩香は驚いた。

「なんだよ、その顔。意外か」

「ええ、その、てっきり突入して手柄をあげたいのではないかと」

ストレートな物言いに後藤は戸惑いの表情を一瞬見せ、お前ってやつは、と豪快に笑った。が、すぐに厳しい表情が覆った。

「突入することでしか事件を解決できないのなら喜んで行くが、まだその段階ではない。人質はもちろん、隊員、それから犯人も含めて無傷で事態を収束させることができなければ突入は無意味だ。確かにSITは強力な武装をしているが、それを使わずに解決する。それが日本の警察ってもんだろう」

ちょっと尊敬。吉田も満足そうに頷いていた。

「ええ、もちろんです。ただ」

「ただ、なんだ？」

「上層部はそうは思っていないような印象を受けるんです」

「まぁ犯人が元警察官だから、長引かせずに早く終わりにしたいのだろう」

早く終わらせるためにも、國井の目的を知りたい。今のままでは歩み寄ることもできない。

彩香は蒸し暑さから、ブラ紐《ひも》をシャツの上からつまみ上げて通気させた。

後藤が手元の資料に目を落としながら言う。

「持ち上げてなきゃならんほど大きくねぇだろ」

さっきの尊敬は撤回、返せ。

「いやぁ、しかし、妙な事件ですよね」吉田が緊張感のない笑みを向けた。

「私に言わせれば妙なことだらけですよ。犯人が私を指名したこととか、警察庁が現場に出てくるとか、さらにSATのスナイパーを連れてきたとか」

ちょっと嫌みを含めてみた。これまでの経験から、隠しごとをする男は直感で分かる。ちょっとした特技だった。

後藤も同感、といった目を吉田に向ける。

「あ、あの、私はみなさんのお力になれればと……」

じゃあ質問に答えてくれるのかしら。

「吉田さん、警察庁は犯人が國井だと事前に知っていました。犯人の目的もご存じなのではないですか」

「すいません、それはほんとうに分かりません」期待に応えられない無念さが、ハの字にした眉から伝わってくる。「ただ、國井は決してバカな男ではありません。行動のひとつひとつに理由があると考えるべきでしょう」

行動には理由がある、か。次はなにを仕掛けてくるつもりだろう。

第二章　騒動を決するための狡猾な計画

【一九：三〇】銀行

がらんとしたロビーを、アロハが後ろ手にゆったりと歩きまわる。その様子を、丸山をはじめ、人質たちは視界の隅で追っていた。

そののんびりとした言動とは裏腹に、何を考えているのかつかめないところがあり、かえってある種、特殊な緊張を強いられていた。

そのアロハはチラシを眺めたり、観葉植物を撫でたりしていたが、ふと腕時計をつくと、ふらりと入口に歩み寄った。おもむろにガラスの自動ドアの中央に手をかけると、身体を反らせるようにして力を込めた。電源は切られているようだったが、両方のドアは連動しているので、片方を引いてやると反対側もスルスルと開いていく。三分の二ほど開いたところで満足したのか、しばらく外を窺うと、また銀行内をぶらぶらと歩きはじめた。まったく、意味が分からない。

丸山は凝り固まった首筋をほぐすために、頭を左右に一周ずつ回して外に目を向けた。

丸山が座っている場所は、カーテンの合わせ目から外の様子を見ることができた。車や人の往来はなく、向かいの歩道を警察関係者が、こちらを注意深く見ながら行き来する程度だった。道路の向かいにはハンバーガーのファストフード店があり、一〇〇円セールの時はよく通った。当然いまは営業できないでいるはずだが、警察官が見慣れたコーヒーカップを手にしているのを見ると、どうやら商売相手を代えているようだ。

道の反対側にはパトカーが一台止まっていて、トランクの上にも見慣れたコーヒーカップが置いてある。その向こうにふたりの人間の頭が見えた。男と女だった。ガードポールに腰掛け、トランクをテーブル代わりにしている。

あのふたり、確か、さっきつかみ合っていたような気がしたけど仲直りしたのだろうか。

そのうち女が立ち上がり、コーヒーを持って離れた。胸は小さいが、細い軀にタイトスカートから伸びる足も綺麗でスタイルはいい。ハイヒールを履いているところを見ると、本来は現場にあまり来ない職種なのかもしれない。この事件のためにわざわざイケてる格好になっているわけではないだろう。

しかし、まぁ、あの目は怖いなぁ。職務に対する厳しさというよりも、まるですべての男が敵だといわんばかりだ。笑ったら結構かわいくなりそうなんだけどなぁ。もったいない。

唐突に、ぱんっ、と手を叩く音が響き、丸山は目を丸くしてアロハに向き直った。

「それではみなさん、ここでひとつお願いがあります」相変わらず、緊張感のない落ち着いた声だった。「これから大きな音がします。もちろん危険はありませんが、耳は塞いでいたほうがいいと思います。よろしいでしょうか」

よろしいかと訊《き》かれても、他の選択肢などはじめからありはしない。

アロハは無線機になにかを言うと、両耳に人差し指を突っ込んで、ウインクしてみせた。皆も慌ててそれに倣う。

数秒後、凄まじい音がし、身体中を震わせる衝撃が恐怖感をさらに煽った。ゴロゴロとなにかが転がるような振動が尻に伝わる。

静まったのを見計らい、首を引っ込めたまま恐る恐る辺りを見渡す。異常はない。爆発は階下で起こったようだ。しかし安心する間もなく、地下から生暖かい風が階段を駆け上がってきたかと思うと、すぐに大量の埃が視界を覆った。

他の人質はハンカチなどで鼻と口を塞いでいたが、手を洗う習慣が薄れていた丸山はハンカチを持っておらず、スーツの襟元を引き寄せて代用した。

埃は先ほど開けていた正面のドアから、生臭い空気に押し出されて、程なく消えたが、耳鳴りは相変わらずだった。

丸山は支店長の取材をした地階の様子を思い浮かべた。ひょっとして、金庫を爆破したのだろうか。

爆発の直後から、電話が鳴りはじめていた。恐らく警察だろう。だがアロハは気付いているのに手を伸ばそうとしなかった。

彼は「耳鳴りが収まったら、後でかけ直しますから」と苦笑しながら、人質全員に大丈夫かと聞いて回っていた。

目出し帽の男がひとり上がって来てアロハの横に並んだ。ノッポの方で、全体的に白く煤《すす》けている。

ふたりはボソボソと話しながらブースのほうに歩き、中を覗き込んだ。そこには支店長が横になっているはずだ。頷き合って、しばらく話し続けていた。

「……ブラッド……」

丸山のところからは、それ以外なにを言っているのか聞き取れなかった。

最後にお互いの耳元でひとしきりささやきあうと、ハグをして、目出し帽はまた地下へと戻っていった。

アロハはカウンターに飛び乗ると、両足をプラプラさせながら腕を組み、小首を傾げた気取ったポーズで言った。

「はい。それではお待たせしました。お約束したとおり、これからお帰りいただく方を決めたいと思います」

その言葉に皆は視線を交わした。さっきの話だと、この中から二人は残らなければならない。

「はーい、ではでは……」

期待と怯《おび》えの混ざった表情の人質たちを見渡した。

「この中で長男・長女のひと」

三人ほど手が挙がった。

「ひとりっ子のひと」

二人。

「片親のひと」

ここで何かに気付いたように、手が挙がりはじめる。

五人。

そんなバカな、と丸山は思った。

おそらく、質問の内容が人質解放の条件に合う人を探すような雰囲気だったので、皆ポイントかせぎに出ているのだ。

「少年少女時代に不幸だったひと」

質問も質問だが、ついに七名の手が挙がる。

ここまでくると、逆に正直さを試されているのではないかという気すらしてくる。いずれにしろ、残念なことに丸山はどれにも該当しなかった。もし「恵まれない中年のひと」という質問があったなら胸を張って手を挙げられたのだが。

一度も手を挙げる機会がなかった人質がもう一人いた。あの女だ。

正直者は損をする世の中か。なにか間違っている。

アロハは、うーん、と唸ってから、二人を指差した。

「まずあなたとあなた」

人質の中では若手の男で、胸にプラスティックの名札が付いている。ふたりとも行員だ。

「斎藤《さいとう》くんと、佐藤《さとう》くん」

その名札を覗き込んで呼んだ。

「あなたたちふたりは、支店長を運ぶ役です。いいですね」

斎藤と佐藤は頷いた。これで三名確定。

「あとは……」指がしばらく宙を舞い、それから跳ねた。「あなたとあなたとあなたと……」

結局、手を挙げなかった丸山と女は指されなかった。他の人質は、残される二人、特に女のほうを気にかけながらも、勝者特有の優越感を示している。

嘘をついて正直者を出し抜いた醜さに、少しくらい恥じらいを見せてほしいものだ。

ただ、丸山は心のなかでラッキー、と思っていた。結末まで記事が書けるからだ。

それに犯人は手荒なことはしないだろうという打算もあった。

可哀相なのは隣の女だな。

が、彼女を見て驚いたからだ。微笑んでいたからだ。まるで、ミスコンで選ばれなかった人がスポットライトの端っこで勝者に拍手を送るような、そんな感じだった。自分ではなくても解放される人がいることを素直に喜んでいるのだ。

こんな人間がこの世の中に実在するとは思わなかった。なんだか、自分が薄汚れているように思えてくる。まさに掃き溜めの鶴。彼女は鶴で、自分は掃き溜めに埋もれたゴミかなにか。

ふと見ると、外を眺めていたアロハがニヤリと笑っていたので、丸山もつられて外を見る。そしてまた驚いた。道の真ん中に女がうずくまっている。腰を浮かすわけにもいかなかったので何をしているかは見えなかったが、まとめていた髪を振りほどいて立ち上がったのは、やはりパトカー越しに見えていた、あの女だった。しかも何やら機嫌が悪そうに見える。

ただ、前に見たときは渋い顔、たとえるなら腹を壊しているのにトイレが見つからないような、先行きの絶望感を存分に表現した表情だったが、今は鋭く目標を見据えたような目をしていた。

彼女なりのトイレが見つかったのか。

アロハがパンッと手を打った。

「はい、指をさされた方はこちらに集合してくださーい」

皆、半信半疑の表情で、唯一外の世界とつながる場所に誘われた。シャッターが半分ほどおりた入口からは光が漏れ入っていて、まるで秘密のトンネルのようだった。

「では、これにて。これまでご不自由をかけてすいませんでした。出るときは頭に気をつけてください。では、良い人生を」

心からの祝辞を述べるようなアロハは、とても銀行立てこもり事件の主犯格とは思えない笑顔を見せていた。

【二〇：〇〇】井の頭通り入口交差点
爆発騒ぎで緊張状態に陥った現場も、今は落ち着きを取り戻しつつあった。つまり、それは膠着状態とほぼ同意ではあったが、吉田の言う通り火事になっているわけではないし、國井の目的は別にあるという考えが、人質の安全を確信させていた。

後藤が嬉しそうな顔をしながら彩香を呼んだ。いや、嬉しそうというよりは、いたずらを仕掛けた男子のような……気色悪いな。

「なんですか」

「いやぁ、ネットってのはすごいもんだなぁ」

「なんの話ですか」

「これ、見てみろよ」

ノートパソコンをくるりと回して、画面を向ける。有名なネット掲示板だった。スレッドの名前は……〝銀行強盗に立ち向かう、美人刑事について語るスレ〟。

はぁっ？

パソコンを引き寄せる。内容は明らかに自分のことで、妙な汗が噴き出るのを感じた。

画面をスクロールさせていく。すでに多くの書き込みがされていた。

>むさ苦しい刑事の中に、こんな美人がいる件！

>刑事のイメージが変わった

>映画の撮影じゃないの？　女優かと思った

あら、よく分かってるじゃない。

>その女なら、今横で寝てますがなにか？

そんなことありませんけどなにか？

>ツンとした感じがたまらん

>胸はないがスタイル良し

>でも歳いってね？

>なんだ、よく見たらBBAか

書き込み数が上がるにつれ、雲行きが怪しくなってきた。

「BBAってなんのことだろ」

後藤が鼻の頭を掻きながら聞く。その意味が〝ババァ〟であることを知っていてわざと聞いている気がしたので無視した。

＞こりゃ性格キツいわ、ガクブル

＞メイクが幸薄さを感じさせるナリ

＞スッピンがヤバい希ガス

＞脱いだら地味と思われ

＞たぶん、男おらんな、できてもすぐに逃げられる。おれムリポ

＞ワロタｗｗ

おい！　テレビにちょろっと映っただけで、どーしてそこまでわかんのよ！　それに、あんたらに笑われるいわれはない！

しかし、意外と当たっているのが少し怖い。

「ファンレターとか来るといいねぇ」後藤は大喜びだ。

あー、むかつく、このオヤジ。

そこに携帯が鳴った。プライベートのほうだ。画面を見ると、メールが一件。差出人を確認して再びギョッとした。それが別れた男だったからだ。

小さな画面を、恐る恐る覗き込む。

〈アヤちゃん、久しぶりだね。テレビを見ていたら、アヤちゃんが映っていたからビックリしちゃったよ。時が経《た》つのって早いね。元気かなぁって時々思い出してはいたけど、頑張っている姿を見て安心しました。お仕事いろいろ大変そうだけど、いつも応援しているからねっ。では、身体に気をつけて。またねっ〉

ちょっと「またねっ」って何よ。昔の女は良く見えるのか。あわよくば気分転換にもう一回くらい寝られるとでも？　馬鹿にしてんじゃないわよ、まったく。男ってやつはどいつもこいつも。

バックライトが消えた画面に自分の顔が映り込んだ。

時が経つのを早く感じさせたのが、この目尻の皺とかでないことを祈った。

別れても言い寄って来るような男には用はないが、別れたことを後悔させてやるくらいの美貌は維持しておきたい。でも、なかなかそうはいかないのよね。

「おい」

彩香は後藤の呼びかけを無視した。長年連れ添ったとしても、「おい」ひとつで振り向いたりはしない。

「郷間ブケホー、電卓女ぁ、半マロぉ、傲慢主任……」

この先何が出てくるかわからなかったので彩香は仕方なく振り返る。

「なんなんですか」

「聞きたいんだけどさ、お前さ」何事もなかったかのように言う。「一応、指揮官だよな」

「そうですが、なにか」

「ここはどこだ」

「ここ？　渋谷区神南一丁目……」

「こーこ」足を踏み鳴らす。

「指揮車の中ですが」

「だろ」

「だろ、の意味が分かりません」

「部下が混乱してんだよ」

「は？」

「指揮官ってのはすべての情報を統括して、総合的な判断を下さなきゃならない。それなのにお前っていう奴はフラフラ歩き回りやがって。指示系統がむちゃくちゃになるだろうが。ＳＩＴだけじゃねぇ。所轄の連中だって困っているんだ。誰の指示を聞けばいいんだ、ってな。現場をひっ掻きまわしてんじゃねぇよ」

指揮車内のオペレーター、指示を仰ぎにきた警官。皆、耳をこちらに向けて固まっている。

「まぁまぁ、後藤さん」

　そう声をかけたのは吉田だった。

「現在、犯人たちについて、どれだけの情報がありますか」

「連中についてはほとんどわかっていませんよ。主犯格の名前だけで。それも警察庁さんからの情報でしたけど」

「國井の情報を出し惜しみしたのは申し訳ありません。でも、外に出ないと得られない情報——空気感といえばいいでしょうか。彼女でなければつかめないものがあるはずです。この事件が、ただの銀行強盗ではないということはお気づきになっていますよね？」

「もちろん。けど、指揮官の仕事はそれだけじゃないでしょうが。この地域全体を包括的に管理しなければならない。それなのにこいつは……」

　吉田は笑みをもって優しく遮った。

「あなたの苛立ちは理解できます。犯人は元刑事、さらに指揮官と交渉人が同じ人物であるだけでも特異なケースですが、今回はそれが経験のない二課の刑事に任されたのですから」

　吉田はモニターを見上げた。そこには相変わらず動く気配のない銀行が映っている。

「後藤さん、もちろん、あなたの経験や能力は不可欠です。でも、同じように彼女の感性も、とても重要だと思いませんか。なにしろ犯人は、なんらかの意図をもって彼女を指名したのです。つまり、彼らの真意を感じとれるのは郷間さんだけなのです」

「そりゃぁ、まぁ、そうですが……」

「お二人が力を合わせれば、必ず解決できますよ。ね、郷間さん」

彩香は気安く返事をすることができず、戸惑い、いたたまれずに外に出た。

経験も実力もない自分が、状況もわからず、ただの意地だけで走り回っている。それは事実だ。それだけに後藤の苛立ちも理解できる。そして、吉田の優しさも。

部下を率いる立場の者であれば、様々なことが一度に押し寄せてきても、混乱することなくマルチタスクに処理し、適切な判断を下せなくてはならないのに。小さな意地が大きな混乱を生んでいる。

疲れがどっと押し寄せ、その圧力で緊張の糸がぷっつり切れてしまったかのように、彩香はステンレスのガードポールに腰を下ろした。

モチベーションが一気に崩壊し、数年分のため息がまとめて吐き出された。

周囲は野次馬で大騒ぎだが、いつの間にか、誰もいないこの銀行前の空間にいると、落ち着きを感じるようになった。ここだけは、誰からも追われることのない自分の聖域のようにさえ思える。

私は一体なにに追われているんだろう。こんな状況になって、初めて自分と向き合うなんて、皮肉よね。

——上に行けば行くほど、アヤちゃんは苦労しそう。

そう言ってくれた彼と別れたのは、新橋の焼肉屋だった。仕事で近くまで来たというので待ち合わせたのだが、その時は、その日が最後になるなんて考えもしなかった。いい人だったという記憶は残っている。大きな喧嘩《けんか》をしたのはあの時くらいで、妙に気が合った。

彼とは『あの時』に一度別れたのに、ひとりになったさみしさの反動か、振り子のようにまた彼を求めてしまった。話を聞いてもらえるだけで落ち着いた。その快楽的で中毒的な時間を切り捨てられるほど自分は強くはなかった。

とにかく優しかったから、甘えてしまったのだろう。が、結局は同じことの繰り返しだった。大きく揺れていた振り子も、自己嫌悪の摩擦でいずれは止まる。

なにが食べたい？——アヤちゃんの食べたいものでいいよ——嗜好なし。

どこに行く？——アヤちゃんはどこに行きたい？——質問返し。

どの映画見る？——アヤちゃんの見たいもの——放棄。

それが突然嫌になった。

二皿目のカルビを網に乗せた時、彩香はなんの前触れもなく別れ話を持ち出した。

別れましょう——アヤちゃんがそう望むのなら——逃避。

それだけ？　あなたの意見はないの？

後ろめたさ――負の感情から芽生えた偽の優しさ。

結局、あの優しさは、彼の後ろめたさが姿を変えただけのものであって、ずっと私といるプレッシャーから解放されたかったのだろう。

あの頃は、父を失った反面、仕事で評価されはじめた頃だったから、彼の生き方と私のスピードが合わなかったのかもしれない。

とにかく、立ち止まりたくなかった。立ち止まったら最後、平凡という名の化け物に襲われる、そんな危機感があった。

特別な人間でありたいと思ってここまで走ってきたが、今になって、その疲れがきたのかもしれない。

幸せってなんだっけ？

ほんとに分からない。走ることに夢中で、見落としてきたものは山ほどあるのだろう。そして、それは取り返すことができないものだ。

「ごーまさんっ、大丈夫ですか」吉田が横に座った。「悩んでそうな顔でしたよ。えっと、仕事とプライベートが、ごちゃ混ぜになって襲ってきたみたいな」

ああ、図星。

「その通りです。すいません、こんな時なのに」

「状況がどうであれ、感情を素直に表せるというのは素晴らしい。自分を良く見せかけるために余計なエネルギーを使わないでいられるのですから。それが本当のあなたですよ」

素直？　違う、ただ反論するのが面倒くさかったのよ。それを素直だなんて。しかも、本当のあなたときたもんだ。私はそんなヤワじゃないわ。刑事の娘として生まれ、刑事たちと育ってきたのよ。

しかしそんな強がりとは裏腹に「すいません」という言葉がもう一度口を突いて出ていた。

「コミュニケーションがとれないばかりか、プライベートまで持ち込んでしまうなんて、刑事失格ですよね」

「いえいえ、プライベートがエンリッチングでなければ、いい仕事なんてできませんよ。良かったら、お話を聞きましょうか。私もずいぶんな目にあってきましたから、人生経験だけは豊富ですよ」

へぇ、意外。なんの苦労もせずにエリート街道まっしぐら。修羅場があるとしたら女絡みくらいだと思っていたけど。

しかし、吉田の顔を見ていると何だか安心してしまうのもまた避けられず、気付いたら胸の内を話していた。

——私個人は高い能力を持っているけど、人と関わるのが苦手なの。権力があれば顔色を窺わずにビシバシできるのに、今は中途半端な立場だから何だか上手くいかなくてイライラしちゃう。男？　ああ、前に軽く付き合ったのが、ロクでもない嘘つき男だったって話。ぜんぜん痛くも痒くもないわ——という趣旨のことを、上品かつプロフェッショナルに伝えた。

「なるほどねぇ。軽々しいことは言えませんが、それって、どんな環境で、どんなに計算高く選択をしたつもりでも、誰でも間違っていないかと悩むものだと思いますよ。程度の差こそあれね」

吉田は心の奥底まで見通すような優しげな笑い皺を目に添えた。些細な強がりなど全く通用していない。すると、とたんに素直になってしまう。

「きっと、そうなんでしょうね」

「そう思われているのだったら、下した決断を後悔しなくてもいいじゃないですか。もちろん、悩み苦しむのは無駄ではないですが……どうせ、キリがないですよ」

どんな選択も、疑えばキリがない、か。確かにね。

「でも、思うようにいきません。この事件もそうです。人質交渉については、私は確かに素人です。それでも指名されたからには手柄を立ててやろうなんて、意気揚々と乗り込んできたのですが、このザマです」

「どのザマですか？」吉田は宝探しをする少年のように足下をきょろきょろと見渡した。

彩香は少しの間クスリと笑って、また頬を引き締める。

「素人だろうが言い訳のきかない状況です。人を上手く使って、一丸とならなければいけないのに。でもなんて言うか、ひとりで掻き回しているみたいです」

「そんなことないと思いますけどねぇ。あ、そうだ。では見渡してみてください」

素直に従った。

「なにか気付きません？」

すっかり夜となったが、アスファルトはまだ昼間の熱を放ち続け、封鎖線の外側では多くの野次馬が詰めかけている。もともとネオンで夜も明るい街ではあるが、今は警視庁のライトが煌々《こうこう》と照らしている……。

「えっと、照明が眩しいな、とか？」

「そう！　暗くなりましたから照明装置が全部で四機、それぞれが適切な角度で照らしています。銀行を直接照らすと犯人側にストレスを与えてしまいますし、万一の場合に備えて捜査員の視界を妨げないようにしなければなりません。結構難しいのですが、この配置は完璧ですね。これはあなたが？」

「いえ、気付いたら勝手に点《つ》いてました」

吉田は愉快そうに笑う。

「勝手には点きませんよ。豊かな経験と確かな判断力のお陰です。分かりますか」

それって……。

「後藤さん？」

「そうです。後藤さんは対策本部と密に連絡を取り合い、所轄へ的確な指示を出しています。ああいう人ですが、見えないところで実に多くの働きをされています。本部と話しているのを小耳に挟みましたが、あなたが素人であるからこそ犯人との交渉に集中できるよう補助する、とお考えのようです。人質立てこもり事件というのは他とは違って、この瞬間の判断が人質の命に直結しています。殺人事件の捜査のように、終わった事件ではないのです。後藤さんは、その難しさや、あなたにのしかかるストレスをよく理解されているのでしょう。軽薄なプライドでそのすべてを押し付けてしまったら、助かる命も助からない」

あの後藤が？

「あとね、すぐそこの宇田川町交番には、今ひとりしかいないってことを知ってますか」

彩香はかぶりを振った。

「雑踏警備で人手が必要な状況ですが、一日に千人以上の案内が必要なあの交番を空にするわけにはいかないのです。それで、本当は非番だった巡査が急遽、呼び出されることになりました。ちなみにこの巡査は先日結婚したばかり。ハネムーンは延期だそうです」

「そうなんですか」

「後藤さんは、彼に電話をしていましたよ。すまん、すまんと。少しでも早く解決するからって。本当は熱い人情派なんです。それでいてこんなに細かいところまでフォローできる人、私は他に知りません」

目の前から固定観念の霧が晴れた気がした。同時に言動や偏見から、ものごとの本質を見抜けない自分の未熟さを思い知った。

「まぁ、感情伝達能力はあなたと同じで、超不器用ですけどね。好きな子に子供がちょっかいを出すようなものですよ」

吉田は軽やかに笑ってみせ、彩香もつられた。なかなか落ち込ませてくれない人だ。

「血の通ったコミュニケーションがすべてを変える」

その言葉に彩香はハッと顔を上げた。父もよく言っていた言葉だったからだ。

「上辺だけの付き合いでは、特に警察のような巨大な組織は、本当の意味では動きません。すべき行動の背後に確固たる意思が存在し、それをぶつけあわなければ役所仕事と同じです。あっ、もちろん、お役所の仕事も大切ですよ」

慌ててお役所のフォローを入れる姿がかわいらしく見えて、彩香は微笑んだ。

「気付かないことって結構あるんですよね」鼻から長めに息を吐き出す。「どうやら私は、これまでたくさんのことを見逃していたようです。もう取り返せないものばかりなんでしょうね」

時間は戻せないから。

そーんなの全然関係ないよ、というように吉田は相好を崩しながら両腕を大きく振り、外国人のようなジェスチャーをした。こんな非常時においても、彼は時折こんな表情をする。それを見ているだけで、首筋から肩にかけての筋が弛緩《しかん》してしまうことに、彩香は気付いていた。

この人、慌てることってあるのかしら。

「こう考えたらどうでしょう。今の悶々《もんもん》とした気持ちも、この先、幸せになるための通り道だと。どんな些細なことでも、辛《つら》いことでも、何でも、そこに至るには必要な出来事だった。あとで振り返って、そう思えるように。これまで無意味だったと思っていたことや失敗だったと思っていた事柄を、ぜーんぶひっくるめて輝けるものに変えてしまう、そんな一瞬がきっときます」

吉田はまるでその一瞬がこの事件であるかのように、目を細めて銀行に目をやった。

「この事件も、私にとって意味があることなのでしょうか」

「もちろん！　意味のないことなんて人生にはありません。大切なのは、そこから何を見いだすか。無駄な時間というのは存在せず、どの瞬間もダイヤの原石のようなものです。要は、自分で磨くことですよ……郷間さん」

　吉田は急に考え込む。

「どうしました？」

「ごうま、ごーま……？」

「な、なんですか」

「あっ、『ゴマちゃん』って呼んでも？」

　とっておきのアイディアを思いついたと言わんばかりの笑顔。

「だめです」

　アザラシか、私は。

　だめかぁ、と破顔する吉田につられて彩香も笑う。笑わせることで、元気づけようとしたのか。だとすれば一定の効果を出すことには成功している。

　なんとなく、心が軽くなった気がする。この人って……変な人だ。
　二、三枚ウロコが落ちたような目で、改めて銀行を見やる。預金通帳を掲げて無邪気に走っているウサギのキューちゃんに、微笑んでやった。
「さて！」と立ち上がる。

「どちらへ？」

「現場です」

彩香は、ニヤリと笑ってみせた。

私が指名されたことに意味があるなら、私らしく行くべきだ。竹下が、父とは違う、と言っていた意味が分かった気がした。

横断歩道がクロスする中心付近まで足を進めた。國井に自分の存在を示すためだ。周囲の雑踏から、何事かと問いかけるようなカメラの放列が、短い影をつくっては消す。

そこに、なにやってんだテメェ！という怒鳴り声。無線ではなく生の声だったので振り返ってみると、まるで入ってはいけない線でも引いてあるかのように、歩道の際で目を見開き、ダルマのような顔をした後藤の姿があった。その横には手で口元を覆い、真剣な目で見守る吉田。ただ彼の場合、にやける口元を隠しきれていないようにも見える。

さぁ知人、友人、そしてネットの住人ども。とくとお見せするわ。〝本当の郷間彩香〟って人間をね！

一歩前へ出ようとした時、誰かに足をつかまれた気がした。右足がアスファルトを直に踏んだ感覚に驚いて振り返る。リボで買ったルブタンの優美なピンヒールがマンホールの穴にはまり込んで、鮮やかな赤い靴底を見せていた。状況を理解した周囲のどよめきに耳を塞ぎながらそれを引っ張りだす。

なんてこと！　これじゃただのドジッ子じゃない。あぁ、マジ最悪。しかもこれ、買ったばかりなんですけど。

傷や破損状況を詳しく調べたいところだが、何事もなかったかのように履き直す。見ると、後藤は唖然とし、吉田は腕を組んでうつむいている。その肩は笑いを堪えるように小さく揺れていた。間違いなく笑っている。

あぁ、これも中継されているのかしら。

行き場のない怒りに鼻を膨らませながら、気を取り直す。後頭部のボールペンを抜き取って頭を軽く振り、髪の毛をほぐし落とした。

やい、國井。私にどうしろってのよ。

するとと、動きがあった。

これまで人の気配がなかった銀行の入口、ガラス戸の隙間から人が出てきたのだ。まだ若い女性だ。銀行の制服を着ている。続いて一般客と見られる男性客、さらに行員、と立て続けに姿を現した。彼らはまるで、油断させておいて背中から撃たれるのではないか、というように後ろを気にしていたが、三歩、四歩と進むうち、こちらに向かって走り出した。彩香は声を張り上げ、手を回し、人質たちを対岸へ誘導する。

盾を持ったSIT隊員が飛び出してそれを援護した。

最後に怪我人だろうか、両脇を抱えられるようにして男が出てきた。これで八名。

解放された人質たちそれぞれを警官が迎え、ファストフード店に誘導した。店は銀行の向かいにあり、規制区域内のために営業できないでいたが、ひとり残っていた店長は捜査員のために店舗を開放していた。

「半マロ」イヤホンに後藤の声が届いた。

無線でその名前を呼ぶなっつーの。

見ると、ガラス戸に大きなハンバーガーのステッカーが張りつけられていて、そのちょうどピクルスの横あたりに、店内からこちらを見ている彼の姿が見えた。

「はい郷間です。状況はどんなですか」

「支店長が怪我をしているが、他は無傷だ。今、ここの店長が飲み物を出してくれている。落ち着いたら、このまま話を聞く」

「了解しました、宜しくお願いいたします」

「……」無音。

「後藤さん？」

「いたしますぅ？　なんだそれ。気持ちわりぃぞ」

吉田から後藤の働きについて話を聞いていたからか、ついそんな言葉遣いになってしまった。

「とにかく、お願いします」

ガラス越しに笑う姿が見えた。

交信を終えると同時に着信があった。野呂だ。

「部長、人質が一部解放されました。全八名です。支店長が怪我をしていますが、他は問題ないようです。今、後藤警部と所轄の刑事が聞き取りを行っています。これで、さらに内部の状況が分かってくると思います」

『そうか！　一部というより大部分じゃないか！　さすがだな。この調子で頼む』

さすが、と言われても自分は何もしていない。依然として國井のペースに乗せられている感は拭いきれなかった。

ふと気配を感じた。すぐ隣に吉田がいて、電話が終わるのを待っている。

気付けばいつもこうだ。まるで『郷間から離れるな、電話の内容を聞き漏らすな』と厳命されているみたいだ。

吉田の人柄に救われることもあるし、男性として惹《ひ》かれもする。でも自分のペースで仕事をさせてくれないと、はっきりいって面倒くさい。

チャーミングなところもあるんだけどね……この、見た目ワイルドな、チョイワルなキャリア。

吉田は構うことなく、好奇心旺盛な子供さながらに聞いてくる。

「今の、野呂刑事部長ですか」

「はい、状況を報告しました」

「そうですか、さっそくお手柄ですもんね！」

「違います。國井が勝手に解放したんです」

また携帯が震えた。画面を見ると、〝野呂のおじさん〟となっている。今度は個人の携帯からかけているのだ。彩香は人差し指を立てて吉田を遮った。

『アヤちゃん、トイレに行くって抜け出しただけだから手短に話すよ。この事件はなにかおかしい』

「おかしい？」

口元を手で塞ぎ、吉田に背を向けた。

『そこにいる吉田という男も、警察庁が状況を独自に集めるためによこしたんだと思う。サッチョウは俺たちの知らないことも知っているようだけど、なんだか妙な方に向かいそうな予感がする。いいかい、くれぐれも気をつけて。吉田は何を監視しているかわからないからね。おっとごめん、もう行かなきゃ』

「おじさん、ありがとう。あの……」

『ん？』

「おばさん元気？」

『ああ、たまには顔を出せって言ってるよ』ふっと笑い声を挟んだ。『もうお見合いの話はしないからって』

彩香は苦笑いをして電話を切った。捜査と関係のないことを話したのは、この状況の中で、現実感がなくふわふわしていたからだ。郷間彩香という人物が確かに存在していることを誰かに確かめておきたかった。

――やたらと見合いを奨める、母代わりのおばさんに苦慮する、三十二歳の女。

――他人にスキを見せず、目を三角にしながら不正を暴こうと捜査する刑事。

――でありながら、缶ビール片手にミドルエイジの出会いパーティーをネットで検索している婚活女。

つまり、正体不明のストレスにさらされて、自分を見失わないように、事件のこと以外の話で、自分の存在を再確認しておきたかったのだ。

不器用な方法だけどね。

携帯を仕舞うと同時に、また吉田が声をかけてきた。

「そういえば、郷間さんは野呂警視監とは昔からのお知り合いだそうですね」

「私のことを調べたんですね」

「あ、いえいえ、そういうことではなくて。渡された資料に書いてあっただけで」

彩香は嫌悪感を露わにした。

「資料？　私のことを調査したんですか」

吉田はあたりを見渡して、内緒話でもするように顔を近づけた。

「違いますって。犯人が指名するぐらいの方ですから、どんな人かと評判くらい聞くでしょ。その程度です」

「吉田さん、お願いします。あなたが知っていることを包み隠さず教えてください」

間違いなく、階級に雲泥の差がある相手に言う言葉ではないが、身近に警視監である野呂がいるせいか、そういったことには物怖じしなくなっていた。

睨みつづけると、吉田は、参ったなぁ、と鼻先を人差し指でかいた。

彩香は吉田の表情を注視した。瞬きする間に、表情の変化を見逃してしまわぬよう、一度だけ長めに瞼《まぶた》を閉じた。再び開いたときは、これまで多くの犯罪者が思わず懺悔《ざんげ》してしまうような眼に変わっていた。暗闇の猫のように眼底が光っている、とベテラン刑事が表現する眼だった。彼らから見ても、かなり怖いらしい。

「じゃあ、今から私、独りごとを言いますね」彩香はネズミを追いつめた猫のようにゆっくりと、慎重に話す。「國井が私を指名した理由。それは、同じ課に所属している者に伝えたいことがあるからです」

「でも、わざわざどうして銀行強盗を？」

ここだ。さぁ、あなたはどう思ってんの？

彩香は目を見据えて言った。

「ここの銀行に、その事件の証拠があるとしたら？　例の貸金庫に」

吉田の右眉がぴくりと上がった。

それはどういう意味なのかしら。どう？　ズバリ？

「それは一体なんですか」吉田が言う。

答えを請うというよりも、試すような声色だった。

「まだ分かりませんが、銀行も表に出したくないものなんですよ、きっと」

「でも、それなら令状をとって捜査すればよかったのでは？」

「とれなかったとしたら？」

「そんなことがあるんですか」

「あったとしたら？」

「例えば？」

「上層部からの圧力……」

例えば警察庁とかね、と言いかけてやめた。大きめの鼓動が彩香自身に警鐘を鳴らしている。

國井は捜査を妨害され、辞職に追いやられていた……？

もし、仮にそうだったとしたら、國井を放逐して安心していた連中が、この騒ぎで何かをしかけてくるかもしれない。

しかも急所を捉えるチャンスは一度きりかもしれないのだ。それまでは、根拠のない当てずっぽうを言う女、を演じておくくらいに留めていたほうが得策かもしれない。

彩香は、〝眼底を光らせる眼〟から〝子猫の眼〟に切り替えた。

「ところで、ここの銀行のセキュリティーについてはお聞きになりましたか。渋谷支店は特殊みたいですね。私、なんだか仕組みが分からなかったんですけど。実はハイテクには弱くて」

彩香は片目をつむり、ほんの少しだけ舌を出した。漫画なら〝てへっ〟というセリフが付きそうだ。

やり過ぎかとも思ったが、果たして吉田は頬をゆるめ、優越を感じさせる笑みを浮かべた。

男って単純。女より上位に立てることで安心してしまうのよね。

彩香は取り調べの際、この落差で情報を吐かせることも多々あった。

「まぁ簡単に言えば、ここの金庫は本社が完全コントロールしていて、金庫の解除、施錠は支店ではできず、遠隔操作でやるそうです。だから支店長を脅しても無意味で、金を奪おうとしたら本社を巻き込んでの大騒ぎになります。押し入って、数分で金を奪うようなことはできないというわけです」

彩香は頷いた。確かに、銀行側から提出された資料にはそう書いてあった。

そこで、吉田が合点したように手を打った。

「さっきの郷間さんの〝独り言〟によると、國井はある事件を追っていた。郷間さんを指名したくらいですから、それは二課に関わる犯罪で、しかもまだ解決していない。当時の國井では壊せない壁があり、捜査が行き詰まった——」

吉田は両手の人差し指と中指をそろえて伸ばすと、アメリカ映画でよく見るように、自分の両耳のあたりで、クイックイッと曲げながら彩香の言葉を引用してみせた。

「例えば〝上層部の圧力〟、そんなものに妨害されていた。やがて警察に失望して辞職。しかし独自に捜査を続け、この銀行に重要な証拠があることを突き止めた。わざわざ白昼堂々押し入ったのは、ある効果を狙ったから」

「効果？」

「マスコミです」

彩香は辺りを見渡した。数えきれないほどのテレビカメラがあり、上空にはヘリコプターも飛び回っている。それだけではない。周囲を埋める野次馬の手にはもれなく携帯電話のカメラが握られている。ネット上では、いまごろあちこちで「いいね！」が飛び交っているはずだ。なにかを暴露したいなら、たしかに効果的だった。

「私の想像ですよ」

〝てへっ〟的な表情をする吉田を、憎めない、と思ってしまう自分が憎々しい。

「豊かな想像力ですね」

彩香はそう返すと、現場を取り囲む無数の目を改めて意識した。

もしそうだとしたら、國井は、一体何を見せようとしているのだろう。

【二一：〇〇】警察庁
会議室の扉が乱暴に開かれたのと、怒鳴り声が聞こえたのは、どちらが早かったか分からなかった。が、野呂は、その両方に顔を上げた。

「どうなっとるんだ！」

それは野呂に向けられたものではなく、百瀬次長に対してだった。壮年を少し過ぎたかなくらいの男はどっかりとイスに腰を落とすと、なおも怒鳴り続けた。静かになったのはタバコに火をつける数秒間だけだった。それに対し、百瀬は神妙な顔つきで時折頭を下げる。

収穫から一週間ほど放置された茄子のような、水分を感じさせないパサパサの面構えから、歳は野呂よりも少し上であるな、と判断した。

「現場は統率がとれておらん、あれじゃあいつまでたっても終わらんぞ！　小汚い事務所に閉じ込め、貸金庫だのセキュリティーだの根掘り葉掘り聞きおって。こっちは被害者だぞ！」

そこで、次長の視線から、ようやく野呂の存在に気づいたようだった。

「君は誰だ」

それはこちらのセリフだ、と思いながらも丁寧に自己紹介する。立ち上がって名刺まで出した。男は細い身体を背もたれに預け、ふんぞり返って名刺を一瞥し、指に挟んでヒラヒラとさせながら次長に聞いた。

「こいつが例の男か。大丈夫なのか」

例の男って？　噂になるようなことをしたかな。というか、こいつ呼ばわりされる覚えはない。

「刑事部長ですから、いざという時、現場を一元管理できます。さらに指揮を執っている郷間警部補とは家族同然の関係ですから」

次長が知ったかぶりで言うのを聞きながら、あのじゃじゃ馬は私の言うことなんか聞きませんけどね、と思う。

「あの生意気な小娘か！」

ははぁ、どうやらアヤっぺの態度が、この偏屈じぃさんの逆鱗《げきりん》に触れてしまったようだな。

野呂はほくそ笑んだ。

「恐れながらお聞きいたしますが」手のひらを上にして、その男を示す。「どなた様ですか？」

二人は譲り合うような視線を交わした後、次長が言った。

「こちらは新世界銀行の寺内会長だ」

なんだ。次長に対して態度がデカいから、てっきり公安委員か警察庁のＯＢかと思った。それにしても、どうしてそこまで横柄なのだろう。弱みでも握られているのか？　それとも天下りを狙っているのか？

「で、どうなんだ。あの女で現場はまとまるのか？」

野呂はテレビを指差した。

「ええ、さっそく人質の大部分を解放させることに成功しました。期待以上の働きです。ベテランでもなかなかあそこまでできないでしょう」

寺内に対する反骨心から、彩香を過大評価してやった。

「あんな格好しやがって。警視庁刑事の風采か、あれで」

「いろいろ起こる世の中ですが、普通、いきなり現場指揮官に任命されるとは思わないでしょうからね」

個人的にも、あのタイトスカートにハイヒールはどうかと思ったが、この男に言われる筋合いはないので弁護しておいた。

寺内は鼻を鳴らすと、嫌みな笑みを浮かべて言った。

「それにあの女、不倫してたんだろう、ええっ？」

野呂は意表をつかれて、しばらく呼吸ができなかった。

不倫……。

確かにそれは、彼女の警部補への昇進査定の際に問題になった。彩香が不倫をしているという噂がどこからかもたらされたのだ。

彩香からも、付き合っている男がいるとは聞いていたが、まさか相手が妻帯者だとは思わなかった。しかし、話を聞くとそれは彼女にしても同じだったのだ。

「調査したところ、郷間警部補もそのことを知りませんでした。相手の男はバツイチだと彼女に言っていたそうですから。本人は、その事実に気付いた際、すぐに関係を解消しています。昇進について彼女の能力に疑いの余地はなく、行動規範的にも問題はないと判断されました」

「君の馴《な》れ合いの判断だろ。付き合う相手の素姓すら見抜けんとは、刑事としての資質が欠落しているんじゃないのか」

このクソじじぃ……。

「昇進は委員会の決定であり、私は客観的に助言したまでです。そもそもなぜあなたがそんな情報を知っているのですか」

　ちらりと眼をやった百瀬は、終始知らんぷりを決めこんでおり、佐伯にいたっては薄笑いを浮かべている。

「別に国家機密でもないだろう。ワイドショーのネタのようなものだ。知っていて何が悪い。私はこの大事にケツの軽い女が指揮官で大丈夫か、と心配になっただけだ」

　野呂は、ついに拳をテーブルに叩きつけ、立ち上がった。奥歯を嚙みしめる力が強すぎて、その顔は小刻みに震えていた。彼にしてみれば、娘を侮辱されたことと同じだったからだ。

「おやおや、君まで冷静さを失っているじゃないか。これでよく刑事部長が務まっているな」

　この時、野呂はなんでもいいから投げつけたい衝動にかられた。手近にあるのはコーヒーカップ、携帯電話……。しかし不意によぎった郷間陽平の言葉が、野呂を抑制させた。

　新世界銀行の寺内は確かにこの事件の被害者といえる。しかし、ここにいる理由、しかも怒鳴り散らし、百瀬は萎縮さえしている。その図が酷く不自然に思えたのだ。

　そこには明らかに力関係の差が見えた。警察権力の上をいく、別次元のものだ。このような得体の知れない状況に出会ったら、うっかり地雷を踏んでしまわないよう足を踏み出す前に息をひそめて様子を窺うべきだ——郷間陽平は、そう言っていた。彩香も受け継いでいればいいけど。

野呂は浮かせた腰をソファーにストンと落とした。

寺内はそれを降参と受け取ったようだ。余裕の笑みを浮かべる。

「まだ終わってない。私の銀行はどうなるんだ」

あんたの銀行が問題なんじゃない、その前に人の命だ。

「犯人からの要求を待って対策を練ります」

「人質がいないなら、さっさと突入させればいいだろうが」

「人質はまだ残されています。それに犯人の精神状態もまだ追いつめられていないし、突入すべき犯人とも思えません」

突入するSITも、銃の引き金に指をかけていたとしても、最後の瞬間まですべての命を救いたいと思っている。

その旨の説明をすると、また怒鳴り始めた。立体的に浮き上がる額の血管が切れないかと心配になった。

「いいか、このニュースは世界中のメディアに流れている。首都警察が断固たる行動をとるところを見せろ！」

なぜ部外者にそこまで指図されなければならないのだ。次長もなぜ言いなりになっている？　あぁ、いっそのこと、その血管、切れてしまえばいいのに。

野呂はギリギリで抑えた。

「ちょっと、トイレに行ってきます」

「またですか」百瀬が上目遣いで聞いた。

「またです！」

新鮮な空気を吸いたかった。

会長、お気持ちは分かりますが——。

なだめる次長の声を背中に聞きながら、後ろ手にドアを閉めるその時、耳に入った。

「あれが漏れたらどうする。ユニットの……」

あれ？　ユニット？

野呂は続きが聞けないかとしばらくドア越しに耳を澄ませたが、それ以上聞こえてこなかった。

ただ、得体の知れない胸騒ぎがしてならなかった。

【二一：三〇】井の頭通り入口交差点
彩香は点滅する自らの影を足下に見ていた。影を黄色く縁取る光源は、四方を向く信号機だ。事件発生時から点滅信号に切り替えられていたはずだが、周囲が薄暗くなって路面を照らすようになるまでそのことに気付かなかった。

街灯の支柱は緑色のペイントで、これまで意識したことはなかったが、頭の上くらいの高さまでは多角錐型をしている。パルテノン神殿の柱をイメージできなくもないが、色も相まって今はオクラのようにしか見えない。

支柱に寄りかかっていると携帯が鳴った。通話ボタンを押す。

「はい、郷間」

『主任、お待たせしました、鈴木です！』

「なにかつかんだのね」声の調子で分かった。

『ええ、フローズン生級のネタですよ。古株に聞いて回ったら、四係の井上《いのうえ》さんが当時隣の席だったそうで、よく覚えておられました』

「そう！　それで？」

彩香のテンションは上がった。相手を知ることは、今後の交渉を有利に進めることに役立つ。

『國井は普段はのんびりしているのですが、獲物を見つけたら政治家だろうが何だろうが手段を選ばず突進するそうです。付いた異名がブルさん。ブルドーザーとかブルドッグのイメージです。そのブルさんが当時、夢中で追いかけていたのが……』

うんうん、もったいぶるな。この銀行でしょ？

『韓流です！』

「は？」

『結構ハマっていたみたいですね、よく韓国のガイドブックを見ていたようです。歴史にも興味があったみたいで、韓国の歴史ドラマを見たりとか、旅行雑誌を見ながら訪韓の計画を立てていたりとか。さらに結構グルメでもあったみたいで味覚が分からなくなるからとタバコも吸わず……』

電話越しに鈴木のにやけ顔が浮かんだ。本ネタは別にあるな。

「ちょっと、からかわないで。こっちは大変なんだから」

『えへへ、すいません』

鈴木からおどけた声が返ってきた。プレッシャーにさらされている上司への労いのつもりだったか。

『すいません。こっちが本命です。ブルさんが調べていたのは不正融資と贈賄です』

「それそれ。つまり？」

『まさに新世界銀行です』

ビンゴ！　心臓が脈打った。

やはり國井は金目当てではない。

「それで、内容は？」

『それが不思議なことに、井上さんがおぼろげに覚えていただけで、記録が見つからないんです。引き継ぎを受けている人もいなくて』

同じ課員であってもライバルである。よほど確信がもてるまでは一人で抱え込むことが多いが、それまでの捜査記録が一切残っていないというのはどういうことだろう。

「それで、結局どうなったのかしら。少なくとも起訴はされなかったってことよね。確証が持てなかったのかしら」

『それが、そうではないらしいんです』

なに、その含みを持たせた言い方。

「つまり？」

あくまでも噂ですよ、と前置きしたうえで話しはじめた。『どうやら上から圧力をかけられていたようなんです。捜査を中止させられて、それで辞めちゃったんじゃないかと。ブルさん、まっすぐな人だったみたいなので』

「やっぱり……。圧力ってどこから？」

『いやぁ、本人もそこまでは言わなかったみたいです。ひとり抱えて去ってしまったようですね。だから詳しいことは誰も知らないんです』

二課の場合、捜査対象が東京地検特捜部と重なることも多い。それで捜査を譲らざるを得ない場合もあるが、そういうことだろうか。

『もう少し調べてみますか。刑事部の資料室になにか残っているかも』
「ごめん、お願いできる？」
『もちろん。生中で』
「ええ、浴びるほど飲ませてあげるわ」
『ところで主任代理、そっちは大丈夫なんですか』
「針のむしろよ。じゃれてるヒマなんてないんだから、情報はもったいぶらないです
ぐ教えてよね」
『すいません、きっと警部補のことだから浮いているんじゃないかと心配で、少しで
もリラックスしてもらおうと思ってあんなことを言いました。でも國井の韓流好きは
ホントですよ』
彩香は苦笑いして電話を切ると、緩んでいた頬を引き締めた。またしても吉田が近
寄ってきたからだ。この男はどこに行くにも金魚のフンのようについて来る。
「なにか情報がありましたか」
この段階では情報を渡せない。笑顔で聞いてくる吉田を曖昧にやり過ごすと、彩香
は距離を取った。
ファストフード店の前を通り過ぎ、その先のバス停まで歩いたが、ベンチがあるか
もという期待は外れた。ガードポールは石柱とそれをつなぐ鎖に変わっていたが、バ

ランスをとりながらブランコよろしく鎖に腰を下ろした。

背後の野次馬は賑やかだが、今はどの警察関係者からも距離を置いて考えたかった。

状況から考えると、國井は中断させられた事件にケリを付けるためにこの銀行に押し入った。だけど、どう決着をつけるつもりなのだろう。

誰かに相談したいけど……。

野呂のおじさんは、声色がいつもと違っていた。だれかに気を使っているというか、自由にしゃべれない環境下にいるようだったから、きっと周りの目が光っているのだろう。後藤本人は信用できそうだが対策本部内に敵がいるかもしれない。

ふと見ると、吉田はいつもと同じ場所でガードポールに腰掛け、片足をパトカーのリアタイヤに乗せていた。目は銀行に向けたままだ。

あの吉田は論外。人間的には興味津々だが、そもそも存在が怪しい。國井も気をつけろと言っていた。将来の捜査技術向上のための視察というが、本当の目的は他にありそうだ。

そう、男はすぐに嘘をつく。どーでもいいようなことから見栄や悪質なものまで。そして簡単には認めないし、修正しない。時間が勝手に解決してくれると思っている。しかし、女は女でやっかいだ。嘘からはじまった相手でも、かけがえのない存在になったりすることもある。

そういえば、あの男と出会ったのもここ渋谷だった。

賑やかなハチ公側ではなく、青山寄りの、静かなバーだった。世界中のビールが飲めるというのがウリで、ビール好きの彩香はよくそこに通った。

目立たない場所にあり、客の入りも少ない店だったので、経営が成り立つのかと心配だったが、かえって落ち着けるので好きだった。

カウンターで、あれは確か、ベルギーのビールを飲んでいる時だった。隣で聞きなれない名のビールを注文する男がいた。出てきたビンのラベルにはドクロというか、大きなカマを持った死に神のイラストが描かれていた。

「わー、すごそう」

軽く酔っていたせいか、本来はあまり社交的ではないのに、思わず口に出た。

するとと男ははにかむような笑みを見せた。

「前に友人と来たとき、ノリで頼んだのですが、強いパンチが癖になってしまって」

聞けばドイツ産で、喉越しはとても重いそうだ。

その後も、そのバーで何度か顔を合わせるようになり、そのうち、彼に会うことが目的になった。

同い歳でバツイチだったが、優しくて気がきいた。年中同じ安スーツの刑事課の連中とは違い、彼はスタイリッシュで、会話も弾んだ。

普通にデートするようにもなったし、普通に夜を共にした。安月給とは言っていたが、結婚したら、月の貯金はこれくらいで、時々旅行する。夜行バスでもいいのよ、私、車で寝るのは張り込みで慣れているから。と、ささやかな夢も見た。

ところが、嘘だった。

教えてくれたのは、竹下だった。お前、噂になっているぞ、と。

幸せだったから、いろんな人に話もしたし、ブログに写真も載せた。公私共に充実していたが、それくらいバチは当たらないと思っていた。そこに、頼んでもいないのに警察のネットワークが遺憾なく発揮された。

当時私は、同期より早く昇進を決めていたり難事件をいくつか解決していたり、それなりに注目されていたこともあるだろう。ひょっとしたら嫉妬も混じっていたのかもしれない。

いずれにしろ、指名手配された如くの勢いで彼の情報が周りを巡り、自分が知らない彼の情報を——既婚者であることを——他人は自分より早く知っていたのだ。

廊下ですれ違う者が皆、浮かれる私を蔑み、あざ笑っているように思えた。

罵り、恨み言を一方的に叫んで別れを告げた。が、彼ほど感性が合う人は他にいないというくらいだったし、何より一緒にいると安心する人だったから、ただただ泣いた。

昇進試験を心配する野呂にはその場で別れたと報告したが、父を亡くした後の心の隙間、本庁二課に勤めることのプレッシャー、そして疎外感。それを埋めてくれることに甘えてしまい、その後もずるずると関係を続けてしまった。

それがなんの解決にもならず、自分を哀れにしているだけであるということに、焼肉店でカルビをつついているとき唐突に気付くまで、長い時間が必要だった。

それからはひたすら仕事に打ち込んだ。寂しさや、虚しさに追いつかれないスピードで、ひたすら走り続ける必要があったのだ。

自分が弱い人間であるのはよく理解している。だからこそ、弱さにつけ込む嘘つきは絶対に許せなくなった。

二課が相手にするのは基本的に嘘つきである。その嘘つきを打ちのめす。それが今のモチベーションになっている。

「おい、半マロ。ぼやっとすんな」

彩香は頭を振って、意識を引き戻した。

後藤がすぐ前に立っていた。彼は解放された人質たちを保護し、ファストフード店で話を聞いていた。彩香は腰を上げた。尻を軽く叩き、血流を促す。

「状況が分かってきた。まず、犯人は男三人。素顔をさらしているのは國井だけで、他の二人は目出し帽をしていて人相はわからない。解放されなかった人質二人はどちらも客のようだ。ひとりは、通報してきた例のジャーナリストの丸山。もうひとりは女性で年齢は三十代後半。人質への扱いは丁寧だったそうだ。ただ支店長はこっぴどく殴られている。鼻も折れているらしいが、歩けないわけではないし、この後病院で検査はするが、恐らく入院が必要なレベルでもない」

「了解しました。本部には？」

「伝えてある。それと、連中は地下室に用事があるようだ。基本的に一人残して、二人は地下にこもっていた」

「なにを狙っているのでしょう。それに、あの爆発」

「やはり、金庫を破壊したのかもしれんな」

でも目当ては金じゃない。それ以外のなにかだ。

「それから、喋っているのはもっぱら國井で、目出し帽の二人はめったに喋らなかったそうだ。せいぜいお互いの耳元でボソボソ言うくらいだったそうだ。ただ……」

「ただ？」

「数人がある言葉を聞きとっている。その言葉は、噂として俺も聞いたことがある」

「それって、なんです？」

「聞いたことあるだろ。〝ブラッド・ユニット〟だ」

彩香の記憶の奥に、閃《ひらめ》くことがあった。

「ブラッド・ユニットって、世界的なテロ集団だとか、警視庁にある秘密組織で、悪人を闇で討つとかいう組織のことですか。確か〝血まみれ部隊〟って呼ばれてる？」

後藤は眉に唾を付けるような渋い顔をした。

「その真実は分からんが、とにかく銀行内でそんなことを言っていたそうだ」

「でも〝ブラッド〟も〝ユニット〟も一般的な英語でもあるから、なにかの会話でたまたま出てきたとか」

「ところがだ、それだけじゃねぇんだ」

「といいますと？」

「お前、野呂部長が今どこにいるか知ってるか。ちなみに一課の対策本部じゃねぇぞ」

会議室っぽい所だったけど、そういえば聞いていなかった。

「はっきりとは分かりませんが、何人かの関係者とこの事件をモニターしているみたいでしたけど」

「それな、警察庁内の会議室だ。部長を呼び出したのは警察庁の百瀬次長と佐伯官房長」

えっ、ヤバっ。さっきの電話で怒鳴ってしまった相手は、トップクラスの人間だったかもしんない。

「なぜ動揺している？」

「あ、い、いえ、別に」

「まぁ、とにかく、サッチョウもこの事件を相当気にしているらしい。さらに銀行の会長、お前に追い返された後、その会議室に怒鳴り込んだらしい。お前への苦情を言いながらな」

彩香は目頭を押さえながら顔を伏せた。

「そんな所に一般人が自由に入れるんですか」

「もちろんアポはあったんだろう。でも、なにかしらの関係があるんだろうな。ともかく、その会議室でも同じ言葉が飛んでた」

「ユニット？」

「そう」

彩香の頭に疑問が浮かんだ。

「ユニットも謎ですけど、後藤さんは何者なんですか。どうしてサッチョウの中の様子までわかるんですか」

後藤はニヤリと笑いながら言った。

「俺の人脈をなめんなよ」

女だ！　と彩香は直感した。きっと、付き合ってる女が庁内にいて、お茶出しの時なんかに見聞きしたのではないか。

後藤の女がらみの噂はちらほらと聞いてはいたが、まさか警察庁まで手を伸ばしているとはね。

後藤の得意顔に、女の勘もなめんなよ、と心の中で返す。

「いずれにしろ、あいつがなにか知っているんじゃないのか」

後藤の目配せに従って吉田を見ると、不意に目が合い、吉田は慌てて目を逸らせた。

「もしもよ、やっかいな〝血まみれユニット〟ってヤツが実在し、そこに多くの警察関係者が関わっているとしたら、サッチョウも黙ってはいられない。だから、アイツはここに来たんじゃねぇかな」

一理ある気がした。

「聞いてみるしかないですね」

早急に解決しなければならない現場を前にして、犯人だけでなく身内とも駆け引きをしなければならないなんて、そんなの無理。

彩香は腹を決めた。

その目を見て感じるものがあったのか、後藤はやれやれと苦笑いを浮かべる。

「お前、ほどほどにしとけよ」

「ええ。でも後藤さんもおかしいと思いません、この事件」

「ああ。確かに普通じゃない。ま、おれは口出しせずに指揮車で留守番してっから、好きにやってみろや」

助けてはくれないけど、邪魔もしないってことね。彩香は不敵に笑ってみせると、吉田をロックオンした。

歩み寄るあいだ、吉田は銀行に顔を向けたままだったが、視界の端っこでその存在を捉えているように思えた。それでも、彩香が声をかけたとき、初めて気付きました、という感じに上半身を反らせ、驚きを表現してみせた。

「郷間さん、なにかありましたか」

案の定、吉田が小憎らしい笑顔を向けてきた。ナイスガイを辞書でひいたら〝吉田のようなさま〟と載ってそうだ。

「ええ、いろいろ、ありましたよ」まずは、ジャブだ。「國井は、現役時代にある贈収賄事件を追っていました。その舞台が、この新世界銀行です」

どうだ？

「ええーっ！　そうなんですか」

わざとらしい。その顔は……。

「知ってましたね」

吉田は目を丸くして見せてから、笑った。

「はい」あっさり認めた。「すいません」

彩香はため息をふぅっとついた。やはり、情報を隠している。嘘つき。こういう男、だいっきらい。

「そろそろ、こんな駆け引きはやめにしませんか。まだ人質が残されているんですよ」

救うべき人命を前に、よそ者に翻弄されながらも健気に職務を全うしようとしている女刑事を演じた。

それに心を動かされたのか定かではないが、吉田はまるで見張られていないかを確認するように辺りを見渡してから、自分を納得させるように二度ほど頷いた。

「ですよね。実は、私にも言えることと言えないことがあって肩身は狭い立場なのですが、確かにあそこに捕らわれている人のことを考えれば、そんなことを言えないですよね。解決に全力を尽くすのが警察官の役目ですものね」

彩香の演技を見抜いて、わざとらしく乗っかっているようにも思えたが、まぁ良しとしよう。

「それで、何をお知りになりたいのですか」

そうね、やはりあのことについてかしら。

「血まみれ部隊――ブラッド・ユニットについて教えていただけますか」

彩香がそう口にした途端、笑みが消えた。

「藪《やぶ》から棒に……なんのことを」

あそう、まぁだとぼけちゃうわけね。

「私は現場の指揮を執るよう刑事部長から命令されています。つまり、指揮官としてあなたをここから追い出すことができます」

するとと吉田も負けじと返す。

「私がここにいるのはさらに上層部からの指示ですよ」

「そうですかぁ、仕方がないですね。では私が出て行きます。でもぉ、國井が指名した交渉人がいなくなっちゃったら彼らはどう出るでしょうね。思い通りにいかなくなった犯人グループはご機嫌を損ねるかもしれません。もし交渉が失敗したら、共有すべき情報を隠して捜査を妨害したのは誰だ、ということにもなるんじゃないでしょうか」

吉田は頭を抱えてみせた。彩香に背を向け、ボンネットを二度三度叩いた。しばらく頭を下げたまま固まって、それからふらりと立ち上がり、スクランブル交差点の人ごみに向かって歩き始めた。

秘密を話すくらいなら去ってやる。止めるなら今のうちだぜ、という意思表示に見えたが、吉田は二十メートルほど歩いた所で立ち止まると、大きな足踏みをして何やら叫んだ。「くそっ」とも「うぎゃ」とも聞こえた。それから吉田がため息をついたのが、大きく揺れた背中で分かった。くるりと向きを変えると、今度は笑みを携えて戻ってきた。

「さすが、交渉上手ですね」

こんなの交渉じゃない。男の見栄とか意地とかに付き合うのがバカらしいと思っただけよ。何も解決しないことに気付いて戻ってきただけ素直でよろしい。

彩香は笑いたいのをこらえた。所詮、男の意地などこの程度のものだ。放っておけば自滅する。

「実在するのですね、ユニットは」

声にはその勝った感情は表さないように注意した。なにしろ男ってやつはプライドが高い、めんどくさい生き物だ。

「正直に言うと、どこまでお話ししていいのかわからないのですが。でも……」

吉田は、苦渋と喜色を混ぜたような複雑な表情を浮かべた。それから、これまた捨てられた子犬のような上目遣いで彩香を見る。

「でも、あなたならいいかもしれない」

うわぁ、その幼気なキャラを演じて何人の女を騙《だま》してきたのかしら。

と思う反面、まんまと心が揺り動かされる自分に腹を立てたりもする。

「ユニットのことをお知りになりたいのですね」

「はい。犯人グループがそう言ったのを人質の何人かが複数回聞いていたそうです。

さらに情報源は明かせませんが、警察庁内のとある会議室でもその話が出ているようです。これって、例の謎の組織のことですよね。ただの噂話だと思っていました」

吉田は肯定も否定もせずに下唇を軽く噛んだ。

「あなたが知っているユニットについて聞かせていただけませんか。私もちゃんとお話ししますから」

後出しか。まぁいいや。咳払いをひとつ。

ブラッド・ユニットとは昔からある噂で、法で裁けない罪人を独自に処理する謎の組織。現役警官や、警察をドロップアウトした者を中心に構成され、それゆえに法の抜け道や警察組織の裏側を知っており、ウラをかいてまんまと逃走する。証拠すら残さないので、未解決事件の多くにはユニットが関わっている、と噂されている。ブラッドという単語から血なまぐさいことをやる連中という印象を受け、〝血まみれ部隊〟と呼ばれている。

「でも、未解決のまま進展しない事件を、きっと手が出せない謎の組織の仕業だと、悔しさ混じりに話したことが噂となって残っているだけのことと思っていましたけど」

「私もそう思っていました。だけど、國井が個人的に捜査を続けていたとしても、どうやって情報を集めたのか。自らこんな状況を作り出しておいて、どう決着をつけるつもりなのか。逃げるなら相当な大風呂敷を広げなきゃならない。それができるには特殊な能力を持った人間の協力が必要なんじゃないかと思うんです」

「つまり、警察を追い出された國井にユニットが近づいた？　あそこにいるのが、ブラッド・ユニットなんですか」

「その可能性も否定できないと思っています」

彩香は鼻から息を強く吐き出した。話を整理する時は、こうして脳内の空気を入れ換えるのだ。

「実際に、存在していたんですね」

「まだ全容は分かりませんが、これまでまったく実体をつかめなかった謎の組織が尻尾を出した。これは、またとないチャンスです。それに警察関係者が含まれているなら、様々な方面に関係を持っているはずです。きっと犯罪組織ともね。元警官の頭脳とコネクションに、手段を選ばない連中の実行力が合わさったら、えらいことになる。それはなんとしても阻止したい」

彩香の頭の中は猛烈な勢いで回転していた。ただの銀行強盗かと思ったら、その裏に都市伝説が関わっているという。にわかには信じられないが、吉田の真剣な眼差しを見ていると「またまたぁ」と茶化すこともできなかった。

「つまり吉田さんの目的は、銀行立てこもり事件の解決ではなく、その組織の解明にあるのですね」

「私も警察官です。もちろん人質の方の安全確保が何よりも大切です。ただ警察関係者が絡んでいるのなら……ええ、それを解明したい。今あそこにいる三人がすべてではないはずです。その組織が警察官を取り込みながら肥《ふと》っていくことは、なんとしても避けなければならない」

それはもっともだと彩香は思い、気付いたら二度ほど頷いていた。

「連中は、どんな事件を起こしてきたのですか？」

「わかりません。とにかく巧妙ですから」

「わからない？」

「つまり、こちらがまんまと乗せられていることに、私たちも気付かないということです。実はそこがいちばん怖い。例えば、そこの交差点で車の接触事故が起こったとします。営業回りのサラリーマンと、埼玉から遊びに来たカップル」

「はぁ」

「それが、ユニットの仕業だったら？」

「は？」

「物事を動かしておいて、それでも私たちには分からない。それどころか、当事者すら操作されていたことに気付かない。まさに完全犯罪です」

「しかし、表に現れない犯罪をどうやってつかむのですか」

「連中の一瞬のほころび。つまり、こういった機会を逃さない。それしかありません」

彩香はもう一度銀行に目を移した。相変わらず静まり返っている。シャッターが中途半端な所まで下ろされ、ガラス戸が中央で少しだけ開いていることを除けば、閉店後の銀行に見えた。

この事件は、その秘密組織のほころびなのか。

「話していただいてありがとうございます。吉田さんの負われている責務も理解できました。つまり、人質だけでなく、犯人グループを含め、全員を安全に確保できれば、お互いの目的は達せられるということですね」

「その通りです。お互いに協力しましょう」

「わかりました。よろしくお願いします」

吉田は満足気に頷いたが、彩香は心の底で、この人物に対する警戒は解かないでおこうと思った。

嗅覚が、まだこの男の嘘を嗅ぎ取っていたからだ。

【二二：〇〇】銀行

アロハはカウンターに肘をついたまま、窓に向き直った。受話器から伸びるカールコードが彼の身体にまとわり付く。

「郷間さん、どうもどうも、國井でございます。お待たせいたしました。それではね、こちらの要求をお伝えします。救民党元代表の伊藤《いとう》氏との会談を要求いたします。また、その内容はテレビ、ラジオで中継されること」

「ほげっ！」

國井、そして伊藤の名をセットで聞いて、丸山は思わず声を上げてしまった。目出し帽のずんぐりのほうが銃口を向けながら大股で歩いてくるのを、國井は手で制しながら電話を続けた。

「場所はお任せします。指定の場所まで私が出向いても構いません。以上です。状況を熟考の上、ご返答ください。では、お願いします」

アロハは猿臂《えんび》をぐいっと伸ばして受話器を置いた。丸山の頭には様々なことが渦巻いていた。

救民党の伊藤？　クニイって、あの國井？　マジで？　あっ、ヤベ。こっち見てる。

「伊藤さんが、どうしました？」

「す、すいません、ちょっと驚いてしまって」

國井は向き合うように座ると、興味深く観察するような顔をした。

「えっと、伊藤さんのお名前が出たもので、その……」

丸山は、あまり思い出したくない過去の記憶を探り始めた。

救民党の伊藤は、かつて丸山がスクープし、玉砕した相手だ。

仲間内では、救民党には近づくなと言われていた。叩かなくても埃が舞うような相手なのだが、不用意に調べた者は、ある日突然連絡がつかなくなったり、不慮の事故にあったりすると言われていた。偶然かもしれないが、ある記者は本当に交通事故で亡くなっている。

それでも当時の丸山は一時期の勢いが衰えはじめた頃で、スクープに飢えていた。だから、救民党を徹底マークした。そして新世界銀行と癒着しているという情報を得た。

警視庁の記者クラブにいた知り合いに、新世界銀行のことなら捜査二課の〝クニイ〟という刑事が詳しい、と聞いて連絡を取ろうとした。國井は不在だったので伝言を頼み、折り返しの連絡を待っていたのだが、その間に伊藤の愛人についてのタレコミを得て、週刊誌のトップに差し込んだ。〝腐敗神話と好色じじぃ〟そんな感じで。

その後の顚末《てんまつ》については思い出したくもないが、そんなわけで救民党＝伊藤という名は、彼の人生にとっての忸怩《じくじ》たる部分を象徴するものだったのだ。

「ところが、その愛人というのが、ただのお掃除のおばさんだったそうですね。ずいぶんなガセネタをつかまされたものですね」

丸山は当時を恥じてうつむいた。

「はい、焦るばかりに出所のハッキリしないタレコミを信じてしまったんです」

いいや、信じたんじゃない。真実なんてどうでもよかったのだ。確証がなくても話題にさえなれば注目され、金がもらえたのだから。

記事に魂が籠もっていない、と言われた。その通りさ。金をかせぐ手段でしかない。ジャーナリストのプライド？　そんなの、とっくの昔に酒代に消えたさ。

卑屈な表情を見せた丸山と対照的に、國井は聖職者のような笑みを見せた。

このアロハが、あの國井なのか？

会ったことも話したこともない相手だが、丸山にとっては忘れられない名前だった。

「なんと、あの時の記者さんでしたか。ご連絡を頂いたんですよね？　折り返せなくてすいませんでした。当時は私にもいろいろありましてね」

「覚えておられるのですか」

電話をしたのはただの一回、しかも不在だったのに、そんなに記憶力がいいのだろうか、と丸山は不思議に思った。

「実は、私はその数日後に警視庁を去ることになるのですが、電話を受けた刑事が丸山さんから着信があった旨を書いた付箋紙を筆立てに貼り付けてましてね、それが最後に片付けた私物だったので覚えていました。それに、すぐ後にワイドショーで騒がれてもいましたからね。もし私と連絡が取れていれば、ひょっとしたら違ったかたちになったのだろうか、と思ったりもしました」

「いえ、きっと、どっちにしろ、名誉毀損で訴えられてこのザマになっていたでしょう」

救民党に手を出したからだ。丸山は命を落としたり怪我をしたりはしなかったが、業界からは抹殺された。その後は仕事を回してくれる奇特な友人があってこそ、かろうじて生き延びている。

「ご苦労されたでしょうね」國井は痛心の情を示した。「改めまして、國井でございます。しかし世の中は狭いですな」

「まったくです」

「こんな偶然、めったにあるもんじゃない。これもなんかの縁ですから、どうぞこの事件のことを書いてください。独占取材です」

縁どころか運命的なものを感じる。これは報道の神様がくれたチャンスなのか、それとも完全なる破滅への道か。

「ありがとうございます」

強盗に礼を言うのも妙な話だが。

「國井さんは、まだ救民党を？」

「ええ、追っています。残念ながらもう警察官ではありませんから、こんなことまでしなければ直接話もできませんが」

「この事件の目的は、それなんですか！」

思わずメモをとりたくなったが、とりあえずやめておいた。

「話すことが目的じゃないですよ。もう少し先、連中の不正を暴くためです。言ってみれば、あなた方ジャーナリストのみなさんと同じです」

果たして俺は正義感から真実を暴こうとしたことがあったか。ひょっとしたら駆け出しの頃にはあったかもしれないが、ちょっと記憶にない。

「お話ができてよかった。では、少し作業があるので、また後で」

國井は膝に両手をついて立ち上がると、そう言って階下に下りていった。

残った目出し帽の男は、とてもお喋りを楽しめるような雰囲気でない眼で丸山を睨んだ。

【二二：三〇】井の頭通り入口交差点
「鈴木くん、なにか情報があるなら前置きなしで言いなさいよ」
彩香はかかってきた電話の機先を制すると、受話器の向こうから苦笑が伝わってきた。
『了解しました。えっと、まず資料室に行ってみたのですが、資料がなにもないんですよ』

「なにも？」

『ええ。なーんにも。新世界銀行絡みのものがすっかり抜け落ちています。でも、これって主任代理の言葉を借りると、〝色が違う〟ってことですよね』

彩香はほくそ笑んだ口を手で塞ぎ、辺りに視線を配った。吉田や後藤に聞き耳を立てられたくない。とりあえずは大丈夫そうだった。銀行前の交差点の対角に位置する所にある郵便ポストの上にメモ帳を置き、國井のことが書いてあるページまでめくる。

二課の捜査はとにかく証拠集めだ。様々な取引の記録や金の流れを追う。全く記録がないというのは、意図的に消し去った可能性が高いということだ。穴を掘って隠しても、取り繕ったところの地面の色が周囲と違って見えるように。

國井に捜査を中止させた圧力が存在するのなら、その圧力をかけた何者かが痕跡を消し去ったとしても不思議ではない。

彩香は半開きのシャッターの向こうに目をやった。

あなたは、闇に葬られたなにかを、掘り出そうとしているのね？

『主任代理、それから関係ないかもしれませんが、ちょっと気になることが』

「なに？　そういう刑事のカンって大切よ」

『人質の中にジャーナリストがいますよね、一一〇番で知らせてきたっていう』

「ええ、丸山って人。知ってるの？」

『スクープでやらかして、週刊誌で叩かれたことくらいしか僕は知らないんですが、井上さんが覚えていたんです』

「覚えてたって、なにを」

『確かではないんですが、ブルさんが警視庁を去る数日前、不在の時に井上さんが電話を受けたことがあったそうなんです。その人が、数日後、救民党のスキャンダルを暴こうとして自爆したので、なんとなく覚えていたそうです』

「ちょっと待って、二人は知り合いってこと？」

『いや、そうとも限らないです。その人が番記者だったら、ローテーションでヤマを探りに電話してくることもあるでしょうし』

それもそうだ。

彩香は電話を切ると、照明の当たる表の眩しさとは対照的な、暗闇の銀行内を透視するように見やった。照らせば照らすほど、真相を闇に追い込むような気がしてくる。

丸山が番記者をしていたのなら國井と話す機会があったとしても不思議ではないが、その二人が今、同じ場所にいるのは偶然だろうか。

眉間に皺が寄る。ファンデーションがひび割れないかと心配になり、軽く指でならした。もはや絵画ね。

それにしても、救民党のスキャンダルを追っていた丸山と、新世界銀行の尻尾をつかんでいた國井。二人が接点を持つとどうなる？　何が起きる？

「銀行は気が気ではないでしょうね」

背後から吉田が声をかけてきた。彩香は小さく舌打ちをし、メモ帳を手のひらで覆い隠すようにして閉じた。またしても背後を取られた。この男、気配がなさ過ぎる。

「ええ。泥棒が家財を物色しているのを、黙って見ているしかないんですから。そして、それは人の手に渡るのがあまりよろしくないものなんでしょう」

「この銀行の金庫は本社からの完全コントロールで、終業時にロックされますから、セキュリティーの固い銀行からそれを奪うには、営業時間内に押し込むしかないと考えたわけですね」

あれ？

「國井が押し入ったのは銀行が閉まる直前です。その時点では金庫は開いていたのなら、あの爆発は何を狙ったのでしょう」

「あー、確かに。となると、やはり貸金庫を爆破したのでしょうか」

「でも、あの爆破の規模なら、中身ごと吹っ飛びそうですけど」

しばらく二人で考え込んだが、答えは出なかった。

「ところで國井ですが、銀行の不正解明が目的であるなら、我々も協力してやれば、人質を解放してくれるかもしれませんね。わざわざ私を指名したのはそういうことだと思いませんか」

「でも、なかなかそうはいかないかも」

「なぜです」

「國井は警察に失望しています。我々がすることに期待していないかもしれません。それに、力を持ったやっかいな連中が他にもいるんです。そいつらがなにをしてくるか」

「やっかいな連中？」

「今にわかります」

吉田の横顔からは、これ以上の質問は受け付けられない、というサインが出ていた。ズルい。なんなのよ。

その時、無線が鳴った。

「半マロ、犯人から入電だ」

動いた。つーか、その呼び方いいかげんやめなさいよ。

彩香が吉田と共に指揮車に駆けこむと、後藤が呆れたように言った。

「お前、少しは指揮車の中でおとなしくしていられないのかよ。俺は電話番じゃねーぞ」

「國井に私の姿を見せたいんです。それに〝現場〟でしか得られないこともあるでしょう」

後藤の侮蔑的な眼差しを無視し、國井に呼びかけた。

「はい、郷間です」

『郷間さん、どうもどうも、國井でございます。お待たせいたしました。それではね、こちらの要求をお伝えします』

後藤が頭上で指をパチンと鳴らして他の係員を黙らせた。彩香は静かに唾を飲み、言葉を待った。

『救民党元代表の伊藤氏との会談を要求いたします。また、その内容はテレビ、ラジオで中継されること。場所はお任せします。指定の場所まで私が出向いても構いません。以上です。状況を熟考の上、ご返答ください。では、お願いします』

そこで電話は切れた。彩香は車内を見渡した。誰もが困惑の色を浮かべている。

「救民党？」

後藤がイヤホンを外しながら眉間に皺をよせる。いきなり降って湧いた話だからその背景について想像が追いつかないのだ。

ただ、彩香の腹の底はゾワゾワと騒いでいた。人質になっている丸山は、失敗したとはいえ伊藤のスキャンダルをスクープした。そして國井の要求も伊藤。どんなに甘く見積もってもこれが偶然とは思えない。

落ち着かない彩香の横で、吉田は冷静だった。

「後藤さん、貸金庫のリストは届いていますか」

「ええ。受け取っていますが」

「その中に救民党の関係者がいないか当たってみてはいかがでしょうか」

「そうですね、了解」

後藤は中堅刑事を呼んで指示を出した。

「政治家を呼び出して、その様子を中継させろなんて……吉田さん、どう思われますか?」

「会談のためなら外に出て行く立てこもり犯なんて、聞いたことがありません。いずれにしろ、公開させろということは、よほどなにかを伝えたいということなんでしょうね」吉田は目を細めて彩香を見つめた。表情の裏側を見通すように。「あなたには、心当たりがありそうですね」

彩香はこくりと頷いた。事件の早期解決のためには、ネタの出し惜しみをしている場合でない。

「未だに解放されていない人質の中に、丸山という例のジャーナリストがいます。数年前、その彼がスクープしようとしたネタが救民党の伊藤でした」

後藤が合点したように額を叩く。

「ああ、そうだった。そして、國井の要求も、丸山がスクープしたのも救民党。でも……半マロ、これはどういうこった。あのふたりは、なにか関係があるのか」

「実は、知り合いだった可能性があります」

「なんだって？」二組の目が、驚きの色を伴って彩香を捉える。

「國井が警視庁を辞める直前、丸山からの電話を受けた課員がいて、当時のことを覚えていました。國井は不在だったのでメモを残したという事実しかわかりませんし、実際に連絡を取り合っていたかは不明ですが……少なくともお互いの存在を知っていた可能性はあります」

三人とも唸った。

「どうなってんだ、これ」

後藤が助けを求めるように吉田を窺う。

「丸山さんの件は分かりませんが、とにかく今は、救民党に対応してもらうよう要請するしかありませんね」

彩香も吉田に聞く。オブザーバーというよりもご意見番のようだ。

「応じますか」

「やましいことがなければ、ですね。いずれにしろ救民党にしてみれば痛い。応じずにいて人質になにかあれば支持率低下は避けられないでしょうし、応じれば國井が何を言い出すかわからない。それこそが國井の狙いなのかもしれない」

「今は待つしかないみたいですね」

「だな。俺は対策本部に連絡する」後藤が受話器を上げる。

「私は部長に――」

きっと胃が痛む思いだろうな、と彩香はあまり頑丈ではないおじさんの胃を慮《おもんぱか》った。

【一三：〇〇】警察庁
野呂は胃の不快感に、最近自己主張が激しい腹部を手でさすった。皮下脂肪の奥底でチクチクと刺すように痛む。

コーヒーは控えたほうがよさそうだ。

犯人グループの要求について彩香から報告を得た。対策本部は捜査一課長より、直ちに救民党に要請を行ったが、即座に却下された。

野呂はその様子を目の当たりにするという奇妙な経験をした。なぜなら、犯人グループが要求を出す少し前から、指名された救民党の伊藤はすでにここにいたからだ。

「どう動くおつもりか」

その伊藤が言った。くぐもった声音だったが、底知れぬ迫力を含んでいた。

歳は九十を超えているはずだ。イスに浅く座り、両手を胯《また》の間に立てた杖《つえ》の頭に乗せ、身体をまっすぐに支えている。老人斑が浮いた頭皮を僅かな白髪が覆っているが、老齢にもかかわらず、背筋は伸び、古武士のような佇《たたず》まいだった。寺内と違い、伊藤は凛《りん》とした静けさを持っている。それでいて下手に動くと、気合いの一声とともに斬られるような緊迫感があった。いまだに政界、財界に強い影響力を持っているのも納得できる。

「状況で判断しますがすべて現場に任せています。基本的なスタンスは対話を通して着地点を探ります」

新世界銀行会長の寺内がタバコを挟んだ指をこちらに向ける。

「突入したらどうだね、人質のほとんどは解放されたんだろ」

「依然として二名が捕らわれています。犯人と合わせると五名です」

寺内は、救うべき命に犯人の数を計上したのが心外だ、というような顔をした。

「許容範囲内ではないかね、それくらい」

このクソじじぃ。それが自分の家族であったならと考えないのか。

「与えられた武器や、それを使う訓練は一体なんのためだ。いつそれを使うんだ」

「SITは、武器を使わないために訓練しています」

抑止力として機能するのが理想的であり、日々の訓練はそのためだ。

「それが、日本の警察です」

最後は力が入った。

寺内から冷笑を返された野呂は、虚脱の目で会議室を見渡した。警察庁、銀行家、政治家。この集まりは一体なんなんだ。少なくとも人質の安否を心配して集まった、という印象は全く受けない。恐らく共通する利害――ヤバいものがあの銀行にあるのだろう。

さて、それはなにか。

理解できないことがもうひとつ。それは、なぜ自分がこの会議室にいるのかということだ。現場の情報を得、コントロールするためと考えられるが、方法は他にもあるだろう。それに、もし結託してなにかを企んでいるのなら、部外者はいないほうが都合はいいだろうに、と思う。

野呂は警戒の目でもう一度周囲を見渡し、そのままイスを回して、斜め後ろにあるテレビのほうを向いた。人質解放のシーンを繰り返し伝えている。

「犯人の要求は外に漏れておりませんな」

伊藤が顔色を変えずに言った。口すら開けずに喋っているような印象を受ける。

「ええ。警察官ですから」

それに対し次長が答える。

「信用しないわけではありませんが、末端までは分からない。念のため、あなたから再度徹底をお願いします」

お前も警察官だろうに、なんて言いぐさだ。

「特にあのクソ女！」寺内が思い出したように叫ぶ。

あぁ、会長、アヤっぺに何を言われたか知らないが、そろそろ帰ってくんないかな。

さらに伊藤が前言を繰り返す。

「しつこいようですが確実にお願いします。そうでないとなにかがあったときの釈明に窮する。救民党が要求に従わなかったために犠牲者が出たなんていう状況は、ぞっとしない」

犠牲者？

「現場では辛抱強く説得を試みています。國井は短絡的な動機で事件を起こしたのではありませんから、よく話を聞いてやれば糸口は見えるはずです」

しかし野呂の言葉に対して誰も反応を示さなかった。

無言の時間が過ぎる。野呂はコーヒーカップに口を付けたが、口にたどり着くまでの量は残っておらずカップの内側に褐色の道筋を標しただけだった。

ようやく佐伯が口を開いた。

「野呂さん。これ以上、事件を長引かせるわけにはいかないのです。爆発物を所持したテロリストが渋谷のど真ん中をジャックしているんです。なにかあったらその損害は計り知れない」

「ちょ、ちょっと待ってください。彼らはテロリストじゃない、銀行強盗です」

「要求に政治的な意図が見受けられますから、政治犯として取り扱うべきではないでしょうか。そうなれば警備部ＳＡＴに出てもらったほうがいいかもしれません」

他の連中が次々と同意を示す。

野呂は得体の知れない気持ち悪さを覚えた。自分が知らないところで、なにかが勝手に動き出している。それも、決して良くない方向に。

【一三：三〇】井の頭通り入口交差点
彩香は指揮車の中で後藤の操作するパソコンを覗き込んでいた。反対側からは、吉田が、やはり覗き込んでいる。

画面には救民党のホームページが映っている。現代表の挨拶の下、党の歴史の中に伊藤の写真があった。何度かテレビで見たことはある顔だった。

「救民党の伊藤……。こいつが國井のターゲットか」

その写真を後藤がつつきながら言った。指が太いからか、それとも自然に力が入ってしまうのか、液晶画面が圧迫され、色が滲《にじ》んだ。

「どんな政党なんでしょうか」

「知らねぇのかよ。それなりの規模の政党で、しかも連立与党の一角だぞ。警察官の前に社会人としてどうなんだ」

コミュニケーションが苦手な、後藤なりの不器用な表現だと思って無視した。

「國井が狙うくらいですから、気になっただけです」

彩香の問いに、吉田が応えた。

「キャスティング・ボートですね」

「キャスティング……ボート？」

「ええ。例えば、評決が真っ二つに分かれた時、事実上、最後の一票を投じる者が決定権を持っていることになりますよね」

「そうですね」

「争っている二者は、決定票を取り込もうと、いい条件を提示する」

ふむふむ。物知りな男は嫌いじゃないぞ。

「救民党は、政党としては決して大きくはありませんが、与野党が拮抗《きっこう》するときの第三の勢力として強い発言権を持ち、有利な立場でい続けてきました。創設者の伊藤が引退した今でも大きな影響力を維持しているのは、駆け引きの能力が優れているからでしょう。相当な戦略家だったようです。今では与党連立政権の一翼をになっていて、現内閣にも大臣を数人送り込んでいます。小さいながらもピリリと辛い、そんな政党です」

吉田は眉をハの字に下げて、口を尖《とが》らせてみせた。

それは辛いというより、すっぱいという表情だろ。この人がいると、どうも緊張感が不足してしまう。

「で、どう思います」

吉田がくりっと目を開いて彩香を見る。彩香は頭を整理しながら話しはじめた。

「國井は新世界銀行の不正行為について捜査していて、相手が救民党であることをつかんだ。しかし圧力をかけられ、警察組織の中ではそれを追及することができないと悟った。だからユニットと組んだ。そうまでして世間に知らせたいなにかがあるのだと思います」

「同感ですね」

でも、一体、それってなんなのだろう。

電話が鳴る。犯人からではない。係の者が言う前に手で制して、受話器を上げる。

もう、ゆっくり考えごともできないじゃん。

『野呂だ。進展は？』

「進展もなにも、要求が拒否されたのですから犯人がどう出るか分かりません。進展があるとしても、好転ではないでしょうね」

　彩香は救民党に対して怒っていた。話くらいしてやってもいいではないか。

「それから部長、要求が拒否されたことは、國井に伝えてもいいですか？」

『いや、まだ検討中ということにしてくれ。相手から催促があったら、対処法を考えよう』

「時間をかせいだところで、打てる手はそう多くないように思えますが」

『こちらも、これ以上長期化させるべきではないと思っている。ただ打てる手が少ないからこそ、次の一手は慎重に打ちたい。事態に好転の望みがないならＳＩＴを突入させるしかなくなるからな』

「えっ？　このタイミングでですか」彩香は小手を捻る。「まだ九時間です。状況は最悪ではありません。解放された人質の証言からも、決してひどい扱いをされているわけではないことが分かっています。話も冷静にできています」

　胸の中で振動を感じた。携帯だ。ディスプレイには〝野呂のおじさん〟。

　あれ？

　疑問を質《ただ》す前に野呂は続けた。

『だから今すぐじゃない。念のため、と言っている。後藤警部には一課長から指示が出てるはずだ』

携帯はなおも呼び出しを続けている。通話ボタンを押し、空いているほうの耳に付けた。

『状況判断は任せる、とにかく糸口を見つけてくれ』時間差はあるものの、同じ声が両方から聞こえてくる。『だが突入となったら生死は問わない。人質がいるのは承知の上だが、爆発物がある以上、惨事は避けなければならない。いいな、ジャーナリストを思い出せ』

これ以上は聞く耳を持たない、というように電話は一方的に切れた。

彩香はその厳しさに言葉を失っていた。

野呂の考えは、彩香にとって警察官としてのガイドラインだった。それが、生死も問わない、とは。

「突入か？」後藤が聞いてきた。その声は決して浮かれていない。

「ええ。準備をしておくようにと」

彩香は手元の携帯を見ていた。まだ、通話中のままだ。

「つまり、要求には今後も応えられないということだな。こっちも対策本部から準備をしておけと指示された。とりあえず配置にだけはつかせておけと」

後藤はそう言いながら銀行の見取り図を広げ、険しい目で見下ろした。それが、部下や人質、そして犯人の命に関わることだというのを理解している彼は、決して楽観的な表情を見せなかった。

それにしても、ジャーナリストを思い出せ、ってなによ？

彩香はハッとして携帯を耳に当てた。

『本当にこれでいいのでしょうか。もし犠牲者が出たら社会的な影響や、警察に対する非難は決して小さくありません』

野呂の声だ。

『いや、日本の警察は断固たる措置を取るということを内外に示す』

これは誰だろう。野呂が敬語を使っているくらいだから、きっとお偉いさんだ。

野呂の意図が分かった。離れた所でなにが起こっているのか知らせようとしている。野呂もこの事件がどこに向かうのかわからないのだ。このまま放置し、望まない形で終わることを最も恐れている。

背後から吉田が話しかけてきたが、彩香が通話中であることに気付いて、自分の人差し指を唇に当て、「しーっ」のポーズをとった。

彩香は片手で、スンマセン、の合図を送ると外に出た。電話の内容を探られないようにするためだ。

ふと見ると、武装したＳＩＴ隊員が照明でつくられた影の中を移動するのが見えた。二班に分かれて配置につくようだ。一班は銀行の側面、通用口の横に張り付いている。

彩香はヒヤヒヤした。もしテレビに映りでもしたら犯人たちがどう出るか分からない。

『すいませんが、ちょっとトイレに行ってきます』

野呂の声に意識を戻す。

『ずいぶんトイレが近いですな。緊張ですか』

嫌みな声、これも誰だか分からない。

『コーヒーを飲みすぎてしまったようです』

扉が閉まる音。彩香は、このあと会議室から出た野呂が声をかけてくるかと思ったが、そうではなかった。携帯を置いたまま出たのだ。

『次長、あの男はどうなんだ』

次長って、警察庁の次長？

『部下を信じるタイプの古い人間です。どうも現場が好きなようです。まぁ、なにかあれば、彼に責任を負ってもらいますから』

何を！

彩香は怒鳴りたくなるのを抑えた。

次の声は聞き覚えがあった。新世界銀行会長の寺内だ。『それよりも、あれが持ち出されたりしたら我々は破滅だぞ』

続けてしわがれた声。『お前たちを育て、ようやくここまできた。あと一息で中央を掌握できるというのに、たったひとりの刑事に潰されてたまるか』

ん？　次長たちを育てた？

彩香の理解を待つことなく、話は続いた。

『しかし國井が姫君《ひめぎみ》と組んでいるとは、予想外だった』

え、姫って誰？

『あんなもの、さっさと東京湾に捨てておけばよかったのです』これはわかる。寺内だ。

『いや、あれがあることで影響力を顕示できたのだ。それに外交の切り札として使い道はまだある』しわがれた声、たぶん老人。

『國井め、どこで嗅ぎつけたか』

また新たな声、彩香は混乱した。この部屋にいるのは今のところ四人。

『やはり、ユニットが……』

『射殺してでも流出を止めなければ。突入したら、モノの確保はどうする？』

『吉田にやらせてみましょう』

鳥肌が立つような感覚だった。吉田……。やはり連中の手先なのね。いい男だと思っていたのに、残念だわ。

『ん、何だ、この音？』

え、どの音？

彩香は耳を澄ませたが聞こえない。

『こっちのほうから』

その声が近くなる。嫌な予感がする。

『野呂さんの上着から？』

これマズいかも！

彩香は考える前に通話を切った。

心臓が高鳴る。

状況は分からないが、野呂の携帯電話を使った簡易盗聴作戦がバレてしまったのかもしれない。

きっと、野呂自身も不穏なものを感じ取ったうえでの行動だと思うが、大丈夫だろうか。かけ直すわけにもいかないし、どうしよう。

「どうかしましたか」

驚いて振り返ると、吉田がすぐ後ろに立っていて肝を冷やした。

探りにきたのか。

さっきの話では吉田も手先になっていることを臭わせていた……。

息が止まってなにも言えないでいる彩香を見て、そんなに驚かしてしまったのかと、吉田は首をすくめた。

「すいません、あの、顔色が良くないように見えたので」

「ええ……。なにかご用ですか」

「その、ＳＩＴが準備を始めたので、お知らせしようかと」

指揮車に数名の隊員が入って行くのが見えた。突入の打ち合わせか、ひょっとしたら自分が知らないだけですでに突入命令が下されているのかもしれない。

「後藤さんは、なにか言っていましたか」

「まだ準備をしているだけだと。あと、口には出しませんが……」

「何ですか」

「それでも後藤さんは、最後まで郷間さんにかけているみたいです」

「そうなんですか」

「本来は後藤さんが指揮を執るべき現場なんでしょうが、やはりこのよくわからない状況においては、あなたの方が適任ではないかと思われているようです。犯人の心を動かせるのは、あなたのような人ではないかと。ああ見えて、違いがわかる男なんですよ、きっと」

それが本心なら嬉しいけど。

柔らかい笑みを浮かべる吉田につい心を許してしまいそうになりながらも、なにか行動を起こすべきだと感じた。

ひょっとしたら、國井は助けを求めているのかもしれないと思えたからだ。

突入され、証拠を奪われたら國井の行動は無駄になる。だから、同じ見方を持った二課の人間を指名したのではないか。

さて、それならどうする？　考えろ、彩香。考えろ。

ふとひらめいた。会ってみる。國井と、直接。

「私、会います」

「え？」

呆気にとられる吉田を置いて、彩香は指揮車に飛び込んだ。おそらく腹心であろう二人のＳＩＴ隊員と頭をつき合わせていた後藤が、怪訝な表情で顔を上げる。それを横目にスピーカーフォンの短縮番号の一番を押す。

遅れてきた吉田が、彩香の背中越しに行動の主旨を説明した。後藤が叫ぶ。理解を示していないのは、声で分かった。

『はい、國井でございます』

「郷間です。突然ですがそちらに伺っても良いですか」

しばらく間を置いて、笑い声が聞こえてきた。

『いやぁ、あなたならいつかそう言い出すのではないかって思ってましたよ。もちろん、大歓迎です』

吉田が、私も行きます、と小声で言ったのに対し、首を振る。

『でも、その前に、クイズに正解していただきましょうか』

ふざけた野郎だ、と警官のひとりが言うのを彩香は手で抑えると、皆によく聞くよう耳を指差した。

『あなたは、私の行動について真意を問うおつもりでしょう。その資質があるか試させてください。郷間さんは歴史が得意ですか』

「嫌いじゃないですが」正直、ジャンルを変えて欲しい。

『では問題です。一九一〇年、日本の韓国併合に伴い、五百年以上続いた朝鮮王朝が消滅しました。王族の多くは爵位を与えられ日本に来ます。事実上、最後の皇太子だったのは李垠《りぎん》という人で、日本陸軍の士官として終戦を迎えました。彼の妻は日本の皇族の梨本宮方子《なしもとのみやまさこ》で、二人の子をもうけました。次男の李玖《りく》は血族としては最後の末裔《まつえい》でしたが、二〇〇五年に日本で亡くなりました。子供はいなかったため、これで王家の血統は途絶えてしまったことになります。さて、ここからが問題です。皇太子の長男は生後間もなく亡くなっていますが、彼の名前はなんというでしょう』

一同は沈黙していた。誰一人記憶をたどろうともしない。考えたところで答えが出ないことを悟っているからだ。

『答えが分かったら連絡してください』

電話を切るなり、後藤と吉田が詰め寄ってきた。

「何考えてんだテメェ、突入が控えているってのに！」

「ひとりは危険すぎます」

彩香はニヤリと笑った。

「現場の指揮官は、私でしょ」

「それとこれとは違うだろぉが。指揮官なら冷静に行動しろ、衝動的に動きやがって」

「でも、行くな、との命令も受けてません。現場の判断に任せるとは言われてますけど」

「聞いたらダメだって言われるに決まってんだろ」

「だからお伺いを立てるつもりはありません。現場のとっさの状況判断です。何をやっても外野からの批判はあるものです。それに、解決の糸口になると思います。ね、それより、答えを」

すでに捜査員のひとりがインターネットを検索し始めていて、その画面を皆で覗き込んだ。〝朝鮮王朝　末裔〟そんなキーワードを軸に検索していく。

なんて奇妙な問題なんだろうと彩香は思った。突拍子もなさすぎて、問題文のすべてを理解できていない。

「ええっと、あった」

若い係員がコンピューターの画面を指差しながら読み上げる。

「李垠は妻の方子と第一子〝晋〟を伴って一九二二年に統治下の朝鮮を訪問するが、晋は日本への帰国直前に急死する――」

答えは「晋」。彩香は満足して電話をかけたが、呼び出し音が鳴った瞬間に、横から後藤が手を伸ばして切った。

「待て待て」

「どうしました」彩香が皆の意見を代表するように言った。

「これって、クイズか」

「え？」

「マニアック過ぎる。絶対にネットで調べるだろうってことを予想するはずだ。正解が出ることが分かってるなんて問題にならない。なにか罠《わな》があるんじゃないのか」

「ちゃんと読んだら違う答えがあるとか」捜査員がネットの画面をさらに読み解き始めた。「間違いないです。晋は国葬まで行われていますから」

「ここにネットがあることを確かめたかったとか？」また別の捜査員が言う。

「ちょっとストップ、ストップ」吉田が両手を上げた。「そもそもそんなことしてなんの得があるというんです。会いたいという要求に対して、見せたくなかったら、ダメってひとこと言うだけでいい。つまり、少なくとも来ることには反対していないんですよ」

彩香はもっともだと思った。

「國井は、結構、韓国通だったそうです。ドラマとか旅行ガイドを熱心に読んでいたそうですから、歴史にも強かったのかもしれません。正解させるのが前提で、問題の意図は特にないのかも」

彩香は、再度電話をかけると、そのままの答えと、それをネットで調べた旨を伝えた。

「正解です！　いつでもいらしてください、大歓迎ですよ」

國井は友人と会う約束をとりつけたように、嬉しそうだった。やはり、正解させるのが目的だったようだ。

彩香は憮然としてため息をつく後藤に後を任せると外に出た。吉田もついてくる。

「郷間さん、前にも言ったとおり、國井は無駄なことをする男ではありません」

「問題に答えさせるのが目的ではない、ということですか」

「はい。あの問題そのものに意味があるのかもしれません」

「意味っていっても、どんな？」

「さぁ……。ただ、今は、犠牲者ゼロで終わらせることに集中しましょう。気をつけて」

「了解です」

彩香は交差点を斜めに横切り、銀行の前に立った。身を屈めて半開きのシャッターから中を覗く。その向こうは暗闇で、意識がすうっと吸い込まれるような気がした。

後藤の言うとおり、衝動的に来てしまったが一体なにができるだろう。ひょっとして自分は実力以上のことをしていないか。

自問したが、答えは出なかった。

手首の時計を照らしてみると、日付が変わる少し前を示していた。

【二三：三〇】銀行
紙飛行機が、丸山の足下に滑るように着陸した。それを拾い上げ、外からの照明に照らしてみる。飛行機の材料は、〝今定期預金をするとご当地の名産品が抽選でもらえる〟というキャンペーンを知らせるチラシだった。
飛ばしてきたのは國井で、彼は床に座り、あぐらを組んだ状態でカウンターに寄りかかっている。いたずらっ子のような笑みを見せて、二号機を作り始めた。
一時間ほど前に國井が要求を出してからは動きがなく、静かなものだった。テレビや映画で見る立てこもり犯というのは、要求を出したら、早く結果を知らせろ！　などと騒ぐものだと思っていた。十分で羽田にジャンボジェットを用意しろ、とか。

それに比べると一人の政治家と話を付けるくらいのことは、電話一本ですむのではないかと思うが、それにしては時間がかかっている。しかし國井本人に全くその焦りが感じられないので苛立って八つ当たりを受けることもなく銀行内は平和だった。

そういえば、目出し帽の男らは何をしているのだろう。しばらく姿を見ていない。まぁ、どうせ見張られるのなら國井のほうがゆるいからいいのだけど。

「あのぉ」

隣の女が声をかけてきた。國井が怒るかと思ったが、やはりゆるかった。こちらを見ただけで、特に止める気配はない。今は複数の飛行機を同時に飛ばしたら面白そうだということに気付いたようで、すでに何機かが重ねられた状態で床にあった。

「はい」小声で返事をした。

「あの、体調とか大丈夫ですか。ご気分を悪くされていませんか」

なんと、この状況で心配された。他人に、特に女性から、さらに言うとこんな美人から気遣われるようなことは凄まじく久しぶりだったので、人質であることを忘れて感動した。

「ええ、まったく大丈夫です。身体だけは頑丈なので」

訳の分からないことを言い、自分でも恥ずかしくなった。

「良かったです。もう少しですから、がんばりましょう」

なんて素晴らしい笑顔なんだ。こんな人がまだ日本に生存していたとは。

素早く指を見る。リングは付けていなかった。

しかも独身かよ！

にわかにテンションが上がる。が、こんな美人で性格のいい女性が未だに独身とはおかしくないか。

いやぁ、えらい美人だと思ったら男だったよ！　と飲み屋で笑いを誘った友人の昔話を思い出す。

でも、彼女にならば騙されてもいいかも。

女は癒し効果抜群の声で語りかける。

「ご予定とかおありじゃなかったですか。きっと心配される方もいらっしゃいますよね」

彼女は、まるで自分に責任があるように言った。どこまで優しいのだと感激もするが、それを通り越して心配にすらなった。いい人が必ずしも得をする世の中ではないのだ。

そこでまた思う。だからこそ独身なのかもしれない。悪い男に騙されてきたのではないだろうか。

「あなたのせいではありませんよ」

その張本人は、うんうんと頷きながら、紙飛行機を折っている。

「あなたこそ、心配されている方がいらっしゃるのではないですか」

「いえ、私には、そんな人は」

「えっ、こんなに素敵な方なのに？」

白々しい。まるで合コンかナンパのようだな、と思いながらも言わずにはいられなかった。実際にそう思うから。

「……好きな人はいます」少しうつむいて言った。

残念だと思う反面、安心もした。こんな人がひとりでいるのは健全な社会ではない。

「付き合っていたのですが、なかなかうまくいかなくて」

「あなたのような方を放っておくなんて、その男は分かっていないなぁ」

彼女はかぶりを振った。

「いえ、彼の気持ちに私が応えられなかったんです」

「え、どうしてですか」

「私のような女と一緒にいたら、彼の未来を奪ってしまいます。そしてきっと子供も」

深く立ち入るべきではなさそうな雰囲気だった。しかし、だからといってつかむべき幸せをみすみす逃すのは、人生に対して失礼だ。本人たちが愛し合えるのなら、他になにもいらないだろう。

丸山は、自分の失敗からそれを学んでいた。学んだことを活かせないほど落ちぶれてはいるが、伝えなくては自らの幸せも巡ってこないような焦燥感にとらわれた。だから自分のことを棚に上げることにした。

「その人が、十年後、あー気持ちを伝えないでいて良かったーって思えるほどの相手ならいいですけど、そうではないんでしょ?」

くりっとした目が、若干の驚きの色を添えて丸山を見返した。それから小さく頷く。

顔を見ればそれくらい分かる。

「僕は人にあれこれ言えるほどの者ではありませんが、こんな状況になって思うんですよ。自分に素直だったら、違う人生があったんだろうな、って。こんな惨めになってもこの仕事、あ、私は売れないジャーナリストなんですけど、それでも続けているのは、ただの惰性だったのです。とうの昔に本当の自分はギブアップしていたのに耳を貸さなかった。他にね、何も残していなかったから、失うのが恐かったんです。そのうち、どんどん本当の自分とは離れていきました。きっと十年前の自分が今の僕を見ても気付かないでしょう。家庭を築くだけが幸せの尺度ではないでしょうが、愛する人がそばにいてくれたら、もっと違う人生を送れたと思います。少なくとも毎日を過ごす一日の意義が、比較できないくらいのものになっていたはずです」

説得力に自信はなかったが、彼女は聞いてくれていた。

「ここを出たら、真っ先に伝えたらどうですか。自分に必要なものがなんなのかを分かっていることほど幸せなことはありません。伝えることでしか、スタートを切れないこともありますから。きっとね」

「ええ、そうですよね。ありがとうございます。ぜひ、そうしようと思います」

「十年後、言っておいて良かったと、思えるといいですね」

微笑んだ彼女の笑顔は、紛れもなく素晴らしいものだった。

「でーきたっと」

國井が、また緊張感の欠如した声で言う。紙飛行機をいくつか重ねて投げる構えをとると、注目してくれと目で訴える。二人の観客が見逃さないタイミングを待っているのだ。とその時、銀行の電話が鳴った。それを合図とするように國井は紙飛行機をふわりと投げる。飛行機ははらはらと別れながら、それぞれの方向へ飛んで行った。全部で五機あった。

「はい、國井でございます。ええ、ははは。あなたならいつかそう言い出すのではないかと思ってましたよ」

会話の流れから、どうやら誰かが来るのだとわかったが、それにしては國井の表情は明るかった。それが、旧知の友を呼ぶような純粋なものなのか、それとも、はじめから計画のうちなのかはわからなかった。

「でも、その前に、クイズに正解していただきましょうか」

そこから、朝鮮王朝に関するクイズが國井によって出題されたが、よくもまぁそんな難しいことがメモを見ずに言えるものだと感心した。

そんなクイズ、いったい誰が答えられるのだ。

まったくわかりませんよねぇ、と女を見ると、彼女はこれまでの柔らかいイメージではなく、実に神妙な表情をしていた。暗くてはっきりとは分からなかったが目にはうっすらと光るものすら見えた。なぜなのかは分からなかったが、その目は國井を捉えて離さない。

いったん電話を切った國井は外部からの照明を横から浴び、三日月のように顔の半分は影になっていた。つい先ほどまであった呑気な色も、その影の部分に溶け込んでしまったかのようだった。

再び電話が鳴り、正解です、と國井が答えた。

受話器を置くと言った。

「これからお客様がいらっしゃいます」

國井が窓の外に目をやったので、丸山もつられて外を見た。すると、ひとりの女性がこちらに歩いて来るのが目に入った。
あの女だった。

【○○：○○】銀行

身を屈め、少しだけ開いているガラス戸の隙間から中を覗き込もうとした時、淀んだ川底から亀が頭を出すように、ぬっと人が現れた。

「ようこそ」

痩せた男が同じように腰を折って外に出てきた。周囲の野次馬の群れからカメラのフラッシュが一斉に瞬いた。きっと、テレビにも中継され、今頃は大騒ぎだろう。なで肩に天然パーマ。無精髭は三日目と見積もった。初めて会うが、少しかすれた声で國井だと分かる。背は彩香と同じくらいだから男としては低いほうだろう。柔和な顔つきの頭が華奢な身体に乗っかっているが、目は、やはり油断できなさそうな色をたたえている。アロハシャツのような薄手のシャツを着ていて、胸ポケットに入ったタバコの箱が片側を重たげにずり下げていた。ここが電気の消えた銀行でなければ、夕方の商店街をコロッケ片手に歩いていそうな雰囲気だ。

銀行強盗の元刑事を目の前にして、彩香はどう話していいか分からなかった。へりくだっても、高圧的に出ても逆効果な気がした。結果的に、どうも、と短く答えるしかなかった。

「中を見させていただいても？」

「どうぞ。頭に気をつけてください」

國井は自動ドアを押し広げ、彩香を招き入れた。

ふと振り返った時、道を挟んだ反対側に吉田の姿が見えた。その距離が遠く思え、急に心細くなった。なんだかんだで、あの男に拠《よ》り所《どころ》を感じてしまっている。

そういえば、カウンセラーが言っていたっけ。しっかりとした心の拠り所を持って
いないから、過去の妄想だとか、嘘つきの既婚者に取り憑《つ》かれるのだ、と。

しかし、そんな気持ちもすぐに消えた。ロビーの隅に二人の人質の姿が見えたから
だ。それは、自分が警察官であることを改めて思い出させた。

他に目出し帽の男が二人いるはずだが、姿は見えなかった。恐らく地下にいるのだ
ろう。

「あの方たちと話しても？」

國井は人質に向かって手を伸ばした。どうぞ、の意だ。

彩香はまず、男に話しかけた。これが丸山という男のはずだ。

「警察の者です。大丈夫ですか」

「はい、大丈夫です」

声にも表情にも疲労は見えなかった。ジャーナリストとして、事件の現場にいることは本望なのだろう。それに國井はすでに多くの人質を解放している。怪我を負ったのも抵抗した支店長ひとりだけだ。命まで取られる危険を感じず、余裕があるのかもしれない。

彼は電話で内部の様子を知らせてくれた。ちゃんと届いたことを伝えたかったが、國井の目もあるので頷くに留めた。

それから隣の女に声をかけた。うつむいていて、長い髪が顔を隠していたので、郷間は膝をついて覗き込むようにして話した。

「大丈夫ですか」

無言で頷く彼女も、思いの外しっかりとしている。

はっきりとしないが、年齢は彩香より少し上だろう。それでも肌は綺麗だし、この暗さでも髪は艶やかに光っている。着ているものも、ほのかな香水も上品だ。スタイルもいい。

私もこんな風に上手に歳をとっていければいいのだけど。

彩香はしばらく観察、というか、半分は見とれていた。

「もう少しの辛抱ですよ、必ず助けます」

「はい、ありがとうございます」

それから國井に向き直る。

「水は？」

「もちろん自由に飲ませています。トイレも好きに行っていい」

さほど広くもない銀行内を歩きながら地下へ下りる階段を覗き込んだ。

「地下を見させてもらっても？」

「んー、どうでしょうかねぇ」

すると、階段の踊り場に目出し帽の男が、影から湧き出るように現れた。肩からマシンガンを提げている。背筋を居心地の悪いものが駆け下りたが、気取られないように冗談めかして言った。

「あなたたちがバッグに札束を詰め込む作業をしていても止めませんから。何ならお手伝いしますよ」

國井は面白い冗談だというように笑っていたが、程なくして笑みを消し去った。目が獲物を狙う猛獣のように、きゅっとすぼまった。ブルの目だ。

「私たちはお金が欲しいわけではありませんよ。それは、あなたもお気付きになっているのではないですか」

駆け引きはできない。彩香はそう感じたのでまっすぐに答えた。

「はい、そう思っています。でも、目的は何なのですか、と聞いても教えてもらえないでしょうね」

「そうですね、いつかわかることだとしても、今ではないです」

ならば、揺さぶってみよう。

彩香は國井との距離を詰めると、小声で言った。

「警察庁上層部と、新世界銀行の寺内。それと恐らく大物がもうひとり。みんなでつるんで、よからぬことを企んでいるのは知っています」

國井は驚いたような、感心するような表情を浮かべ、相好を崩した。

「郷間さん。あなたの推理を聞かせて頂いてもいいですか」

彩香はブルの表情を見逃さないように注意しながら、話し始めた。

「國井さんは、手がけていた事件を今も追っています。新世界銀行の不正と、それに関連している救民党との関係。ところが上層部からの圧力があって潰された。だから組織を出て捜査を続けた。そして、不正を明らかにする証拠が、ここにあることをつかんだ。違いますか」

そこまで言っても國井に変化は現れなかった。出来の悪い教え子の解答を聞くように、微笑みながら時々頷く程度だった。

「どうです」

「いいですね、実にいい。さすが二課の主任を務めるだけの人です。あなたを選んだのは間違いではなかった」

私を指名したのは、やはりそういうことか。

「代理です。それで、答えは」

「外れてはいません、としか言えませんが」

國井は余裕あり気に笑った。

彩香は國井の胸ポケットから覗くタバコの箱を見やった。外国製のようで、よくあるパッケージよりも横に大きい。葉巻かなと思ったが、この緊張下で無性に吸いたくなり、國井に一本もらえないかと聞いた。刑事ドラマみたいにタバコを通して仲良くなることがあってもいいだろう。

しかし、國井は丁重に断った。

「銀行内は禁煙ですので」

って、強盗のくせに律儀だな。

気を取り直し、違う角度から攻めてみる。

「ところで、あなたは多くの人質を解放されました。でも、あの二人を残したのは偶然ではないですね」

ハッタリだったが、耳のあたりがピクリと動いたのを見逃さなかった。

「特に男性のほう。彼も、かつて救民党を追っていたことをあなたは知っていたのでは？」

そうだ。そうよ、その線を攻めなきゃ。

「彼がジャーナリストであることに気付いたあなたは、情報を得るためにこの場に残した」

言いながら、本当にそんな気がしてきた。喋ることで頭が整理されていくようだ。

「ほう。どうしてそう思うのですか」

「彼は丸山さんといいます」丸山がひょいと顔を上げた。「彼は以前、あなたと連絡を取っていた。ひょっとしたら、はじめからここに来るように仕組んだのでは」

余裕を見せる國井の表情の裏側を読み取ろうとした。

あれ、違った？　ひょっとして丸山が一方的に電話しただけか。

「連絡を取ろうとしていた形跡があります」と言い直した。

「丸山さんからの連絡を私に取り次いでくれた、四係の井上さんですね」

懐かしそうに視線を上げる。思わず彩香もつられてそちらを向いたが、もちろん、そこに井上はいない。

「やはり、知っていたんですね？」

「彼がジャーナリストの丸山さんだというのは知っていますが、それはさっき自己紹介したからで、お互いつい先ほどまで会ったことも話したこともなかったんですよ。

ね！」

視線を受け取った丸山は、コクリと頷いた。

嘘は言っていないようだ。

ちぇっ、もし私が言った通りだったら面白い展開だと思ったのに。

しかしそうなると、丸山はたまたま居合わせただけということになる。とことん運のない人だな。いや、これが終わったら独占記事が書けるのだから逆に運がいいのかもしれない。

とりあえず方向転換。この事件を解決することに注力しなくては。

「でも単なる銀行強盗ではないというのは確信しています。でも、それなら協力させてもらえませんか」

國井の口角が上がった。

「ほう？」

「正義感からこの事件を起こしているのなら、二課の仕事と同じじゃないですか」

「二課で身動きがとれなくなったから、私は警察を辞めたんですよ」

「でも、ここまで騒ぎが大きくなってしまって……どうされるおつもりなんですか」

「どうもなにも、その時が来たら堂々と出て行きますよ。あなたたちの目の前をね」

どうやら逃げるつもりはないらしい。つまり捨て身の行動なのだ。そうなると、交涉は不利だ。

「私が國井さんに協力することで、この事件を収束させられませんか」

「残念ながら。これは私の戦いですから」

國井は決意に満ちた笑顔を浮かべた。まるで、映画で見る特攻隊員のように凜とした佇まいだ。

「郷間さん。お話しできてよかった。しかし、あなたを巻き込むわけにはいかない」

「なら、どうして私を指名したのですか」

「これからの成り行きを見届けていただくためです。あなたなら、真相を受け止められる。そう思ったから、今のうちにお会いしておきたかったのです」

彩香は國井と目を合わせて、しばらく動けなかった。

すべてを失ってでもやり遂げようとする決意の前に、一体なにができるだろう。なにもできない。刺し違える覚悟の前に、自分は無力だ。

父ならどうするだろう。

ふと眼に違和感を覚え、彩香は人差し指を当てた。それが涙であったことに、自分でも驚いた。

國井が真四角にたたまれた綺麗なハンカチを差し出した。それは、薄暗い中で、白く輝いて見えた。

彩香の思考は停止していたのでしばらくそれを眺めているだけだったが、國井は小さく笑うと、ハンカチを対角に折り、角の部分で涙を慎重に吸い取らせていった。なるべく化粧を崩さないようにという心遣いが伝わって、彩香も微笑んだ。小さく頷き、それを受け取った。

「それから國井さん、要求された会談の件ですが……」

「やっぱりダメでしたかね」

「すいません」

「あなたが謝ることではありません。あぁ、そうだ」なにかを思い出したように手を叩く。「じゃあ、要求をもうひとつ出しますので、気を取り直してこっちは頑張ってもらえますか」

「なんでしょう」

鼻水をすすって、ハンカチを当てた。洗って返そう。

「食料と水を五人分お願いします。飲み物は多めに頂けるとありがたい」

「分かりました。用意ができたら連絡します」

「ありがとう」

さっきから感じているこの妙な感覚の理由を、ふと得たような気がした。父だ。國井は父と同じ目をしている。

父が入院してしばらくたった頃、彩香はある会社役員の贈収賄を捜査していたのだが、張り込みを代わってもらい、父を見舞いに行った。その時に言われたのだ。

——見舞いにくる時間があるなら、刑事の仕事を全うしろ。刑事になった時点で、親の葬式には出られると思うな。ま、俺はそう簡単には死なん。だから責任を果たせ。

その時も彩香は涙をこぼした。別れの予感を痛烈に感じたからだ。

「俺はラッキーだ。普通、死んじまったら、それを嘆く娘の涙を本人は見ることができねぇからな」と父はうそぶいた。

それが最期の言葉になった。二日後、張り込み中に逝ったことを知らされた。

その時と同じ感情が、今、彩香を包んでいた。

國井は、この事件の行く先に、自分の死を予感しているのではないか。そして、私すらも無意識に別れを感じている。それが、この不安の正体なのだ。

「郷間さん」國井が横に伸ばした手の先には半開きの自動ドアがある。「来ていただいて、ありがとうございました。お会いできて良かった」

時間切れのようだ。

銀行を辞する際、彩香は二人の人質に頷きかけた。必ず迎えに来ますから。

胸の辺りまで下ろされたシャッターをくぐろうとした時、ひとつ思い出した。

「國井さん、ハンカチありがとうございました。洗ってお返ししますので」

國井は柔らかい笑みで敬礼すると、また光の届かない所に下がっていった。

ハンカチをきれいに洗い、アイロンをかけて返す。たったそれだけのことが、今は想像できなかった。

【○○：○○】警察庁

便器の前に立ってはみたものの、尿意なんてそもそもない。会議室から出ることが目的だった。通話状態にしたままの携帯電話を簡易的な盗聴器として使い、自分のいない間に、連中が何を喋っているかを彩香に聞かせる作戦だった。

野呂は、手を洗い、髪を整え、トイレに消費するであろう時間を使って、会議室に戻った。

良かった、ばれていないようだ。

イスに座り、何気なく背もたれにかけていたスーツのポケットを探る。

あれ、ない？

野呂は変な汗をかきながら、こっそりと会議室の面々を窺った。それぞれ資料を読んだりパソコンを操作したりしている。

おかしいな、たしか左のポケットに入れたはずだけど……やはりない。

「野呂さん、ひょっとして携帯をお探しですか」

佐伯が言う。薄笑いを浮かべているように見えるが、もとからこんな顔だったかもしれない。

「え、ええ、まぁ」

「困りますなぁ」

バレた？　でもなんで？

「携帯は常に持っていていただかないと」

気持ち悪い汗が背中を伝う。

「変な音が鳴っていたので、見させていただきましたよ。緊急連絡だといけないのでね」

喉がカラカラだ。そのとき、ディスプレイに彩香の名が表示されていたら、情報を探ろうとしたのがバレてしまい、彼女まで巻き込んでしまう。

「奥様のようでしたよ。携帯は胸ポケットに」

へ？

蔑むような表情の次長に愛想笑いを返し、野呂はとりあえず頭を下げた。

ディスプレイを見ると、確かに妻からの着信を示すメッセージが表示されていた。

おそらくキャッチホンが入り、静かな会議室にそれを伝える音が漏れたのだろう。

彩香がどのタイミングで切ったのかは分からなかったが、とりあえずはバレていないようで安心した。

安堵のため息をつきながら、そこで気付く。

ボイスメモ機能を使えば良かった。ほら、たしかここに。ほら入っている。


アイコンをタップすると画面にはマイクの絵が表示された。

これなら彩香にも迷惑をかけずにすんだのに。ま、バレてないなら、いいや。

「すいません、少しだけ失礼します」

携帯を小さく掲げながら、また会議室を出た。

光子は長く警察官の妻をしているが、仕事中に電話をしてきたのは過去に記憶がない。なにか起こったのだろうか。

「もしもし、私だ。なにかあったのか」

電話がつながるや怒鳴られた。

『なにかじゃないでしょ！』

この時点であっさりと立場が逆転する。

「ちょ、ちょっとなんだよママ」と言って辺りを見渡す。廊下に人気はない。「いま仕事中だってば」

『どういうことなのよ！』

先日、付き合いでクラブに行った時の、口紅付きのワイシャツは捨てたはずだ。

「だから何がどうしたの？」

『彩ちゃんよ！　テレビに出てるじゃない！』

あぁ、そのことか。

「彼女だって一人前の刑事なんだから。それに手柄を上げれば——」

言い終わる前にかぶせられる。『なにかあったらどうするのっ！』

まるで我が娘に対するようだ。

子供が出来なかった妻にしてみれば、彩香は娘同然なのだ。彼女が刑事になる時にも猛反対した。危険な部署には配置しないから、となだめたが、相当な荒れようだった。不倫の件についても勝手に責任を感じていたようで、最近は、やたらとお見合いをさせたがる。女の幸せというものを与えてやりたいらしい。

「大丈夫、危険な目にはあわせないから」

『本当ね！　なんのための刑事部長なのか分かりゃしない』

なんの、と言われても困る。

「本当だって。彩ちゃんは俺にとっても大切なんだから」

『ならいいけど』

やれやれ。

「じゃあ、切るよ」

返事がない。

「もしもし？」

『ちょっと！』

「へ、へ？」

『危険な目にはあわせないって、今言ったわよね！』

「もちろんだよ」

『言ってるそばから何よ！　テレビに映ってるじゃない！』

「それは録画でしょ？　よく見たら首を絞めているのは彩ちゃんのほうだから……」

『違う、違う、それじゃない！　テレビ、テレビ！』

ちょっと待て、といって会議室に戻るとテレビを見た。そして目を疑った。

彩香が銀行に向かってひとりで歩いていく。

妻にはかけ直すと言って電話を切ると、ボリュームを上げた。

――現場で動きがあるようです。女性がひとりで銀行に向かっています。情報によりますと、彼女は捜査員だそうです。恐らく、犯人との直接交渉に向かうものと思われます。えー繰り返します……。

野呂は慌てて指揮車に電話をかけた。後藤が出た。

「野呂だ。今テレビを見ている。これはなんのつもりだ」

『我々も止めたのですが、突入する前にやれることはまだあると言って……國井も受け入れました』

「吉田君はいるか」次長が呼びかける。

『はい、こちらにおります』

「なぜ君は行かないのだ?」

『はい、同行を申し出たのですが、信頼関係の構築が第一と、単独で行かれる決断をされたようです』

「そんなの君の判断でいいだろう!」

『現場は警視庁の管轄で、指揮官は郷間警部補です。私に捜査介入の権限はありません』

次長は聞こえるように毒づいたが、野呂は吉田という人間に好感を持った。権力で押しつけるのではなく現場を尊重している。こんな人間が将来上に行ってくれればいいのだが……まぁ嫌われるだろうな。

アナウンサーの興奮した声に、再びテレビに注目する。

『今、犯人と思われる男が出てきました。あ、そして女性捜査員と共に銀行の中に入りました。繰り返します。女性捜査員一名が銀行内に入りました。犯人側と交渉するようです』

野呂は怖くなった。彩香は、今は亡き親友の娘だ。郷間陽平が息を引き取る直前、面倒を見てくれと頼まれた。野呂は必ず守ると約束し、それで彼は安心して逝ったのだ。

その彩香が、今、ひとりで銀行内に入っていった。人質を救出し、事件の真相をつかむために。

彩香が自分の手の届かないところに行ってしまうような焦燥感はある。強がってはいるが実は繊細だから、無理をしてポッキリと折れてしまわないだろうか。

まるで、子離れを迫られる親のようなものだな、と野呂は思った。

ただ、どこか、安心もしていた。

アヤっぺなら何とかしてしまうのではないか。

ガミガミとうるさい次長らのヤジを背にしながら、テレビに映る彩香の姿に、野呂はそっとエールを送った。

テレビが再び彩香を映し出したのは、彼女が銀行に入って十分ほど経ってからだった。

外に出ても、名残惜しそうに銀行内をしばらく見ていた。

野呂は、彼女が銀行に背を向けて歩き出すのを待って携帯に電話をかけた。

「どうだ、なにか分かったか」

本当は心配でたまらなかったし、無事に出てきた安心感から怒鳴ってやりたいくらいだったが、冷静さを意識して言った。

『はい。國井本人は武装していません。それ以外は地下にこもっているようです。二名の人質と少し話しましたが状況は悪くないようです。詳細は対策本部にも報告します』

「わかった。國井本人についてはどうだ。目的は判明したか？」

『これは、スピーカーですか』

そこにいる全員で顔を見合わせた。

「そうだが」

『了解です。まず、やはり國井は金が目当てではありません。ある目的があってのことです。彼にとっては現役時代の捜査の延長のつもりなのです』

その声は普段と違って、気味悪いほど冷静だった。それでいて押し込まれそうな圧力を伴っている。

彩香はかわいらしい女の子だった。日常のくだらないことを面白げに話すのを聞くのが大好きだった。しかし、今は次の言葉を聞くのが心底怖い。だが、それを聞かないわけにもいかない。

「それがなにか、見当がついたのか」

『はい。ある銀行と政治家の癒着を示す証拠でしょう。つまり、新世界銀行と救民党です』

会議室が凍りついた。百瀬からは生唾を飲み込む音が聞こえたくらいだ。寺内はこめかみを痙攣させ、伊藤は表情こそ変わらなかったが、すぅっと目を細めた。そして一斉に次長に視線が集中した。次長の百瀬は小刻みに震えている。まるでテレパシーでもあるかのように、無言で意志を伝え合っていた。それから、緩やかに視線が野呂に移ってきた。

冷めたコーヒーに口を付けながら、全員の視線ひとつひとつを迎える。

そして、野呂は彩香の意図を悟った。盗聴で得た情報と國井の話を総合して、自分に伝えようとしている。この場にいる者たちが國井の敵なのだと。

現場の刑事が逃げないなら、俺も乗っかってやろう。

「郷間、二課では現在そういう捜査をしているか？」

『いいえ、私が知る限りはしていません。それと國井は上層部に潰されたとも言っていました。実際、資料室にも彼が現役時代に調査したものは残されていません。つまり、隠滅されたんです。これは内部の犯行です』

野呂は小さく息を吸い、頭の中でシナリオを組み立てた。ここにいるのは悪人、そう確信した。彩香と会話を進めることで正体を暴いてやる。さぁ、茶番に付き合ってもらおうか。

「それは何年前の話だ」

『國井が在官中のことですので、四、五年前だと思います』

その頃から刑事部長は二代替わっていて、先代はすでに天下っている。

野呂はやや顔色の薄くなった佐伯を横目で捉えた。

「了解した。その当時の刑事部長にも聞いてみる。具体的な証拠を、國井はすでに手にしているのか」

『目視はしていませんが、つかんでいるでしょう。この騒ぎは周到に用意されたもので、本人はむしろ逃げるつもりはないようです』

会議室内の空気が、ずっしりと重くなった。

「刺し違えるつもりかもしれん。その方が、騒ぎを大きくできるからな」

『はい。相当の覚悟だと見受けられました』

スピーカーに耳を傾けるその他の面々は、きっと悪魔の声を聞く想いだろう。この会議室が暖色の照明でなければ、その顔は真っ青に見えるはずだ。

「これから具体的にどうするか言っていたか」

『さしあたって食料と水を要求しています』

　百瀬が待っていたかのように口を開いた。

「次長の百瀬だ」牽制するように名乗った。「それはＳＩＴを突入させるいいタイミングだ」

『いいえ、まだ交渉の余地が残されている場合は突入すべきではないと思います。私は人質と直接話をしましたが、精神的にも体力的にも余裕がありました』

「君はご苦労だった。ここからは後藤隊長に指揮を執ってもらうから、本庁に戻り、部課長に報告をしてくれ」

『あなたにその権限はないはずです、次長』

　背筋が凍るほどの冷たい彩香の声に、野呂は郷間陽平を思い出していた。

　捜査で熱くなって衝突することも多かったが、ここぞという時は、怒鳴らず冷淡な声で話す。それが気味悪いくらいの迫力があった。

　遺伝だな。

「立てこもり事件において、ＳＩＴの彼が指揮を執るのは本来あるべき姿だろう！警察庁次長命令である！」

『ご指導は頂戴いたしますが私は直接の指揮下にはありません。今回は犯人からの要求に従って、警視庁刑事部長からの指示をいただいています』

　次長が野呂を睨みつけた。

「わかった。今、刑事部長から指示を出してもらう」

わかってるよね、という邪悪な目を向けてきた。

なるほど、警察庁は現場に介入できない。その代わり、俺から指示を出させて現場を動かすつもりだったのか。

こんな政治ゲームをさせられるのなら、俺も郷間といっしょに現場の刑事でいれば良かったなぁ。

陽平の、したり顔が浮かんだ。アイツなら迷わないだろうな。

野呂はテーブルに身を乗り出して、マイクに顔を近づけた。

「郷間警部補……SIT突入のタイミングを含め、現場での全権を託す。以上」

そこまで言うと、郷間の返事を待たずに通話を終了した。

「きさまっ！」

次長の拳がテーブルを叩き、灰皿が舞う。

野呂はゆっくりと立ち上がると、上着を羽織り、ネクタイを締め直した。

「みなさん、今後のことで相談されたいこともおありでしょう。私はお邪魔でしょうから対策本部に戻ります。部下が仕事しやすいようにしてやらねばなりませんから」

野呂は、現場に行くことを部下に連絡しようと携帯を取り出しながら、ドアの取っ手に手を伸ばした。

「野呂さん。お待ちください」

地を這うような伊藤の声が響いた。野呂は背中を向けたまま言葉を待った。

「野呂さんは、退官された後のことをお考えになってますか」

依然、振り返らず、背中で聞く。

「この場には様々な権力があります。行きたいポジションがおありなら、それは叶います。もちろん、引退されて、何不自由なく日々を過ごされてもいい。奥様と、ゆっくり海外旅行などされたら喜ばれるのではないですか」

「なにを……おっしゃりたいのでしょう」

首を少しだけ回し、片方だけを向けた耳に、興味を持たせることに成功したと言わんばかりのしゃがれ声が、遠慮することなく入り込んできた。

「戦後、私が救民党を創設した理由を、あなたはご存じか」

野呂はかぶりを振る。

「目的はひとつ、GHQに奪われた日本を取り戻すためだ。今の憲法は占領統治された時代に連中に押し付けられたものだからだ」

「押し付けられた、といっても、日本は敗戦国ですし……」

「牙を抜いたんだよ、アメリカは。虎を飼い猫にしたのだ。確かに戦争には負けた。だが、我々は行動を起こした。来るべき時のために」

「我々？」

「私と同じ部隊にいた寺内だ」

えっ、と寺内の憮然顔を見る。

「彼の父親のことだ。もうずいぶん前に亡くなったがね」

ということは、新世界銀行の初代会長のことか。

「それぞれの分野で力を合わせ、準備を始めた。押し付けられた檻《おり》を打ち破るために」

「たとえ押し付けられたものであっても、間違いに気付けば直すことができる。それが民主主義というものではないのですか」

伊藤は杖をテーブルの上に静かに置いた。まるで武士が刀を差し出すように。そしてわずかに頷いた。眠ってしまったかのようにも思えたが、目だけがぎょろりと開いて、野呂を捉えた。その表情の意図が把握できない。

「間違いに気付いたら、か。だがな、今まで憲法が改正されたことはただの一度もない。不完全であることを皆理解しているのにだ。我々はアメリカが押し付けた不良品の憲法に今も従っている。だから、日本を取り戻さねばならない」

「法律は時代に合わせて改正されてきたはずです。一方的に押し付けられたものとは言えないのでは？」

「憲法と法律を一緒にしてはならない。良いか、憲法という骨格にはまったく手が付けられていない。これは、たとえて言うなら舵の利かない巨大な船に国民を乗せているようなものだ。〝法改正〟という名の快適に過ごせる設備で、その場その場を取り繕っているが、進行方向に障害物が立ちはだかっているのが見えていても避けることができない。きみは国民が海の藻屑《もくず》になるのを黙って見ているつもりか」

さすが海千山千の政治家。乗せられるな、と自分に言い聞かせる。

「憲法に不備があるのなら、それを日本人の手で直したい、ということは理解できますが……」ここで思い出した。「実際、憲法改正は今も論議されていて、連立与党のあなたの政党も、それに賛同していたはずですよね。つまり、その意思を救民党が受け継いでいる、ということですか？」

「救民党は表の顔。真の意味で日本を取り戻すのは私の仲間たちだ。今あなたが見ているのは、その中枢だ」

なにが中枢だ。とんだ仲良しクラブだな。

まぁ余裕があるのも今のうちだ。國井によって癒着が世間に明らかにされれば、人を見下したようなその顔も、ただのおじいちゃんになるだろう。はやく見てみたいものだ。彩香は忙しくなるだろうけど。

これ以上この連中と関わりたくはなかったが、知りたいという欲求にも逆らえず、つい訊いてしまう。

「日本を取り戻すって、どうやって？」

伊藤はたっぷりと時間をかけて茶で喉を潤してから他を見やると、この先を話すことを無言で承諾させた。というより、周りの反応は、はじめからそのつもりだったようにも感じられた。それが、まるで自分を見えない縄で縛り付けるように思えた。なにも聞かずに飛び出せば今までと同じ生活を送れるのに、動けなかった。

そして、時間切れとばかりに伊藤が話し始める。

「我々は各省庁に優秀な人材を送り込んでいる。幼少の頃から教育した者もいる。その数は延べ三十人を超える。ここにいる寺内や百瀬、佐伯もそうだ。今は多くの者が要職にあり、まさに機が熟した状態だ。警察庁は苦労したが、それも次の人事で長官と警視総監の座が手に入るところまできた。救民党も与党の一角だ。これまでの小さな活動ではなく、大きなことを成せる。今回の國井の捨て身の行動も、我々の仲間の力によって空しく画餅に帰すだろう」

「日本を取り戻すというか、あ、あなたたちは、日本を乗っ取るおつもりですか」

宿主を乗っ取る寄生虫をテレビで見たが、こいつらはまさにそれだ。いや、そんなことを言ったら寄生虫に失礼か。

「わしの邪魔をする奴は許さん！　目障り極まりない存在は、それが何であろうと徹底的に排除する。大義のため、わしは徹底的にやる。これまでそうやってきたし、これからもだ」

なにが大義だ。どんなに偉そうなことを言っても、この連中の目的は、結局は金であったり超越した権力であったり。つまり日本を弄びたいだけなのだ。

伊藤は神になりたいのかもしれないが、心配しなくてもそのうち会えるだろう。閻《えん》魔《ま》かもしれないけれどね！

こういう輩《やから》に日本の舵とりをさせる訳にはいかない。まとめて刑務所にぶち込んでやる……。と、ここで重大なことに気付いた。

それはどんな罪だ？　過去にどんな悪事を働いていたとしても、いま明らかになっているのは、思想を同じくする人材を各省庁に送り込んでいるということだけだ。それぞれの関係を暴けたとしても試験で不正をしていない限り犯罪とは言い難い。

つまり明示的には、こいつらはまだ何もしていないのだ。潜り込ませている連中が情報を漏らしていたとしても、せいぜい国家公務員法違反が適用できるくらいで、この親玉には関係がない。だからこうして秘密を喋っても、余裕の表情でいられるのか。

連中がこれまで行ってきた悪事を暴き、今、企てている計画を未遂で抑えたいが、なにを突破口とすればいいかわからない。たったひとつのボロでいい。連中が残したほころびで見逃しているものはないか。

ない。実に周到に進められている。

くそぅ、無理なのか、こいつらを法の裁きにかけるのは、無理だというのか？

そこで今の二課の面々を思い浮かべる。焦りが決意に変わっていく。

自分には優秀な部下がいる。自分がかける号令に続いてくれる。彼らなら、それが虚構の海の砂浜で砂粒を一粒ずつ選別するような果てしないほどの緻密な作業だったとしても、やり遂げてくれるだろう。

確たる証拠、例えば連中の軌跡を記したようなものがあれば……。

次期長官と目される百瀬が両肘をテーブルに乗せた。眼鏡の銀縁が光る。

「伊藤さんの言われたとおり、我々の仲間たちはすでに様々な要職についています。これから日本は理想に向かって動くのです。あなたは、それを叶える力が欲しくないですか？」

まるで、欲しくもないのに契約するまで帰れない、キャッチセールス商法にあっているようだ。

「つまり、あなたがたの手下になれと？」

「とんでもない。同等な仲間です。今ある階級のようなものはない。私はね、ずっとあなたに注目していたんですよ。本日お呼びしたのも、そのためです。どうです、決して悪いようにはしませんよ」

つまりは、刑事部まで手中に収めるということか。

野呂はがっくりと肩を落とした。

「断っても、どうせあなたたちのお仲間が私とすげ替えられるだけなのですよね」

野呂は不敵な笑みを携えて、百瀬の正面に向き直った。

「ガラの悪いお仲間が方々にいて、私は圧力をかけられたり、いやがらせを受けたり、ろくな老後は送れないんでしょうな。それくらいのことは朝飯前のはずだ」

寺内と伊藤は顔を見合わせ、にやりと笑った。二人の歴史の中で今日に至るまで、旨味を得る度に何度となく交わしてきたのだろう。

反面、百瀬は爬虫類を思わせる目を、瞬きもさせずに向けてきた。睨み合い、互いの腹の底を探り合う。

野呂は、体内の空気をすべて吐き出すようなため息をつくと、あーあ、と笑い、頭を掻いた。

「それなら、少しでも旨味のあったほうがいいかもしれないな。まぁ、金や権力はいりません。なにか企みがあるのなら勝手にやってください。ただ、私と私の家族、それと郷間警部補のことは放っておいていただきたい」

蛇が目を細めた。妥当だと思ったか。

「遠慮深いですな。まぁ条件を詳しくお話ししましょう。おかけください」

野呂は四人が横並びに座るテーブルの正面に、一人座った。

「しかし、この事件はこれからどこに向かうのですか。私はともかく、國井は黙っていませんよ」

「もちろん、ただではすませません。すでに手は打ってあります」

蛇の目が、今度は邪悪に光った。

【〇一：〇〇】井の頭通り入口交差点

後藤が大股で歩いてきた。吉田をちらりと窺うと、彩香の耳もとで、ちょっといいか、とささやいた。

吉田に背を向け、スクランブル交差点に向かって歩く。バス停の辺りまで来ると、彩香よりも先に、後藤が鼻息荒く言った。

「一体どうなってる？」

「はい？」

彩香には、彼の鼻息を荒くさせるような心当たりはなかった。

「上からなにか指示があったか」

「いえ、特には」

後藤は辺りを見渡すような素振りをすると、心なしか身を縮めた。

「あれほど小うるさかった突入命令が止んだ。対策本部もお前に任せると」

おじさんだ、と思った。きっと、野呂刑事部長が指示をしてくれたに違いない。

守られていると思うと嬉しくなった。

「おい、安心するな」

緩んだ頬を慌てて引き締める。

「どうしてです」

「圧力は別のところからもかかっている」

「刑事部が一枚岩なら大丈夫でしょう」

非常事態の今、後藤に対する苦手意識は消え、仲間意識が芽生えている。

「違う、内閣だ」

その言葉に啞然とする。

「内閣？　そんなの、おかしいです。ハイジャックならともかく、ただの銀行強盗ですよ？　どうして内閣が」

「爆発騒ぎの一件で、結構神経質になっているようだ。仮に連中がビルを倒壊させられるだけのダイナマイトを所持していて、それを渋谷のど真ん中で行使されたら社会的な影響は計り知れない。さらに、犯人が政治家を指名したことで、主張が政治的なメッセージを持つものである可能性も示唆されている。つまりは政治犯だ」

「政治家の不正を暴きたいというだけで、國井は政治犯ではありません！　あれはテロではないんです！」

銀行を指差した。

「そんなの俺も分かっている。しかし上層部は最悪の事態を想定し、速やかにその芽をつみたいのだろう。爆発による危険性があるなら、先に発砲しても良いとの指示だ」

「そんなこと私は何も聞いていません。交渉の余地がないと確証がとれるまでは、突入のことは考えるべきではありません」

「もちろん、俺としてもそのほうがいい」

「國井に人質を危険にさらすような兆候はありません。時間さえかければ、きっと……」

「その時間をかけたくない連中がいるということだ。そいつらが内閣を巻き込もうとしている」

政界に影響力を持つ者が絡んでいる。となればやはり救民党の伊藤だろう。

「どうしたら？」

「突入すべきだな」

「どういうことですか！」

「聞けって。現場が俺たちの管理下にあるうちに解決しようって言ってんだ。いくら部長がふんばっても、警備部と差し替えられたら俺たちは用なしだ。だから指揮権が半マロにある間に動くんだよ。おれが無理矢理指示させたことにしてもいい」

「警備部……SATですか」

純粋に武力による制圧を念頭に置いた特殊部隊。

「吉田さんはSATをひとり連れてきていただろう？　あれも、それを見越してのことじゃないのか。現場の情報を独自に集め、本隊にスムーズに引き渡すため」

彩香はパトカー越しに銀行を眺めている吉田を見た。すでに定位置になっている。彼は目を細めたまま、時折鼻の頭を掻いている。

あなたはどっちの味方なの？

突入の際に証拠を隠滅する役割を担っているようなことを、彩香は電話越しに聞いていた。

「俺に突入させてくれ。いいか、SATの連中が悪いと言っているわけじゃない。ただ、俺たちほど状況を知らないだろうし、意図的に〝凶悪なテロリスト〟だけが強調されて伝わっているかもしれない。つまり、俺たちが望まない結末になるかもしれないんだ」

確かに一理あった。このタイミングを逃せば、それが何であれ闇に葬られるかもしれない。

彩香は後藤と睨み合った。しかし、以前のように嫌悪感をまとったものではなく、正義を遂行する警察官としてのプライドを交わし合った。後藤の目は、まぎれもなくプロフェッショナルな光を宿していた。

後藤なら任せられるかもしれない。

「分かりました。準備をお願いします」

「いつでもオーケーだ」

「この後、食料と水の差し入れを行います。その時に、人質と犯人の場所を最終確認します。刑事部長には私から説明しておきます」

「了解。ただ部長以外に漏らすなよ」

後藤は彩香の判断に満足し、決意に満ちた目を向けると指揮車に戻って行った。

國井は、こうなることを想定していたのだろうか。

ウサギのキューちゃんに疑問を投げ付けたが、相変わらず人参を掲げて笑うだけで、答えてはくれなかった。

【〇二：〇〇】銀行

「まぁ、そんなに期待していなかったけどねぇ」

要求は通らなかったかぁ。國井はそうつぶやいた後に言った。

少し前にやってきた女刑事が、要求が却下されたことを國井に伝えていた。

これからどうするつもりなのだろう。

分からないから聞いてみた。それくらいの関係は構築できていると思った。

「そうだなぁ。何も思いつかないなぁ」

「でも、どうしてここまでされたのですか。情報を二課に渡せば捜査してくれたのでは？」

「それだと潰される。だから俺は警察を出たんだ」

國井の顔は裏切られた無念さを滲ませていた。

しかし、不意に表情が変わった。〝閃いた〟という感じで、膝を手のひらで打った。

それから笑みを浮かべて、右手を差し出してきた。

「はい？」

丸山はきょとんと見返した。

「ケータイ。見せてもらっても？」

背筋を思い切り冷たいものが駆け下りた。おずおずと差し出す。発信履歴を見られたらおしまいだ。ひとつ前は、一一〇番している。

國井はぴょんとカウンターに飛び乗ると、丸山の携帯を開いた。ボタンを押す音が、プチプチと静寂の中に響く。

ダメだ、終わった……。

しかし、國井は何事もなかったかのように携帯を傍らに置くと、組んだ膝を抱えて静かに語り出した。

「韓国併合は知っていますよね」

まるで、フローズン生って知ってるよね、と聞くような言い方だったので、なんのことかとっさに分からなかった。

「えっと、聞いたことはありますが、具体的には……」

「明治も中頃、かつての大日本帝国が朝鮮を保護国として併合していた時期があったんです。そして、それは昭和の終戦までつづいた」

なんでいきなり歴史の話をするのだろう、と思いながらも知識の確認をする。

「つまり、植民地支配的な？」

國井が、いい質問をした生徒を見るような目を向ける。

「必ずしもそうとは言えないですね。日本は韓国のインフラを整備したり、学校の設置に多くの予算を投入したりした。実際に感謝する人もいましたよ。ただ、いずれにしろ万人の賛成の上でのことではないから、見方は人によって異なるでしょうね」

國井は右手で胸のあたりをポリポリと掻きながら、左手を大きく回した。ここで見ていても、彼は時折、胸から肩にかけて気にする素振りを見せる。古傷でもあるのだろうか。

話はつづいた。

「終戦間際、敗戦を予期して私服を肥やした陸軍士官が二人いた。彼らはそれを元手に戦後の混乱に乗じて資産をさらに増やすと、それぞれの得意分野に進出します。ひとりは政治家になり、実権を握っていった。もうひとりは銀行を設立して財をさらに増やした」

きゅぅっと胃が捻れるような感覚があった。

「この二人、それぞれが影響力を持っていることを自覚すると、連《つる》めばもっと大きなことができるのではないかと考えた。〝日本再占領〟です。それは息の長い計画で、主要な官庁に息のかかった者を送り込むことで、陰で権力を掌握しようとした。送り込まれた者は真面目に仕事をこなし、人脈をつくり、とにかく出世する。そして来るべき時を待つ。そんな奴らが通す法案や決定は、最終的にこの二人の利益につながっている。そいつらの息のかかった者が警察組織にも紛れているとしたら、この国の正義はどうなる」

丸山は唖然とした。もし警察の上層部にその連中がいるとしたら、この事件はどうなるのだ。正常な対処ができるのだろうか。國井が秘密を握っているることを知っているのなら、全力で潰しにかかるのではないか。

やばい、変なところに足を突っ込んだんじゃねぇの、これ。

「その、二人の陸軍士官というのが、つまり……」

「救民党の伊藤、そして新世界銀行初代会長の寺内だ」

「寺内って、今は息子が会長に収まっている？」

「そう。現会長は幼い頃から、ある種の英才教育を受けて育った。父親の野望を達成するためのね。そのとき、取り巻きとして一緒に過ごしたのが警察庁の百瀬と佐伯だ」

なんてことだ。不正融資とかそんなレベルの話じゃない。國井が暴こうとしているのは、もっと大きな、中央省庁まで巻き込んだ、なんという罪なのか分からないくらい、大きな犯罪だ。

やべぇ、足が震える。座っていてよかった。さもなくば腰を抜かしていただろう。

「く、國井さんが捜査を止めさせられたのは、そこからの圧力だったのでしょうか？」

「たぶんね」

「この銀行を襲ったのは、それを明らかにするためだったんですね」

「そういうこと」

「しかし、そんな重大なことをどうして私なんかに話すんですか」

「なんでだろうね。もし私の身になにかあったとしても、闇に消えてしまわないように、誰かに知っていて欲しかったってことかな」ここで真顔になった。「丸山さん、あなたはジャーナリストだ。あなたの書く記事は、奴らを追いつめることができる最強の武器だ」

　今のおれは、商店街の名物コロッケの記事を書くのが精一杯なのに。

　國井はカウンターから飛び降りると、丸山の前に屈んで視線を合わせた。

「昔どんなこと書いてきたか、今何を書いているかは関係ない。これからなにを書きたいのか、あなたの心がどう思っているのかが大切なんです。記事を書くだけなら誰でもできる。でも、その先にあるものを想像できる人は少ない。お願いします、私という人間がなにを考えてここにいたのか、記してほしい」

　國井の言いぐさは、まるで……そう、遺言のように思えた。

　そんな雰囲気を感じたのか、國井は頬を弛緩させた。

「そうだ。ひとつお願いがあるのですが、聞いていただけますか」

「もちろんです」

「この一件が片付いたら、言付けを頼みたいのです」

「はい。どなたにですか」

「さっき来た女性刑事、警視庁捜査二課の郷間警部補です」

【〇二：三〇】井の頭通り入口交差点
「半マロ」

その声に振り返ると、後藤が指揮車のドアから半身を乗り出していた。ただでさえ狭いドアに、防弾チョッキをまとった大柄な身体。その様子は、まるで罠にかかった野生動物のようにも見えた。

「一一〇番通報が入った。番号は同じく丸山のものだ」

吉田と顔を見合わせ、指揮車に飛び込むと、スピーカーの近くに集まった。前回と違って、驚くほどにクリアに國井の声が聞こえてきた。こっそり聞かせているというレベルではない。まるで國井のすぐそばに置いているように思えた。丸山が無理をしていないか、それとも無謀になっていないかと、彩香は心配になった。

『韓国併合は知っていますよね』國井の声だ。

また歴史か、と皆が顔を見合わせながら、そこからしばらくは歴史の講釈を聞いた。國井は韓国通なのだなぁと呑気に聞いていたのだが、それもはじめのうちだけだった。

やがて國井の口から信じられないような、しかしすべての辻褄《つじつま》があう真相が語られ、その場にいた皆は押し黙ってしまった。

この銀行強盗は単なる入口でしかなかったのだ。新世界銀行と救民党の癒着は今にはじまったことではない。むしろ、目的を同じくして生まれた双子なのだ。そして、奥に広がる闇は、我が警察組織にも及んでいる。

「國井が踏んだ地雷ってのは、このことか」後藤が、声を絞り出した。「真相に近づいたために上層部から圧力を受けた。だからこの事件を起こして暴露しようと考えたんだな」

彩香は頷きながらも、まだ収まりの悪さを感じていた。

國井が追っていたのは新世界銀行だけだ。圧力や捜査妨害を受ける状況の中で、救民党との因果関係までつかめるだろうか。さらに、計画の全容をどう知り得たのか。やはり、謎の力が働いたとしか思えない。

——ブラッド・ユニット。

いったい、ユニットはどんな姿をしているのか。正義の味方を気取っているだけか、それとも、まったく別の目的があるのか。

分からない。が、いま追うべき相手が誰であるのかは國井が示してくれた。

救民党の伊藤、新世界銀行の寺内にはじまり、警察庁には百瀬、佐伯という上級官僚。しかしその姿が鵺《ぬえ》のようにおぼろげなのは、それでもまだ一部だからだ。闇の範囲はあまりに広く、深い。

彩香は指揮車内を見渡した。そこにいる誰もが途方にくれ、混乱していた。これまで信じて来た正義というものが正しいものだったのか、わからなくなったからだ。

閉塞感が漂う中、仮にもこの現場の指揮官であるという自覚が、彩香を辛うじて動かした。こういう時ほど冷静にならなければならない。

「いまの通話を聞くことができたのは誰？」係員に問う。

「我々と、通信指令センターの担当者。あっ、そこでの通話は録音されています」

「いま聞いたことは機密扱いとします。故意の有無にかかわらず他言した場合は処分の対象となります。真実かどうかもわからない情報がひとり歩きして、混乱するのは避けなければなりません。それは、我々の責務です、いいですね。後藤さん、指令センターのほうはお任せしてもいいですか。ただ……」

「分かってる。一課長に報告し、信頼できる者だけで対処させる。それでいいか」

彩香は頷くと吉田を見た。吉田も異議なし、とばかりに頷き返した。

しかし、彩香の胸騒ぎは収まらない。連中は優秀な者を送り込み、出世街道に乗せると言っていた。それが本当なら、吉田の異常に速い出世はそのためではないのか。

神妙な顔つきでモニターを見上げる吉田を、彩香はどう捉えていいのかわからなかった。正直、人間的にはとても惹かれる。しかし、なにかがひっかかるのだ。それは、かつて自分が苦しめられ、今も最大の敵となっている〝嘘〟だ。また傷つきたくないという本能が、嘘の匂いを感じ取っていた。

「吉田さん」

気がつけば名前を呼んでいた。振り向いた吉田と目を合わせた彩香は言葉を詰まらせた。何を言ったらいいのかわからず、しばらくもがいて、苦し紛れに言った。

「あ、差し入れ用の食料の手配をしていただいたそうですね。ありがとうございます」

「いえいえ、現場がデパートでしたからね、大した手間ではありませんでした。それに、誰もいないスーパーで買い物するのは、なかなかシュールな体験でした」

相変わらず少年のような顔をしながら、安物のスチールテーブルの下を目で示した。袋が四つ。食料と水がふた袋ずつに分けられていた。

「こんなに必要ですか」

「まだ目処が立ちませんから、足らなくなって困るよりはいいかなと」

「早く終わりにしたいですね」いろんな意味で。「差し入れの連絡をします。立ち止まるわけにはいきません、次のステップに進みましょう」

「焦りは禁物ですよ」

彩香は頷き、受話器を上げた。

「國井に電話します」

二コール目が終わる前に國井は出た。

『先ほどは、どうも』相変わらず余裕のある声だった。

「差し入れの準備が整いました」

『ありがとうございます。それでは、銀行の前まで運んでいただけますか』

「わかりました。これから伺います」

『ただし、あなた以外の人でお願いしたい』

「なぜです」

『あなただったら長話してしまいそうだから』

その少し寂しそうな声は、彩香を危険に巻き込まないようにする心遣いにも思えた。

國井は元警察官だ。突入が近いことを察知しているのかもしれない。

『あー、吉田さんといいましたか？　パトカーの後ろからいつもこっちを見てる人がいたでしょ』

「ええ、確かにいますが」

『彼にしましょう。もちろん、武器を隠し持っていたり、こちらの指示に従わなければどうなるか、そんな野暮なことは言わなくてもいいですよね』

「もちろんです。なんなら上半身裸で行かせましょうか」

『いやいやいや、それには及びません。スーツ姿で大丈夫ですよ。たまにはキャリアにも肉体労働の大変さを味わってもらいましょう。では』

電話を切ると、相変わらず緊張感のない表情の吉田に声をかけた。

「吉田さん。ご指名です」

「は？」

「力仕事を、お願いしたいのですが」

「はぁ、力仕事……ですか」

彩香は、きょとんとした吉田に、足元の食料と水を目で示してやった。

【〇三：〇〇】銀行

國井が外の様子を窺っているのを見て、丸山もつられて目をやる。スーツ姿の男が、道の反対側から両手に袋を持って、こちらに歩いてくるところだった。先ほどの電話の内容から、どうやら彼が吉田という男らしい。四方から照明が当てられているせいか、足下には四方向に影が延びている。

「食料と水ですよ」

國井が言って、小さく頷いた。

「ご迷惑をかけてすいませんね。お腹空きましたよね、今お持ちします」

中腰になってシャッターをくぐった國井が、吉田から袋を受け取りながら言葉を交わしているのが窓越しに見えた。國井はそれを運び入れると、入口のすぐ横にそれを置いて再び外へ出た。

道の反対側へ戻った吉田は、新たにふたつの袋を両手で持ち上げると、またこちらに向かって歩いてきた。今度は重いのか、足元が危なっかしくよろけている。國井は苦笑いを浮かべながら出迎えた。その様子を丸山は窓越しに捉える。

恐らく大量の水を運んでいるのだろう。かなり重そうで、ビニール袋の取っ手は伸びきっている。

そんなに飲まないのに、と思いながらこのフロアを見渡す。ふと気付けば、銀行には人質が二人だけという奇妙な状態だった。逃げようと思えば通用口から出られそうだ。

信用されているんだか、なんだか。

その時、外のどよめきが聞こえた。背筋を伸ばしてカーテンの隙間から窺ってみると、吉田が歩道でうずくまっていた。爪先をさすっているところをみると、どうやらどこかにつまずいたらしい。

足下がフラフラしてたもんな、と丸山は呆れ顔で笑った。

「警察にも、おっちょこちょいな人っているんですね」

そう言うと、上品な笑みを想像しながら彼女を窺い、そして驚いた。薄暗い中でも顔色が悪いのが見て取れたからだ。

まるで、彼女には予知能力があり、これから起こる不幸の予兆を見てしまったかのような表情だった。

外では國井が歩道に散乱したペットボトルを袋に詰め直している。時折、うずくまったままの吉田と談笑をしている。

國井はペットボトルをふたつのビニール袋に入れると立ち上がった。やはり重いようだったが、胸をぐいっと張り、袋を持ち上げた。

その後の出来事は、丸山にとって順序が前後しているようにも感じられた。

まず、かん高く潤いに欠けた凶暴な音がひとつ。続いてなにかが倒れるドスンという音。それから周囲の悲鳴やどよめきといった類のノイズが遅れて届いた。

音に驚いて床に伏せた丸山は、ゆっくりと立ち上がり、窓に身体を押し付けるようにしてカーテンの隙間から外の様子を窺った。

その光景を、すぐには理解できなかった。

吉田が、必死の形相で、横たわる誰か――國井だった――の上に馬乗りになり、なにかを叫んでいる。彼の手は真っ赤になっていた。

國井の胸から溢れ出す血を抑えこむことができず、歩道を染めていく。血留りに色彩はなく、黒い鏡のように、渋谷の街を写していた。

丸山は腰が抜けて、その場に倒れ込んだ。

あの女刑事も駆け寄ってきたが、目の前の光景が信じられないというように、呆然と立ち尽くしていた。

やがて救急車が横付けされた。盾を持った警官が二人と、防弾チョッキを着た大柄な男が救急活動を援護する。

國井は吉田に付き添われ、救急車で去った。盾を持った隊員も、郷間も、それぞれの方向に走り去り、また静かになった。感覚的には一分も経っていないように感じられた。

外は再び無人の現場に戻っていたが、ここで起こったことが夢ではないということは、真っ赤に染まった歩道と、その血をまといながら転がって行くペットボトルが教えていた。

仲間が撃たれ、制御がきかなくなった目出し帽の男たちが今にも階段を駆け上がってきて、自分たちを巻き込んだ撃ち合いになるのではないかと丸山は怖くなった。初めて、死の恐怖と対峙した。

逃げるべきだ、と丸山は思った。通用口はすぐそこだ。目出し帽の連中は地下に降りたっきり戻ってこない。彼女の手をとり、ほんの数メートル行くだけでいい。

だが、起き上がれなかった。

丸山は、腰を抜かせていた。まるで足に力が入らない。

自分の荒い吐息だけが、体内でこだまする。出し抜けに気が遠くなった。

気付けば柔らかい手といい匂いが包み込んでいる。

これは、あの女だ。なんてこった。血を見て気が遠くなって、さらに女に支えられているなんて、カッコ悪い。

それでも安らぎに逆らうことができず、ほどなくして丸山は気を失った。

次に意識が戻った時は、突き刺すような光が空中を飛び交っていた。

短い叫び声に銃を構えた男たち。そのひとりに脇を抱えられ、引きずられるように外に出された。フラッシュの放列、怒号、めまぐるしく世界が回る。

徐々に自らの足がアスファルトを捉え始める。生暖かい夜だということにも気付く。ブランケットがかぶせられ、世界が狭くなったが、多くの人に囲まれ、守られているのがわかった。

そのまま警察官の列の間を、彼らの拍手に送られながら、大きなテントの中に導かれた。簡易的な救護施設のようだった。

ようやく状況を理解した。ついに警官隊が突入し、自分は救出されたのだ。

しかし、目出し帽の男たちはどうなったのだろう。

なんでもいいや。そう思い、また気が抜ける。

銀行の中にいたときは呑気にスクープのことを考えていたが、外に出て落ち着いて考えると、また膝が震え始める。

自分の救出は、少なくともひとりの命と引き換えだった。

銀行での十数時間が、実際に起こったことだという実感が持てず、様々な記憶の断片が塵のように宙を舞っている。落ち着いて整理がつけられるまでは、しばらく時間がかかりそうだ。その後、自分の中に何が残るのだろうか。

警官や医師が入れ替わりやってきて、痛むところはないか、乱暴はされていないか、と矢継ぎ早に聞いてくる。

頷きながら、もう一度思う。

終わったのだ。

……うん、終わったのは確かだが、なんか違うな。

別のなにかが動き出す。そんな気がした。

【〇三：〇〇】井の頭通り入口交差点

彩香は吉田がビニール袋の中身を改める様子を見守りながら、先の展開が読めないことに焦りを感じていた。

食料の差し入れを吉田が行う。その際に犯人と人質の位置関係がわかれば、その情報を元にSITを突入させるつもりだ。銃撃戦に発展する可能性があるため、できれば交渉によって解決させたかったが、このまま時間が過ぎれば、事件は彩香の手を離れ、SATが投入されてしまう。

なんとしても國井を保護し、救民党と新世界銀行の癒着、そしてユニットの秘密を暴きたい。

そのためには、自分たちの手でやるしかない。

「吉田さん、銀行内の様子、特に人質や犯人の位置がわかるといいのですが、あまりしつこくしないように注意してください。焦って交渉などをしようとするとかえって逆効果に……吉田さん、聞いてますか」

「え、あ、はいはい」品定めをするようにビニール袋に突っ込んでいた手を止め、顔を上げた。「いやぁ、コンソメポテチとかあった方が良かったですかね」

なんだと、このチョイワルキャリア。人の命がかかっているのにポテチだと？

彩香のささくれだった神経をなだめるように、吉田は悪戯っぽく笑う。

「すいません、ちゃんと聞いてます。ちょっと緊張しちゃって」

あなたの辞書に緊張の文字があったとは意外だわ。

「まぁ、國井もおっとり系なので大丈夫だと思いますけど」

結構、気が合うんじゃないかしら。

「いえ、私が気にしているのはギャラリーの前でドジを踏まないかということです。靴が脱げて〝いいね！〟とか押されたくないじゃないですか」

彩香は先刻の失態を思い出し、恥ずかしさと怒り、その他諸々の感情が混濁した表情で吉田を睨んだ。

「すいません、冗談です」

緊張を抑えるためなのか、それとも単に私をからかいたいだけなのかは知らないが、冗談のセンスはないからやめたほうがいいわよ、と強く思った。

「では、行ってきます」

吉田は両手にサンドイッチやフルーツなどが詰まったデパートの袋を持つと、なんの躊躇《ためら》いもなく道を横切って銀行に向かった。

交差点の中ほどまで行くと、國井が姿を現した。周囲では押し殺したどよめきが起こる。

わざわざ國井が外まで出迎えるのは、吉田に銀行内を見せないためだろうか。

銀行の側面、國井からは死角になっているところにSIT隊員が見えた。先頭は後藤だ。

まだ、まだ待って。

彩香はソワソワしながら、無線のマイクを口元に持っていこうとしたとき、後藤の手が上がった。そのあたりはさすがに心得ているようだ。

國井と二言三言交わした吉田が戻ってきた。次は水だ。中身を確認するふりをしながらさりげなく言った。

「銀行内はよく見えなかった。仲間の存在も未確認。でも、人質の位置は変わってないと思う。ガラス越しに人影が見えたから」

「何を話したんですか」

「爆弾はまだあるんですか、って聞いてみました」

彩香はギョッとする。「そ、それで？」

「もうないよ、って言ってました」

吉田も國井も、どこかひょうひょうとした雰囲気を持っているから、どこまで信じていいか分からないが、逆説的に考えるとそれが真実でもあるような気もした。

それから吉田はきびすを返したが、今度は足を止め、大きく深呼吸をした。

「吉田さん、大丈夫ですか」

「ええ、行ってきます」

目が真剣なものだったので、彩香は息を飲んだ。出会って以来、初めて見た気がしたが、それを茶化すことができないくらいの緊迫感を宿していた。

吉田はもう一度深呼吸をすると、再び銀行に向かった。今度はさすがに重いのか、ヨタヨタとした足取りになっている。両方で二十キロくらいあるはずだ。

食料を中に置いた國井が再び出てきた。吉田は途中でいったん水を置き、握りなおして歩きはじめる。

足元がおぼつかない。すると歩道の段差につまずいて派手に転倒した。図らずも周囲の緊張感が緩む。國井も苦笑いしている。

もう、なんだかなぁ。私のこと言ってられないじゃない。

國井は四方に転がるペットボトルを掻き集め、袋に戻した。それから立ち上がる。

吉田は爪先をぶつけたのか、まだしゃがんだままで足をさすっている。

見かけより歳だね、などと言っているのだろうか。先に立ち上がった國井が笑みをもって見下ろしながらなにかを言う。それから胸を張り、両手の水を、ぐっと持ち上げた。

なにかを聞いたのだろうか。國井はその姿勢のまま、わずかにスクランブル交差点のほうに身体を回転させた。

その時だった。ビルの谷間に破裂音が響き渡った。それが銃声であったことに彩香が気付いたのは、國井が見えない力で後ろに突き飛ばされた光景を見たからだった。

國井の胸からほとばしった霧状の血が空中に漂い、照明の中で輝いた。

吉田は素早く飛び上がると、國井に馬乗りになって胸を押さえた。

彩香は自身の後方、ファストフード店の横の非常階段に目をやった。そこに人の気配は感じられなかったが、確かにいる。

如月。ＳＡＴの狙撃手だ。彼は我々とは別に命令を受けていたに違いない。

何てこと！

彩香は自分を罵ったが、目の前の状況を処理しきれずにパニックになった。SITの隊員たちが中腰の姿勢をとった。先頭の後藤がハンドサインを後方に示している。突入するつもりだ。

何もかもが崩れた。緻密に作り上げた未来への手がかりが、砂のように指の間から漏れていく。それを呆然と見ていた。

「全員その場に待機っ！」

無線の声に彩香は我に返った。声の主は吉田。一瞬で現場全体が冷静さを取り戻した。

吉田は、突撃態勢を取るSITを國井の血で真っ赤に染まった手で制すと、彩香だけを呼んだ。

ハチ公口側の野次馬の壁を切り開きながら救急車が割り込んでくるのを、彩香は視界の隅に捉えながら走った。まるでぬかるみの中を走るような感じでうまく足が進まない。たった四車線分の道を横断するのに、永遠とも思える時間がかかった。

彩香は走りながら後藤に視線を合わせ、マイクを引き寄せる。

「まだ人質がいます。ダイナマイトの件もクリアになっていないので突入は待ってください」

後藤は頷き、盾を持った隊員を二名だけ伴って駆け寄ると、銀行の入口を向いて立ちはだかった。

なんで、なんでこうなったのよ？

自分の指揮下にない者を放置していたことが、底なしに悔しかった。

やるせなさが嗚咽《おえつ》になってこみ上げてくる。

何とか吉田の横まで来たが、血が路肩の排水溝に向かって流れているのを見て気が遠くなった。

ダメよ……。そんなに血が出たら死んじゃうよ……。

「しっかりしろ！」

吉田の一喝に、離脱していた彩香の意識が一気に戻ってきた。エコーがかかり過ぎていた周囲のノイズも、今はひとつひとつ認識できるほどに鮮明に聞こえる。

呼吸よ、彩香、呼吸して。パニクるな、冷静に。

思い切り息を吐き出すと、入れ替わりに新鮮な酸素が身体を満たした。

「吉田さん、これから、どうすれば」

振り返った吉田は彩香の背後に目をやった。

救急車が滑り込み、救急隊員が二人降りてきた。國井の胸を押さえる吉田の腕に触れると、代わります、と言った。絶対死なせるな、と吉田は答えると、一歩下がった。

彼の手は血に染まり、袖口からもポタリポタリと滴っていた。

國井を乗せたストレッチャーは腰の高さまで脚を伸ばし、二人の救急隊員によって救急車まで運ばれる。そのとき、吉田が、待て、と言った。

國井はただ真っ黒な渋谷の夜空を焦点の合わない目で見上げている。それでも何かを言いたそうに口をパクパクとさせているのが、透明なマスク越しに見えた。吉田はマスクを外して自らの耳を口の近くに当てた。

「なんだ、どうした？」

しかし、言葉にはならないようだった。

吉田は片耳を國井の口元に向けたまま、彩香を振り返った。

「郷間さん、私は一緒に乗っていきます。彼にはどうしても聞かなければならないことがあるんです」

目に決意めいたものを感じた。吉田はユニットの秘密を解き明かしたいのだ。これを逃せば、次のチャンスはいつになるか分からない。「了解です。お願いします」

口にした途端に心細くなった。ただの強がりでしかない。ひとりでやれるだろうか。

國井を乗せたストレッチャーの脚が乱暴な音を立てながら折り畳まれ、救急車に飲み込まれる。吉田も横に飛び乗った。

「大丈夫、君はよくやっています。あとは後藤さんに任せればいい」

後藤がわずかに振り返り、頷いた。

「でも、爆弾は……」

「たぶん、もう、ない。自信を持って」

そこまで言ったところで、後部ドアが閉じられた。

「どこの病院？」と声をかけたが、隊員はそのまま運転席に乗り込んだ。恐らく、自分の声が分からなかったのだろう。それくらい、喉がカラカラだった。

救急車は人垣を掻き分けて進み、公園通りを北へ上がっていく。その赤色灯を呆然と見送った。

彩香はポツンとその場に残された。何事もなかったように静かになったが、歩道に散乱するペットボトルが、國井の血をまといながら転がっていく。

救急隊員のものだろうか。血溜まりに足跡がひとつ残されていて、また意識が遠くなっていった。ここで、人が、撃たれたのだ。ついさっきまで話していたのに……。その人物が生死の狭間に突き落とされて、ここからいなくなった。

「郷間っ！」

後藤の怒鳴り声が鼓膜を震わせ、我に返らせた。

しっかりしろ彩香！　まだ終われないでしょ！

頷き合うと、彩香は指揮車へ、後藤はまるでレリーフのように壁に張り付いているＳＩＴ隊の元へ、それぞれ走った。

走りながら襟元のマイクを口元に寄せる。

「後藤さん、あと一回だけ電話をかけてみます。一分呼び出して反応がなければ、後藤さん、お願いします。人質の場所は、変わっていなければ入って左手奥に二人。ただ、リーダーを失った犯人らがどう出るか分かりません」

「了解」

彩香は、道を横断して指揮車に飛び込むと、銀行に電話をかけた。呼び出し音を聞きながら壁に掛かった時計の秒針が一回転するのを見ていたが、ついに受話器は上がらなかった。それは、突入のサインだった。

彩香が受話器を置くと同時に、係員が声をかけてきた。

「吉田警視長より連絡がありまして、國井は、すでに心肺停止状態だそうです。おそらく助からないだろう、と」

感情を言葉にできない。代わりに机を叩いた。銀行から出る時の、敬礼をする國井の顔が思い出される。あれは死を覚悟していたのではないか。少なくとも犯罪者の顔ではなかった。なにかを見切った、刑事の顔だった。

ふと見上げた指揮車のモニターには銀行が映っていた。歩道に広がった血痕に、銀行内から舞い出た書類の類が、ひらひらと落ちている……。

あれ？　どうして、銀行内部から外に向かって風が吹いているのだろう。

理屈は分からないが、彩香は胸騒ぎがして外に飛び出した。銀行の入口に向かって、両方向から隊員が音もなく詰めていくところだった。

後藤が叫ぶ。突入！　突入！

現場は騒然となった。何人かがするりと中に入った後、彩香は後藤の横に、ほぼ体当たりするようなかたちで寄り添った。少し時間を置いて、また数人が進入する。

しばらくすると、無線に一報が入った。

『人質二名を確認。一名は気を失って動けないようです』

後藤は頷いて、部下らに指示を出した。

ガラス戸をさらに大きく開き、ＳＩＴ隊員がなだれ込んだ。ほんの数秒で丸山が脇を抱えられて出てきた。ぐったりとしているが、特に怪我を負ってのことではなさそうだ。すぐにブランケットをかけられ、指揮車の横の路地へ消える。女もしっかりとした足取りで、安心した。解放された人質がフラッシュの放列の中に溶け込んでいくのを見届けてから、彩香は銀行に足を踏み入れようとした。すると肩を力強く押さえられた。

「半マロ、お前、拳銃は？」

首を振る。そんなの、入庁以来、保管庫に預けっぱなしだ。

「私の武器は……電卓ですから」

後藤は太くて短い首を回すと不敵に笑った。ヘルメットの縁からしみ出た汗があご紐を濡《ぬ》らしている。

「止めたのに勝手についてきたってことにしてやる。俺の後ろにいろ。背中のストラップをつかんでおけ。離すなよ」

後藤の頼りがいのある背中に続いて内部へと足を進める。懐中電灯の白い光の筋が空中をくまなく走っている。先行する隊員たちは要所で分裂しながら自らの陣地を広げていく。

彩香はすぐに異変に気づいた。この生ぬるい空気とドブのような臭い。地下に降りていくとますます強くなり、時折、ボゥッと風が吹いてくる。

隊員のひとりが、廊下の奥から歩いてきた。手にはマシンガンを抱えている。

「やられました」と後藤に言った。「犯人らが持っていたのはモデルガンです。それから、あちらを見ていただけますか」

一番奥の部屋には何名かの隊員が途方にくれた顔をして立っていた。開け放たれた扉には支店長室という札があった。

足を踏み入れ、彩香は唖然とした。

支店長室内は様々なものが散乱していて、その全てを白い粉塵が覆っていた。これが爆発によるものであることは、壁に開いた穴を見れば明らかだった。時折吹き込んでる生臭い風に書類が舞い上がり、唖然と立ち尽くす後藤の足の間をすり抜けた。

その穴は、大人でも身を屈めれば通れるくらいの大きさがあり、奥には漆黒の闇があった。隊員のひとりが半身を入れて照らすと、意外なほど広い空間になっているのが分かった。

彩香はその空間を見て、唐突に國井の言ったことの意味を理解した。力が抜けそうになり、両膝に手を置いて、なんとか上半身を支えた。

そういうことだったのね、國井さん。

「この下水道はどこにつながっているか調べろ！」

後藤が隊員に指示を出す。

「……川です」

「なんだって？」

「これはもともと川だったのです。宇田川。昭和三十年代、川を蓋で塞いでその上を道路にしたのです」

渋谷署時代に、竹下が教えてくれたことを思い出した。

後藤は天井を透視するように見上げた。

「井の頭通りか……」

「はい」

「それで、この川はどこにつながる？」

「明治通り側で同じく暗渠化《あんきょか》された渋谷川と合流し、渋谷駅の南側で地上に出ます」

深いため息をひとつついた。

「國井さんは言ったんです。出て行く時が来たら、みなさんの目の前を堂々と出て行くって」

「それが？」

「渋谷川が地上に出る場所は、渋谷署の目の前です」

後藤は慌てた様子で無線に指示を出した。反対側からも捜査員を突入させて挟み撃ちにするため、出口には竹下が急行するようだ。

しかし、彩香は間に合わないだろうと思った。

何人もの捜査員とすれ違いながら、彩香は重い足取りで階段をのぼった。再び外に出ると携帯が振動した。竹下からだった。

『川の南側からこちらの署員を入れたが、SITの隊員と中ほどで合流したよ』

「間に合いませんでしたか。恐らく、脱出したのはもっと前だったのでしょうね」

『そう思う。さらに、恵比寿側にしばらく下った並木橋付近で、一二五ccのオフロードバイクを発見した』

「川の中で？」

『そうだ。川と言っても、水たまりみたいなものだ。このバイクが事件と関係あるかはまだわからないが、少なくとも、数時間前にはなかったと、近くの住人が言っている。砂溜まりに足跡が残っていたから、鑑識を呼んでいるところだ』

彩香は天を仰いだ。

「抜け出したあと、川底をバイクで逃げたってこと？」

『恐らく宇田川と渋谷川の合流地点に隠しておいたんだろう。川底はフラットなコンクリートで天井まで三メートル近くある。水もほとんどないから、あっという間に距離をかせげる』

後藤が銀行から出て来たのを見て、彩香は竹下に礼を言って通話を終わらせた。挟み撃ちにできなかったことは、すでに聞いているようだ。

「なにからなにまで、うわてだったな」

「ええ」

「しかし、皮肉だな。國井は別の意味で正面から出て行くことになった」

「確かに、そうですね」

ただ、國井はそれも計算していたのではないか、という気もしてくる。自分が狙われていることも見通していた。死を覚悟し、それでも真相を明らかにしたかった。

「それから、やはり金庫内の現金には手が付けられた形跡がない。今、行員が確認中ではあるが、壁の穴くらいしか被害がないそうだ」

「貸金庫は？」

「一カ所破壊された所があるが、銀行側の記録を見てみると、もともと故障していた場所で、誰かに貸していたわけじゃなさそうだ」

「じゃぁ、犯人たちは何が目的だったんでしょう」

後藤は肩をすくめてみせた。

吉田はどう考えるだろう。電話をしてみたが、電源が入っていないというメッセージが流れるだけだった。不思議と、彼の声が聞きたくて仕方がなかった。

第三章　真相を暴くための面倒な手続き

【〇七：〇〇】警視庁

渋谷駅前の交通規制が解除されたのは、突入から四時間後の、朝七時になってからだったが、そのずいぶん前から、彩香は警視庁に戻っていた。突入後、交渉すべき犯人が存在しなくなったことで、任を解かれていた。

死者を出した上に犯人逮捕もかなわなかった。現場指揮官、交渉人として完全に失格だ。

そう自責し、警視庁刑事部総務課に置かれた対策本部の扉を開けるのがやたらと重く感じた。

しかし本部に緊迫した空気はなく、人も少なかった。ここはあくまでも立てこもり事件の指揮をするところであって、事件の背後関係を探る捜査本部はすでに渋谷署に移っているからだ。

雑居ビルの事務所を連想させる程度の広さしかない部屋。ホワイトボードを前に、野呂と捜査一課長、そして彩香の上司である二課長の姿も見えた。皆、談笑している。

彩香は野呂の前に立ち、敬礼した。

「ただいま戻りました」

ご苦労様でした、と野呂が言う。

彩香は糾弾されることを覚悟していたが、そうはならなかった。

人質の大部分を早期に解放し、最終的に人質全員が無事だったこと。銀行にも壁に穴を開けられたくらいの被害しかなかったこと。それらの理由から、むしろ賞賛されすらした。

一課長は自分の課に欲しいと言い、それを断る二課長も自慢気だった。

しかし、彩香に寄せられる賞賛の声は、身体に触れるとたちまち艶を失っていくように思えた。達成感がまったくない。むしろ後悔の念だけが意識を覆っていた。

本当はなにも終わっていない。彩香はそう言いたかった。國井が命がけで伝えたかったことを埋もれさせてはならない。

野呂自身も分かっているはずだった。どこかの会議室で、警察庁幹部が銀行や政治家と癒着していることを悟ったはずだ。

しかし、おじさんは、笑顔で労いながらも目を合わせない。まるでそのことに触れられないようにしているかのようだった。

きっと、刑事部長としての立場があるのだろう。今はその話をするタイミングではないのかもしれないと思い、何も言わなかった。

ご苦労さん。今日はゆっくり休みなさい、と促され、彩香は会議室を辞した。それから自分のデスクにも寄らず、そのまま外に出た。日中はまだ残暑が厳しいとはいえ、流石に朝は涼しくなっていた。

皇居の桜田門の緑を朝日が照らしているさまを一瞥し、頭上を覆うトチノキの葉音に耳をすませた。

しばらくのあいだ目を閉じていたが、やがてきびすを返すと、霞ヶ関駅の入口に向かって歩きはじめた。

そこでふと気になった。

おじさんはあの会議室から、どうやって出てきたのだろう。

あの会議室には、次長、官房長をはじめ、新世界銀行の寺内と、恐らく救民党の伊藤もいた。野呂は、彼らこそ、國井がいぶり出したかった黒幕たちだということは分かっただろうし、秘密を知った以上ただでは帰らせてくれない厄介な人物らであることも理解していたはずだ。

正義を全うするのなら、追いすがる連中を振りほどき、今頃刑事部を総動員しているはずだ。だとすれば、あそこでのんびり談笑なんてできないはず。

まさか、おじさんも連中に……。

「郷間さん」

後ろから声をかけられたが、疲れた足が踏み止まることを了承するまでに三歩必要だった。

重い身体を何とか振り返らせると、ひとりの男が大きなバッグを肩から提げ、したたる汗をハンドタオルで押さえながらぺこりと頭を下げた。

「あの、私、こういう者です」

男は名刺を差し出したが、そこに書かれた名前を確認するまでもなく、誰なのかは分かった。

「丸山さん」

昨夜の銀行立てこもり事件の際の人質のひとりであり、かつて無責任な記事を書いて名をあげた男だった。決して評判がいいとは言えなかったが、今回の事件では携帯電話で中の様子を伝え、その勇気を称えられていた。

ほんの数時間前に、あの薄暗い銀行で会っているのだが、それが非現実的で夢のようにも思えた。

「この度は大変な想いをされたのに多大な貢献をされました。今まで聞き取り調査をされていたんですか。ご苦労様です」

「いえ、それは明け方までには終わりました。実はあなたをお待ちしていたんです。お伝えしたいことがふたつありまして。今、よろしいですか」

「もちろん」

けたたましい排気音の原付バイクが通り過ぎるのを待ってから、丸山は口を開いた。

「まず、一一〇番で中の様子をお知らせした件なんですが……」

「ああ、よく機転をきかせられましたね。でも内容が内容だけに驚かれたでしょう」

伊藤と寺内の関係。ジャーナリストならスクープ記事にしたいだろうが、できればしばらく放っておいて欲しい。その裏側は慎重に調査しなければならないし、國井のためにも、我々の手で明らかにしたい。

だが丸山はそのことを断りにきたわけではなかった。

「それが、その、郷間さんには言っておかなければと思って」

「何でしょう」

「私が一一〇番をしたのは、一回だけなんです。事件の、割とはじめのほうで」

「でも、着信は二度あったはずですが」

それなら、衝撃的な内容を伝えたあの電話は？

「実は二回目の電話は、國井さんからなのです」

「えっ」

「あの時、私は電話を取り上げられていたんです。その時は気付かなかったのですが、さっき調書を取られている時に、私が二回かけていたことを警察の方に言われたんです。気が落ち着いていなかったので、思わず『はい』と答えてしまいましたが、そうではありません。あの電話をかけたのは國井さんなのです。だから、なにか意図があるかもしれないと思って」

その理由は理解することができた。國井はわざと聞かせたのだ。自分の口から真実を伝える機会がないことを悟ったのではないか。だから一人でも多くの人に聞かせたかった。

「それと、あなた宛に、國井さんから言付けを預かっています」

彩香は心臓が止まる思いだった。息を整え、丸山の言葉を待つ。

「〝私を追え〟と。伝えれば分かるとだけ言われました」

私を追え？　言われても分からない。

「それはいつのことですか」

「國井さんが食料を受け取るために外に出る直前です。他の仲間は愛想悪いし、ずっと地下に行ったっきりでしたから、一階に残った國井さんとちょくちょく話す機会はあったんです。かつて連絡を取り損ねた相手ですから、お互い世間は狭いね、なんて言って」

「ちょっと待って。他の二人はいなかったの？」

「ええ。なんか、地下で作業することが多かったみたいですけど」

「國井さんが撃たれた後に姿を見ましたか」

丸山はバッグを反対の肩に掛け替えた。

「いいえ。今思えば、そのずいぶん前から見ていない気がします」

やはり、他の二人はなにかを奪うとすぐに脱出していたのだ。一人残された國井は、口封じを命じられた狙撃手によって射殺された……?

「郷間さん、あの」

「はい、何でしょう」

「これは関係ないかもしれないのですが」

「何でもおっしゃってください」

「その目出し帽の二人なんですが……ちょっと妙でした」

「妙、というと?」

「はじめに電話が掛かってきた時、すぐそばに目出し帽の男がいたんです。それでも電話に出なかった。あと、私が話しかけた時も反応がおかしいというか……意味が分かっていないような感じだったんです」

胃袋の底辺りがモゾモゾするような感覚があった。

なんだろう、この感じ。同じような感覚を他でも得たような気がする。それは遠い昔のようにも、つい最近のようにも思える。

「すいません、だからどうしたって言われても分からないんですが」

「いえいえ、ありがとうございます。落ち着くと、後になって記憶が整理されることがありますから、いつでも連絡してください」

それはそうと、さっきから丸山の視線がチラチラ私の眉に注がれている気がしてならない。鏡を見ておけば良かった。

「こう言うと怒られるかもしれませんが、何となく、私は、あの人が悪人とは思えなくて」

「こういう事件では、時々起こる感情です。ストックホルム症候群といいます」

そう言ってはみたが、彩香も同感だった。

「私……運命とか信じないタイプなんですけど、今回、國井さんに会えたのはそんな気がするんですよ。ジャーナリストとしてスクープすることだけが唯一の価値のように思っていて、出来事を上辺でしか見ていなかったんです。深く追求することでしか見えないことってあるんですよね。國井さんが命をかけて伝えたかったことはなんだったのか。それを私も追ってみたくなりました」

「丸山さん、あなたは……」

「ええ、國井さんが事件を起こすことになった背景については聞きました。しかし……相手がでかい」

「その通りです。あなたは迂闊に手を出さないほうがいいかもしれません。我々に任せていただいたほうが」

と言いつつ、國井と同じように、結局自分も組織に阻まれてなにもできないのではないだろうかと考える。

「郷間さんには郷間さんのお立場というものがおありでしょう。ですが、私には私にしか書けないことがきっとあるような気がするんです。使命というものがあるなら、國井さんはそれを思い出させてくれました。私なんかが言うのはご不安かもしれませんが、大丈夫です。今までとは違います」

目が燃えている——という表現があるなら、今の丸山がそうだった。

結局、物事が動くのは、こういうところからで、國井はその種を蒔《ま》きたかったのかもしれない。

丸山は丁寧に頭を下げて歩いていった。足取りは、新しいなにかに挑む高揚感に満ちていて、羨ましかった。

それに引き換え、自分は閉じた輪のような組織の中で、ただもがいているだけだ。

地下鉄への階段に足を進める直前に吉田に電話をしてみたが、やはりつながらない。

無性に声が聞きたかった。

なんで出ないのよ、と遠距離恋愛並みの焦燥感を抱きながら千代田線に乗る。大手町で半蔵門線に乗り換えて、自宅マンションのある押上に向かった。

彩香がこの駅を選んだのは、疲れて眠ってしまっても、ここを終点とする電車が多いからだ。最近は東武線との乗り入れが増え、ひとつ先の曳舟ならともかく、油断すると東武動物公園や久喜という旅行と呼べるくらい遠くに運ばれてしまう。

アナウンスで押上止まりを確認すると、ささやかな安堵を得た。

休日ともなればスカイツリーに向かう人で混み合うが、まだ時間が早いせいか、電車は空《す》いていた。

半蔵門線は渋谷を始発としている路線だからか、車内で事件について盛り上がる乗客がいた。犯人を射殺するという結末が、ハリウッド映画のようでエキサイティングに感じられるようだ。

その人がかつて自分の仲間で、それが大義のためであったのに、隠蔽のために殺されたのだとしても、世間からはそう見えるのだろう。

無責任な評論を繰り広げる者らを蹴り飛ばしてやりたかったが、今の彩香にできることは、その声からなるべく離れる、それだけだった。

隣の車両に移り、連結部分の三人掛けの席にひとりで座る。壁に寄りかかると疲労が波のように押し寄せてきた。身体が重くシートに沈んでいくようだ。一気に歳を取ったように感じられた。わずか半日のことが夢のように思える。そして、本当に夢を見はじめた。

【〇八：〇〇】　地下鉄半蔵門線押上駅

『私を追え』

そう声をかけられた気がして彩香は目を開けた。もちろん國井がそばにいるわけではない。様々な記憶が断片的に疲労した脳内をぐるぐると回っていた。

電車は停車していた。馴染《なじ》みのある壁の駅。押上だった。

降りるべきなのだが、立ち上がれない。数十分の睡眠で頭は冴《さ》えてきたが、身体はまだ怠い。しかし、立ち上がれないのは別の理由があるようにも感じた。

アナウンスが流れる。――この電車は当駅で折り返し、急行中央林間行きになります。渋谷までは各駅に停車いたします――。

彩香は運命といった類の話は信じないが、流れというのは大切にしている。今の流れは、渋谷だった。

なにがそんなに気になるの？

記憶の欠片がバラバラに散らばっている。それをパズルのように組み合わせていく。

天井のシミをぼんやりと眺めた。ほんの少しの睡眠だが、頭の中は猛烈な勢いで回転するようになっていた。

――パズルはなぁ、まずは同じ色に分けるんだ。

父はよくそう言っていた。様々な要素を種類分けし、そこから形を整えていく。小さなかたまりが寄り集まり、大きな集団になっていくような感覚。

ぶふん、と鼻息を出す。さらに脳内の回転が加速する。

この妙な気持ちにさせているのはなに？

頭の中に、本人にも意外な映像が、ポンと浮かんだ。

それは、川底から見つかったオフロードバイクだった。写真でしか見ていないが、くすんだ緑色でナンバーはなく、小型二輪に分類されるなんの変哲もないバイク。犯人は予めそれを渋谷川と宇田川の合流地点辺りに隠しておき、銀行の地下支店長室の壁に穴を開け、地下河川を通っていち早く立ち去った。そして並木橋付近から地上に登り、雑踏にまぎれた……。

この違和感はなんだろう。普段左肩にかけているバッグを右肩にかけた時のように落ち着かない……。

彩香はふと浮かんだ、鵺の尻尾をつかんだ。しかし少しでも気を抜くと逃げられてしまいそうだ。必死で考える。

「やっぱり、変だ……」

だからなにが変だってのよ！

自分に苛つく。言葉がつい口から出てしまったようで、数人の乗客が郷間を怪訝な顔で眺めた。

彩香は爪を撫でた。左手から右手。それをまたもう一度。今回は、一サイクル半で我に返った。

『私を追え』

國井……救急車……吉田。

そうだ、そういうことか。

つっかえていた疑問がとれると、他のことはするするとつながっていく。パズルのピースが次々と手を取り合っていくような高揚感と反比例し、気持ちは沈んでいった。その結末が良くないことだったからだ。

吉田が、危ない——。

携帯を取り出すと、かけようとしていた相手からの着信履歴がホーム画面を埋め尽くしていて驚いた。後藤から六回も。マナーモードで熟睡していたせいか、まったく気付かなかった。

ただごとではない、そして、悪い予感が当たってしまう前触れに取り囲まれている。

彩香は留守電を聞かずに、後藤に電話をかけた。まだ現場に残って捜査を続けているはずだ。

『半マロ！　今どこだ』

「押上です」この予感が外れて欲しいと願いながら聞いた。「やはり吉田さんになにかあったんですか」

『よ、吉田さん？　藪から棒に何だよ……あ、でも、確かにそれもそうなんだ。つまり、國井が消えた』

電車を降りようかと立ち上がったが、発車のベルが鳴っていたので留まった。直感的に渋谷に戻ったほうがいいと思ったし、それなら電車のほうが早い。

「消えたっ？」

車内の乗客があからさまに嫌な顔を向ける。彩香は連結部分に上半身を突っ込んで、口元を片手で覆った。

「ど、どういうことですか」

『國井の遺体を確認するために、本庁の刑事が消防庁に問い合わせたが、國井を搬送した救急隊はなかった』

「えっ！」

『手当たり次第に近隣の救急指定病院を調べたが、國井らしき人物を受け入れたところはない。夜間受付の記録を当たっても、風邪をひいた幼児、転んで肋骨にヒビが入った酔っ払い、発作を起こした老人……静かなものだ。その時間帯に限って言えば交通事故すら起きていない。同乗したはずの吉田さんに電話もしてみたんだが、それもつながらねぇんだ』

「私もです。何回かかけてみたんですが……」

『でも、なんで分かった』

「後藤さん、今から渋谷に戻りますので、その時に説明します。それで、ひとつ調べておいて欲しいことがあるのですが」

『なんだ』

「バイクの発見場所に足跡が残っていましたよね」

『川底のか。ああ、鑑識が調べたはずだ』

「それを比較してほしいんです」

『比較って何と』

「銀行前の足跡です」

『そんなものあったか』

「血痕の周辺を調べてみてください」

『分かったが、それがどうつながるというんだ』

「詳しくはそちらでお話しします。それより吉田さんが危ないかもしれません。引き続き連絡を」

『……了解した』

後藤は深く聞かず、早く来い、とだけ言った。

電話を切った彩香は、また目を閉じ、これまでの考えを整理し始めた。悪い予感しかしなかった。

【〇九：〇〇】井の頭通り入口交差点
渋谷駅周辺の規制は一部が解除されていたが、銀行前の歩道はまだ通ることができない。多くの人は、反対側の歩道から、その様子を覗き込んでいる。テレビ局もまだ多く留まっていて、一夜明けた現場の様子を伝えていた。

彩香は指揮車に飛び込んだ。後藤が、おう、と手を上げる。数時間しかたっていないのに、とても懐かしく思えた。

「足跡の件、どうでした」

挨拶も、事件の反省も、捜査の進捗も聞かずに横に座る。

「どうもこうも、これはどうなってんだ」

テーブルには引き延ばされた写真が並べられていた。

「血痕はすでに洗い流されていたんだが、その前に鑑識が写真を撮っていた。それがこれだ」

少し引いた角度からの写真、真上からの状態では収まりきれなかったのか、少し離れ、斜めから撮影している。血痕は横に長く、二メートルほど。血液の流れは、目地にそって分岐合流を繰り返し、最終的には車道の側溝に流れている。

「ここに足跡があるが、これはＳＩＴが突入したときのものだ」

後藤が指で示した。多くの足跡が重なっている。

「隊員は皆同じ支給品のブーツを履いているからな、間違いない。川底に残されたものとは違う」

片膝に乗せた自分のブーツの裏側を叩いてみせた。

「ただ、お前の見たかった足跡はこれだろ」

指差したあたりを拡大した写真、血だまりの端に、左足底の踵側三分の二が写っている。

「隊員とは違う足跡が残っていた。鑑識も、まさかこの足跡を後で見られると思わなかったんだろう。ちょいとボケているが、靴底のパターンは分かる。ブーツの類だが、ＳＩＴのものではない」

彩香は鼓動が早くなるのを必死で抑えている。半分は怖い。

「そしてだ、こっちが渋谷川の、バイクが放置されていた砂溜まりに残されていたもの」

こちらはすでに石膏の型がとられていて、右足だ。

「こいつらを鑑識に比較してもらったらな、同じものだってよ」

顔が紅潮するのが自分でも感じられた。

つまり、これは悪いシナリオだ。

「で、これはどういうことなのか教えてもらおうか」

「その前に吉田さんと連絡がとれましたか」

「いや、何回かかけてみたがつながらない。お前、吉田さんが危ないとか言っていたな。どういうことだ」

「この血痕に残された足跡は、國井さんと吉田さんを乗せた救急隊員のものです」

「ん、でもバイクのところの足跡と同じなんだろ……ということは、え？」

その表情から、後藤が混乱しているのが分かった。目が説明を求めていた。

「私にはなぜバイクなのか不思議だったんです」

「敵ながらいいアイディアじゃねぇか。実際、俺たちが気付いた時には、犯人はトンズラしていたし。渋谷川の広さなら、バイクで二人乗りしても悠々と走れる――」

「そこなんです」

「うん？」

「もちろん移動手段としては名案です。でも犯人は三人組だったんです。それなのにどうして二人乗りのバイクなんでしょう。あとひとりはどうするつもりだったのか……」

「おう……確かに」

「つまり、そもそも逃げるのは初めから二人だけだったのではないかと思ったんです」

「もうひとりは別ルートで逃げるつもりだった？」

「そう、もしくは必要なかった」

「必要ない？　どういうことだ」

「シナリオはいくつか考えられますが、例えば、國井さんは投降するつもりだった」

「うーん、あり得なくはないな」

「もしくは、口封じをされた……」

「なにっ！　國井はハメられたっていうのか」

「ええ。目出し帽の連中がユニットの一員だったとして――」

彩香はテーブルにあったペットボトルの水をラッパ飲みして、唇を手の甲で拭った。

それからため息をひとつついたが、それはまるで厳寒の朝に吐く息のように震えていた。自分自身の推理が怖かったからだ。

「警察を追われた國井さんは、捜査を続けるためにブラッド・ユニットの力を利用するつもりだったのかもしれませんが、奴らから見たら、あくまでも部外者だったとすれば？　國井さんとユニットは利害が一致していたわけではなく、後々邪魔にならないように裏では手を回していた」

「そしたら如月もグルってことか？」

「もしくは、彼に指示した者が上層部にいるか、です」

　後藤は腕を組み、ダルマのような顔で考え込んでいたが、ふと顔を上げ、太い指を回した。

「待て、話を戻せ。目出し帽の二人は地下河川をバイクでまんまと逃走したのに、救急隊に化けてわざわざ戻ってきたというのか」

　足跡の比較写真を並べながら問う後藤に、彩香は頷く。

「バイクが捨てられていた並木橋付近に救急車を隠していたのでしょう。そしてタイミングを見計らって現場に戻ってきたんです」

「どうして危険を冒してまで戻って来る必要があるんだ」

　まったく腑に落ちないという表情だ。

「國井の遺体を回収するため、でしょうか。なんらかの理由で國井を我々に渡したくなかった。もしくは情報が漏れないことを確実にしたかった。蘇生処置でうっかり生きながらえたり、秘密を喋られたりする時間すら与えたくなかった」

　犠牲になった國井を想い、声が詰まった。

「しかしだなぁ、國井を始末したいのなら、誰もいないところでこっそりとできるだろう」

「それは私も悩んだのですが、発想を転換すると、公衆の面前で撃たなければならなかった理由があったのではないでしょうか。ともかく、連中にとって予想外だったのは、吉田さんが救急車に乗り込んできたということです」

「追い出すわけにはいかず、そのまま拉致した？」

「そうです」

「吉田さんまで行方不明ってことか」後藤は頭を抱えた。「でもどうして分かった」

「救急隊が来た時、違和感があったんです。よほどのことがないかぎり、救急隊は三名で動きます。隊長、隊員、機関員です。でも、あの時は二人しかいませんでした。それから、こちらの問いかけにも答えなかったんです」

「ん？」

「銀行に電話をした時もそうでした。私が話したのは國井だけで、目出し帽の連中とは話していないし、その声すら聞いていません。丸山さんも似たような証言をしています。近くで電話が鳴っても取らない、話しかけても答えない。それどころか、こちらが言っていることの意味が分かっていない、そんな感じだったそうなんです」

「つまり、どういうことなんだ」

「ブラッド・ユニットは、日本人ではないのかもしれません」

後藤は、理不尽にも豆鉄砲を食らった鳩《はと》が、その理由を問いただすような複雑な顔をした。

「だから吉田さんが心配なんです」

「わかった、関係部署に連絡を取ってみる」

「お願いします」

「だがよ、なんかこう……」

「ええ、わかっています。この仮説は不完全でバラバラな情報を寄せ集めただけですから。まだ肝心ななにかが足りません。しかし、これはユニットがつくった、もっと大きな計画のほころびのひとつに思えるんです」

後藤は目頭をつまんだ。

「一体、目出し帽の連中は何者なんだ」

「謎ですが、ユニットの構成員と考えたほうがいいのでしょう。いずれにしろ、國井さんが撃たれてあんな騒ぎになった時も様子を見にすら来なかったそうですから、その時はすでに脱出していたと思われます」

「で、そこから逃げる予定だったのは、そもそも、その二人だけだったというんだな」

「はい」

「國井は、ひとり取り残された……」

彩香は、國井と別れるときの、彼の悲哀に満ちた表情を思い出した。

「逃げるつもりなんてなく、ひょっとしたら、撃たれるのをわかっていたのかもしれません。目の前を堂々と出て行く。彼はそう言っていましたから」

「國井は、そこまでして、なにがしたかったんだ」

「事件を暴くため、そして、警察官としての責任を取るため……」

「暴くっつっても、本人が死んじまったらなんの意味もないだろう」

「だから、人質を解放するときも、丸山さんを残したのではないでしょうか。警察内部では手が回るかもしれない。そのため、彼に一部始終を見せた。そして、真相を私たちにも聞かせた」

後藤は腕を組み、しばらく床を見つめていたが、目だけをぎょろりと向けてきた。

「お前は、これまで勘で突っ走って手柄をあげてきたそうだが、今日ほどその勘が外れて欲しいと思うことはないな」

「まったくです」

腰を上げた彩香に後藤は言った。

「なぁ、吉田さんの行方はこちらでも追う。ただ……」

「なんでしょう？」

「無茶すんなよ」

「え、なにが、ですか？」

「お前、桜田門に殴りこみに行くつもりだろ？」

「そんなこと」

図星だった。

「狙撃命令がどこから出たかを問い詰めるつもりだな？　とりあえず野呂部長を問い詰め、それからＳＡＴの如月を追う」

否定することができず、図らずも頷いた。

「なんらかの力が働いたはずです。警察庁や、もしかしたら政治家。國井さんに痛いところをつかれたくない連中の」

「そこまでわかってんのなら、この件がヤバいってことくらいピンとくるだろ。お前の働きは一定の評価を得たはずだ。次の人事で肩書きから〝代理〟の文字も取れるだろう。ここらで引いて、あとは一課に任せろ」

「父なら、そうしないだろうなって思います。刑事の父なら、自分が関わった事件は最後まで追う。そして、私も刑事です」

後藤は頭を左右に小さく振る。やれやれ、と聞こえてきそうだった。

「じゃぁ、ひとつ約束してくれ。無理だと思ったらそれ以上進まず、俺に連絡すること。いいな」

なんだか、頼もしい。

「ええ、ありがとうございます」

それから後藤は悪戯っぽい笑顔を見せた。

「あとな、乗り込むにしろ、徹夜明けのメイクはスッピンよりまずいぞ。せめて眉ぐらい描いておけ」

うっせ。

【一〇：〇〇】警視庁　刑事部長室
部長室のドアを開け放つと、刑事部長であり「おじさん」でもある野呂がイスに座り窓の外を見ながらコーヒーをすすっていた。

「おい、ノックくらいしたまえ」

「おじさんも私の部屋にずかずか入ってきてたじゃない」

そう言うと刑事部長は一瞬でおじさんの顔になった。

「それは彩ちゃんがまだ小さい頃の話だろ」

「中学生というのは微妙な年頃なんです。しかも着替え中に」

「わかった、わかった」小さく手を上げ、降参のポーズをとった。「もう帰ったのかと思ったよ。どう、ご飯でも食べにいくかい」

彩香の表情からなにかを読みとったのか、野呂は笑みを引っ込めた。要件が楽しい会話ではないことを察したようだった。

「なにかを言いたそうな顔だね、郷間警部補」

口調を再び切り替え、わざわざ階級を付けて呼んだ。馴れ馴れしさを排除し真剣に話すという意思表示だ。

「部長、お聞きしたいことがあります」

「渋谷のことか。今は一課に引き継がれたはずだ。もうゆっくりしてくれ。君の働きには上層部も感謝している」

ばぁん！

彩香は机を叩いた。ソーサーに乗っていたスプーンが踊り、派手な音を立てた。

「感謝されるような働きはしていません。無抵抗の犯人がひとり死んだだけです」

「何が言いたいのかね」

「SATの如月巡査部長に、射殺命令を出したのは誰ですか」

「分からないが、それが誰であれ、人質や周辺の人々、そして警官の命を守るためだ。何しろ爆発物を所持していたからな、無効化のチャンスがあれば見逃さないように指示があったのだろう。残念な結果になってしまったことは否定しないが、実際にあれで一気に解決に向かった。とっさの判断を後で批判するのは簡単だ」

「違うでしょ、おじさん」

「おい！　ここは警視庁だ、口のききかたには気をつけろ！　君の任務は終わったんだ。組織に属する者として、組織に従いなさい」

「まだ終わってない！　おじさんは、どうして私に会議室の様子を聞かせたの。真相をつかむためじゃないの」

「余計なことは考えるな」

「おじさんは、連中に何を言われたの。あの会議室でなにがあったの」

「言う必要はない」

まさか、おじさんまで？

「弱みでも握られた？　それとも買収された？」

「おいっ！」

今度は野呂が机に拳を叩きつけた。野呂の座るイスが、その勢いで真横を向いた。それは、目を合わせたくないかのように思えた。

彩香は悲しく、というより寂しくなった。今までとは違う人、信じた組織も別のものの。

野呂は間違いなく良い人間だった。それを信じられなくするほどの組織というものが、怖くも感じた。

もう、ここにいる理由はない。彩香は、机の上に警察手帳を投げつけた。

「警察官が政治家の手先になったらおしまいだぜノロッチ」

それは、かつて彩香の父が飲む度に野呂に言っていた言葉だった。

ここで引き下がるわけにはいかないの。早く、吉田さんを見つけなきゃいけないの。組織にいることで、かえって身動きがとれないなら組織外に出るまでだ。

國井が警察を辞めた気持ちが、今は痛烈にわかる。

渋面を浮かべた野呂の横顔に敬礼し、回れ右をした。

「彩ちゃん」

彩香は足を止めたが、振り返りはしなかった。今は、野呂のイメージをやさしいおじさんのまま保っておきたかった。

野呂はまるで罪滅ぼしでもするかのように話しはじめた。

「狙撃した如月については、今、一課で事情聴取をしているけど、命令については警察庁からの特命で機密事項だから話せないと言って譲らないそうだ。会議室の様子を聞いてわかったと思うけど、これには警察庁次長や上級官僚がからんでいて、さらに政界財界との関係も疑われている。不用意に近づくのは危険だし、彩ちゃんをそんな目にあわせたくないんだ」

野呂は立ち上がると、背後から彩香の手をとった。そして再び警察手帳を握らされた。

「これは捨てないでほしい。私じゃなく、警察が信じられなくなるまで持っていてほしい。まだ……今じゃない」

彩香は肩越しに頷いて、部長室を後にした。

【一〇：三〇】警視庁　捜査二課

電話が鳴った。個人用の携帯だ。発信者は不明。

彩香は誰もいない二課の自分の机に突っ伏していた。野呂に啖呵《たんか》を切ったのはいいが、具体的にこれからどうしたらいいのかわからなかったし、活動するためのエネルギーが切れていた。

だから、そのままの格好で応答ボタンを押す。男の声だった。

『ああ郷間さんですか？　私は桑名《くわな》といいます。この度はお疲れさまでした』

くわな、くわな……。誰だっけ？　あぁ、頭が回らない。

「ごめんなさい、今ちょっと立て込んでて」

『ああ、お疲れのところすいません、ウチの吉田がお世話になりましたから、そのお礼をと思いまして』

「よ、吉田さん？」

彩香は頭を上げた。

『いえ、私は違いますが……』

「すいません、実は連絡が取れなくて心配しているんです。あの、失礼ですが――」

『桑名といいます』

それは聞いた。何者だ？

『えっと、警察庁の長官をやっています。私もまだまだだな』

ははは、と笑う。

えっ！

彩香は飛び上がると、直立不動の姿勢をとった。

『こんな電話で申し訳ない。本当はお目にかかりたかったのですが、今日は忙しい日でね、これからすぐに出かけないとならないので』

声が出なかった。喉までは出掛かるが、すべて押し戻される。

『昨日の事件、本当にご苦労様でした』

「あ、いえ」と言うのが精一杯だった。

『手短に話しましょう。あなたはまだ事件を追っているようですね。おそらく、他の人が知らないことをあなたは知ってしまった、その責任感からかな？』

「その……私は、ただ吉田さんのことが心配なのです」

『ほう、というのは？』

彩香は、まだ想像の段階、と前置きをしたうえで話し始めた。

國井が公表しようとしたことは、要求として名前の挙がった政治家にとっては都合の悪い話だった。そのため警察のいずれかに圧力をかけ、國井を処理した。銀行強盗に荷担していたのは〝ブラッド・ユニット〟と呼ばれる謎の組織で、吉田はそれを追っていたが、図らずも拉致された。

聞き終えた長官は、ため息をついた。

『今、君が言ったことが真実なら、悲しいことだ。しかし、妄想で終わらせておいたほうが、君のキャリアには有利ではないのかな。あえて危ないところに手を入れなくてもいいのでは？』

「出世するために警察官になったのではありません」

一番の出世を果たした警察組織のトップに向かって言うことではないと思ったが、それでもこの際聞いてみよう。

「長官はご存じなのですか。あの……」

『ユニットのことですか。ある程度はね。ただ、私もすべてを知っているわけじゃない。吉田から聞かされたことだけなんだ」

「吉田さんに？」

『ええ。あいつはね、あっちこっちに首を突っ込んでは引っ掻き回す奴なんです。なにかと誤解されることもありますが、それも正義感からなんです。まるであなたのようですね。まぁ、あいつの場合は、子供みたいな好奇心が半分ですけど』

長官は吉田に信頼をおいているのだと、その口振りから感じた。

「その吉田さんと連絡が取れません。もし私の妄想が正しければ、吉田さんは危険な状況に陥っています」彩香は沈んだ。「私は、どうすればいいのでしょうか」

『そのことなのですが、この件は私に預けてもらえないでしょうか』

寝不足と混沌とした状況で理性が取り払われていたのか、彩香は声を荒らげた。

「長官、それは私に手を引けということですか！」

一拍の空白の時間。そのあとに快活な笑い声が届いた。

『長官ともあろう者が、部下に怒鳴られたのは、今日これで二回目です。いやぁ、まったく親子みたいだ』

急速に熱が冷めていく。

「えっと、なんのことですか？」

『いやいや、こちらの話で。さて、私に預けてくれというのは、文字通りの意味です。手を引くのではなく、改めてこちらから指示を出すということです。それにね、厳密にいうと、私も吉田にそう言われているんです』

「吉田……さんが？」

『ええ。ユニットについては好きなようにやらせてくれ、なにがあっても、長官は黙って、のんびり見ててくれってね』

「そうだったんですか……。あの、では、ユニットの件はともかく、吉田さんの捜索については許可していただけませんか」

上品な笑い声が聞こえた。

『面白い方ですね。分かりました、いいでしょう。どのみち、あなたは止めてもやりそうですから。でも内容が内容だけに公式の援助はできません。私の名を出してもいけません。苦しいですよ』

「わかっています。でも、仲間がいますから」

ため息と笑いが混ざったような声が聞こえた。

『分かりました。お好きなようにやってください。おっと、もうこんな時間か。すまないが、そろそろ行かなくては』

「ありがとうございます、長官」

『ああ、そうだ。ひとつ情報があります。次長と官房長が更迭されました』

「え、今日ですか？　理由を伺っても？」

『君は知っていると思うけど？　ま、私にしてみれば、いきなり片腕がいなくなったんです。そりゃ忙しくもなりますよ。さっそく、これから首相官邸に呼び出しです。さて……』

どうやら時間切れのようだ。

『もし吉田くんに会えたなら、頼んだ仕事が待っているから遊んでないで早く帰ってこい、と伝えてもらえますか』

「はい、必ず」

彩香は夢でも見ていたかのように呆然と、通話終了の画面を見つめていた。バックライトの輝度が下がり、やがて消えた。

長いため息が身体の奥底から吐き出された。

電話がいきなり生き返ったかのように振動し、彩香はキャッと叫んだ。今度は後藤の名前が表示されている。

『半マロ、お前、今どこだ』

「本庁ですけど」

『よし、すぐに出ろ』

「はい？」

『如月が本庁を出た。今ウチの課の者に尾行させている』

「えっ！」

『一課で調書をとっていたんだが、サッチョウから呼び出しがあって、いったん解放したらしい。それなのによ、試しにヤッコサンを尾行させてみたら、隣の合同庁舎じゃなく、目の前の地下鉄の駅に降りていくっていうじゃねえか。怪しいぞ。急げ』

試しに尾行させるってどういうことよ。まったく頼りになるんだから。

「了解です。今出ます」

『それから、拳銃、忘れるな』

ドキリとした。

「そんなの、必要でしょうか」

『目的のためなら人を撃つ連中だ。用心して損はない』

二度と抜け出せないぬかるみに足を踏み入れるような感覚だったが、もう後には引けない。

引き出しから、一度も使ったことのない申請書を引っ張り出し、拳銃を携帯するための必要事項を記入していく。

『俺はまだここから離れられないが、代わりに腕利きを何人か付けようか』

今やっていることは、完全に職務違反だ。これ以上他の人を巻き込むわけにはいかない。

「いえ、私ひとりで行きます」

『そう言うと思った。ただ、こっちはいつでも出られる準備はしているからな。無理しないで連絡しろよ』

「あの、後藤さん」

『なんだ』

「案外、いい人なんですね」

『うるせぇ。ったく、身内を尾行するなんざ、バレたらクビだぜ』と笑う。

笑いごとじゃないでしょうに。

「心配しないでください。私が後藤さんに四の字固めをかけて、無理やりやらせたってことにしますから」

『女に締め上げられたってレッテルを貼られて生きるより、潔く辞めてやる』

また豪快に笑う。『急げよ』

「今走ってます」

『よし、尾行させている者から連絡させる』

彩香は銃の保管庫に行き、受領手続きをすますと、銃をバッグに突っ込み、廊下をのんびり歩く何人かを弾き飛ばしながら、本庁のすぐ横にある桜田門駅の入口へ走った。

【一一：〇〇】ＪＲ有楽町駅
如月に追いついたのはＪＲ有楽町駅の山手線ホームだった。ちょうど、緑のラインが入った車両がホームに滑り込んで来ていた。売店の陰で監視する後藤の部下と背中合わせで短く声を交わす。

「外回り、ジーンズに白シャツ、グレーのベスト」

二十メートルほど離れた場所に、如月の姿を認めた。

「このまま協力するか？」

「いえ、ここから引き継ぎます。後藤さんによろしく」

礼を言い、如月の隣の車両に乗り込む。

連結部分の窓から、如月の姿を捉える。吊り革につかまり、携帯電話を操作している。どこにでもいるような青年だ。

如月は二駅先の浜松町で降りた。連絡通路を渡った先にあるのはモノレール。羽田空港方面。

飛行機で逃げるつもり？

改札をくぐり、エスカレーターを上る。そこで慌てた。上りきったホームが単線の乗車専用ホームで、さほど広くなく、身を隠せるようなものがなかったからだ。始発駅なので、如月がまっすぐ歩く先は行き止まりになっている。彩香はあたりを素早く見渡し、振り返られる前にエスカレーターを回り込むと、手すりの陰に身を隠した。すぐ後ろが駅員事務所になっていて、一人残っていた若い女性駅員と目が合った。

不審者でも具合が悪いわけでもないの。

すかさず唇に人差し指を当て、チャーミングな笑顔をつくってみた。果たして駅員は関わらないほうがいいと判断したのか、何事もなかったかのようにまた書類に目を落とした。

如月は壁に寄りかかっている。片足はくの字に曲げて壁を垂直に踏んでいた。改めて見ると、なかなかいい男ではある。まるで一年中爽やかな風が吹いているような青年で、着ているもののセンスも悪くない。サラサラヘアを掻き上げるその姿はモデルのような佇まいだ。いくら職務とはいえ、ついさきほど人を一人殺した人物とはとても思えない。

実際、通りがかりの何人かの女の後ろ髪を引かせるくらいの魅力はあるようだ。

ふん、見る目のない小娘どもめ。

三十二歳独身の女は寝不足の目を充血させながら視線を走らせる。

各駅、区間急行、空港快速とモノレールが入れ替わり立ち替わり入線して来るが、如月は一向に乗る気配がない。

それで、あなたはなにを、それとも誰を、待っているの？

一本のレールを挟んで反対側が降車ホームになっているので、人の流れは一方通行だ。そのなかで、彩香と如月だけがオブジェのようにその場に留まり続けた。

出し抜けに如月がにょっきりと頭を上げ、こちらを向いて笑みを浮かべた。彩香は慌てて身を隠す。

あら、偶然ね。ここには私もよく来るのよぉ。羽田空港ってホラッ、最近オシャレな店が増えたじゃない？　しかもいい整体屋もあって休日を過ごすにはとってもいいのぉ……。

そんな言い訳まで考えたが、如月は彩香ではなく、エスカレーターを上ってくる人を確認しただけだった。

彩香は下を向き、髪の毛を下ろして顔を隠した。ホラー映画のような佇まいだが、他に顔を隠すものがないから仕方がない。枝毛だらけの髪の毛のカーテンの隙間から、如月の様子を窺う。

あれ、キューティクルはどこに消えてしまったのかしら。きっとストレスね、この件が終わったら、真っ先に美容院とエステに行ってやるんだから。

そんなことを考えていると、如月が反動をつけて壁から離れた。そして満面の笑みを浮かべる。彩香はエスカレーターの裏側にいるので、如月の待ち人の姿が、後頭部、背中、全身、の順に見えてくる。長身にがっちりとした体格。ジーンズに襟を立てたマリンブルーのポロシャツ。

やがて上り終えた男は、如月のほうへまっすぐに向かっていき、二人は握手をした。

それからハグをして、お互いの背中を叩く。その時、男の横顔が見えて、思わず「あっ」と声が出た。

吉田だった。

笑顔でなにかを言ったあと、吉田が如月の肩をポンポンと叩きながら二人は仲良さげにモノレールに乗り込んだ。

もぅ、心配させて！　私も行くぅ！

何はともあれ、彩香は吉田が無事であったことが嬉しかった。安堵して涙さえ浮かんだ。浮かれて飛び出し、声をかけようとしたとき、足が止まった。不意に、別のシナリオが頭をよぎったからだ。

まさか……そんな。

彩香は、発車のベルに背中を押されるように、また隣の車両に乗り込んだ。

車内アナウンスが流れる。――この電車は空港快速です――羽田空港まで停車駅はない。

彩香は、二度と立ち上がれないのではないかと思えるような重い腰をシートに沈め、もうひとつのシナリオについて考えはじめた。

救急隊員がユニットの一味で、國井を回収後に逃走するつもりだったとしたら、一緒に乗り込んできた吉田の存在は邪魔だったはずだ。それなのに、この場に呑気にいられる理由はひとつしか思い当たらない。

吉田は警察庁上層部の回し者ではない。ユニットの一員なのだ。事件の〝こちら側〟から計画の成り行きを見守り、思惑通りに進むよう誘導していた。

彩香の脳裏に、吉田に対して微かに感じ取っていた彼の〝嘘〟が映像として浮かび上がった。

——救急車に乗り込んだ吉田は、ドアが閉められるとニヤリと笑い、仲間たちと頷きあう。それから、おもむろに生命維持装置のスイッチを切り、抵抗できない國井の口と鼻を押さえる。彼の血で濡れた手で、息が止まるまで、ずっと。それから何食わぬ顔で指揮車に電話をかける。『残念ながら國井は心肺停止状態になった』と。

救急車に乗せられる直前、國井は何かを言おうとしていた。あれは助けを求めていたのではないか。いや、最後の力を振り絞って真相を伝えようとしていたに違いない。

吉田はそれを遮り、私は気が動転していて気付けなかった。

怒りや、やるせなさよりも、むしろ自分の無力さに打ちひしがれた。胸が、潰されそうだった。

彩香は握った手のひらに、しばらく手入れしていなかったネイルを突き立てた。

【一二：〇〇】羽田空港

羽田第二ターミナル駅。ここで二人は降りた。彩香は肩に掛けたバッグに手を入れ、拳銃の冷たい感触を確かめながら後をつけた。ディズニーランドのみやげ袋をカートに詰め込んだ家族連れを間に挟んで、マルタイとの距離は二十メートルほど。人が多いので見失わないように小刻みに間隔を調整する。

エスカレーターで二階へ上がり、出発ロビーへ。

手ぶらで、どこに行く？

吉田は時折、大きな身振りでなにかを話し、如月が笑顔でそれを受ける。

楽しそうなのがまたムカついた。

左から右、車寄せからチェックインカウンターへと流れる人の波を軽快に避けながら、どんどん奥へと進んでいく。彩香はそんな二人を目で捕らえていなければならないため、二度ほど旅行客のキャリーケースを蹴飛ばした。

徹夜明けで化粧は落ち、目は親の仇《かたき》を狙うかのように三角に吊り上がっている。華やかな空港とはかけ離れたその顔の迫力に、蹴飛ばされたほうはなにも言えないようだ。

二人はさらに進んで行く。どのカウンターにも寄る気配がないので、訝しんでいると、小さな標識が目に入った。

そういうことか。

それは空港に併設されているホテルで、出発ロビーとつながっている。

彩香は歩を早め、距離を詰めた。

エントランスをくぐると、騒然とした雰囲気ががらりと切り替わる。それまでの雑踏から解放され、音が吸収されるしんとした空間。二人はフロントに寄らず、まっすぐエレベーターに向かう。

つまり、チェックイン済みってことね。

八センチのヒールを履いていることを後悔しながら、爪先で追う。

吉田がボタンを押すまでもなくエレベーターの扉が開いた。中から出てきた老夫婦に進路を譲りながら、笑みを浮かべて何やら言葉を交わす。

素敵に思えていたその笑顔も、今は胡散《うさん》臭い。

二人がエレベーターに乗った。その瞬間、彩香は拳銃をつかみ、エレベーターに突進する。戦略も何もない。ドアが閉まりはじめると同時に体をねじ込み、バッグを如月に投げつける。そのスキに、ご丁寧に〝開く〟ボタンを押していた吉田の背後に回り込んだ。拳銃を彼の背中に押しつけ、反対の手で襟首をつかんで動きを封じる。

彩香は文字盤を確認した。

「七階にご用事があるようね……動かないで！　後ろを向きなさい！」

バッグを抱えたままの如月を牽制した。如月が吉田の顔色を窺うと、吉田は静かに頷いた。

エレベーターが上昇をはじめる。この狭い空間では身動きが取りづらい。男二人が襲ってきたら銃を持っている優位性も失われる。この場合、最大の武器になるのは危なっかしさを出すことだ。とにかくヒステリックにわめきまくる。私は興奮状態で冷静な判断ができていないから、うっかり撃っちゃうかも、と演出するのだ。

「動くなって言ってるでしょ！」

身を屈めた吉田に、凶器を突きつけていることを思い出させるように、銃で小突く。

「いや、これ、落ちてたから」

吉田は長い手を床に伸ばし、眉ペンを拾い上げた。バッグを投げつけたときに落ちたものだろう。

「眉が消えているとでも言うの？　悪かったわね、半マロで！　あんたにあげるわ！　瞼に眼でも描けば？　寝ててもばれないわよ！」

もはや訳がわからないことを叫ぶ。演技を通り越して本当に危ない女になってしまったようで自分でもこの先、制御が利くのか心配になった。が、如月に対しては効果があったようだ。怯えた気色を浮かべたままバッグを抱きかかえている。

「あの……郷間さん、再会を喜びたいところですが……」

吉田の落ち着いた声が、彩香の神経を逆なでした。演技ではなく、本気で叫んだ。

私は心からあなたのことを心配して、そしてひょっとしたら数年ぶりの感情さえ抱いたのに……損したわ。つーか、傷ついたのよ！

恨みを込め、イテテという吉田の声を無視して、銃をさらに押し付けた。

ドアが開いた。先に如月を下ろし、後に続く。廊下には誰もいなかった。

「さぁ、再会を祝してゆっくりお話ししましょう。どこのお部屋に？　ちょっと、バッグ傷つけないでよね、それ高いんだから！　さぁ案内しなさい」

吉田が如月に頷きかけると、彼はバッグを両手で大事そうに抱えて先を歩いた。

廊下の中ほどで止まると、部屋の前に立った。

「郷間さん、私たちは友人に会いに来ただけです」

「へぇ、それって何友？」

「えっと」

「ノックすればわかるわね。さぁ」

撃っちゃうわよ、とポーズで示すと、如月はチャイムを鳴らした。程なくして鍵が外れる音がした。

ドアが内側に開き、如月が中の人物に複雑な笑顔を浮かべたところで、彩香は吉田を盾にするようにしながら、全員をまとめて押し込んだ。

部屋の中に素早く目を走らせる。入ってすぐにバスルームがあり、その先にリビング。奥にはさらに部屋がある。スイートルームってやつね、と彩香は思った。

中には二人の男がいて、どちらも既視感があった。ノッポと中肉中背。顔は知らなくても目を見れば分かる。目出し帽の男らだ。國井と共に銀行に押し入った後、宇田川に沿って脱出し、さらに救急隊員に化けて現場から國井を連れ去った。

ノッポが戸惑い気味に吉田に話す。はっきり聞こえなかった。というより、日本語ではなかった。吉田も異国の言葉で返す。

これは……朝鮮語？

さて、男四人で何を企んでたのか。

彩香は拳銃を四人の男にまんべんなく走らせながら、滑走路を望める大きな窓際に置かれたソファーに座るよう誘導し、突然飛びかかられても対処できるだけの距離をつくった。

如月ひとりを相手にするつもりだったのが、いつのまにやら男が四人。いくら拳銃を持っているからといっても、女ひとりで相手にするにはキツい。後藤へ応援を要請しておくべきだった。

緊張と興奮から、やたらと口が乾いた。

「お水でも飲んで、落ち着かれたらどうでしょう」

吉田の言う提案に従うのはしゃくだが、銃を向けたまま、ペットボトルを探る。それから脇に挟んでキャップを開けた。

「これ、あとでちゃんと払いますから。さて、どういうことなのか話していただきましょうか」

拒否するという選択肢はないけどね。

「ええっと、どこから話せばいいかな……」

その時、ノッポの視線が泳いだ。その先はドアが半開きのベッドルーム。まだ誰かがいるのだ。

「出てきなさい！」

彩香が奥の部屋に向かって叫ぶと、おずおずと女が出て来た。落ち着いたベージュのマキシワンピースにベルトを巻き、細いウエストが強調されている。緩やかなカーブを描く髪は、右肩でシュシュに束ねられ、前に回って胸のあたりまで伸びている。同性の彩香でも、その美しさに見とれてしまうほどだった。女はうつむいていたが、それでも気品のようなものが漂っていた。

ノッポが立ち上がったので、彩香はすかさず銃口を向け、牽制する。男は両手を軽く上げながらも余裕を感じさせる身のこなしで女に席を譲ると、後ろに立った。

あれ、この人、どこかで会った。

気付いたとき、彩香は、あっ、と声を出していた。

彼女も銀行にいたのだ。人質として、最後まで丸山と残っていた。解放後の事情聴取は一課が行っていたから名前も知らないし、今の格好があのときとかなり違って、白金の若奥様風だが、間違いない。

ということは人質のふりをして他の人を監視していたのかしら。つまり、みんなしてグルだったってわけ？

彩香はみんなを撃ってやりたかった。銃には五発装塡されているから一人一発ずつ！　それくらい混乱していたし、怒ってもいたし、悲しくもあった。

彩香は携帯電話を探ると、横目でボタンを押した。発信履歴から後藤の番号を表示させる。応援を呼ぼう。いつまでこの優位が保てるか分からないし、理性が保たれている間に確保してもらわないと撃ってしまいそうだった。それほど彩香は混乱していた。

「少し待ってくれるか」

吉田が言った。

「なんでよ？」

「理由を説明させてくれ。応援を呼ぶのはそれからでも遅くないだろう」

「署でゆっくり話せば？　時間はつくるわよ」

「これには事情があるんだ。説明すれば銃を向ける必要なんてないことを分かってもらえると思う。だから少しだけ時間をくれ」

吉田の真摯な目に、彩香の心は揺さぶられたが、心を鬼にした。今までそうやって甘さを見せた結果、ろくなことになっていない。仕事も、男も。

「頼む。深い訳があるんだ」

不倫していた元彼と同じ言い訳に、思わず撃鉄を起こした。カチリと冷たい音がする。

黙りなさいよ！

その時、出し抜けにトイレから水が流れる音がして、彩香は息が止まりそうになった。

まだいたのか！

彩香は壁に貼り付いた。人数的には圧倒的に不利だが、それを感じさせないように叫ぶ。

「両手を上げて出てきなさい！」

トイレは入口の方、つまり彩香から見てソファーとは直角方向にあるので、両方に素早く目を走らせながら叫んだ。

ドアが少し開き、言った通り両手が出て来た。

「撃たないでくれ、丸腰だよぉ」

のんびりとした男の声、そしてゆっくりと姿を現した。

「これで、君が銃を向ける理由はないだろ」

彩香は完全に思考が停止した。

「ね？」

そこに現れたのが、國井だったからだ。

彩香はパニックに陥ったように、せわしなく吉田と國井の間で視線が動き回り、やがて銃を下ろした。確かに、その理由がなくなったからだ。少なくともあの事件から殺人の文字は消えた。

國井は彩香に歩み寄り、銃をそっと取り上げると、慎重に撃鉄を下ろし、そのままリボ払いで買った彩香のバッグに入れた。

「このアクセサリーは君には似合わないから、仕舞っておくね」

國井は彩香の足下にあったミニバーから缶ビールを数本取り出すと、吉田と如月に手渡した。彩香にも「飲むか」と聞いてきたが、断った。

「いやぁ、トイレにいたら騒ぎになっちゃってさぁ、出るに出られなくなって参ったよ。あ、あっちはちゃんと出たよ」

皆の笑いを誘いながら、吉田の横、ソファーの肘掛けに尻を半分乗せた。

彩香は備えつけのクローゼットに寄りかかり、力が抜ける体をなんとか支えた。

「あなたたちは、一体、何者なんですか」

人質だった女を守るように位置する二人の男たちは、やはり彩香の言葉を理解できていないようだった。女は吉田と國井に視線を送り、回答権を譲る、といった表情をした。

それを受けて國井が言う。

「まずどこから話せばいいだろうね、吉田さん？」

「順番を間違えたら余計に混乱させちゃいますね。今でさえ堅い顔なのに」

彩香は眉間に力が入っていたことに気づいたが、簡単には緩められなかった。

吉田を睨むと、彼は小さく手を上げて〝参った〟のポーズを取った。

「さしあたっての疑問は、どうして國井さんが生きているのか、ということですよね」

そうよ、なんでこの人が生きてんのよ。

「順番にお話しします、この方たちが誰なのかもご説明しますから」

彩香は鼻から息を放出して、脳をリフレッシュした。

「國井さんが撃たれたのは確かだけど、見ての通り死んでない。あれは芝居でした」

「それって映画なんかで使う特殊効果ですか」

「いやいやいやいや」手のひらを大きく左右に振る。「それは使ってない。というか、使えなかった」

「なぜですか」

「あれはプロが見たらすぐにわかるんだ」

「じゃ、じゃあ実際に撃たれたと？　でも、防弾チョッキは着ていませんでしたよね？」

後藤が着ていた防弾チョッキを思い浮かべたが、それはかなりの厚みがあるので、アロハのような薄手のシャツの下に着ていたらすぐに分かる。

「チョッキは着ていなかったけど……國井さんは胸ポケットになにかを入れてなかったかなぁ」

薄暗い銀行の中で出会った時のことを思い出した。

あれは……。

「タバコ？」

「そう。國井さんは、見た目はこんなんだけど、実は健康に気を使われていてタバコは吸わない。実はあれ、タバコの箱に防弾素材と少量の血液を詰め込んだものなんだ。でも衝撃は伝わるから、痛いよ」

「実際、肋骨にヒビが入った」

國井が胸を押さえ、顔を歪《ゆが》めて見せながら、イテテ、とおどけた。

後藤の報告——転んで肋骨にヒビが入った酔っ払いがいた。

くそぉ、そういうことか。しかし……。

「実弾で撃ったというんですか。信じられない」

抗議の目を如月に向けると、女子のように細い首をすくめてみせた。

「彼の腕は確かだよ。「このくらいの大きさなら――」両手の親指と人差し指を九十度に開き、互いに合わせて長方形をつくった。「三百メートル離れても当てられる。今回はせいぜい三十メートルだ。外しっこない」

後藤が言っていたことを思い出す。

「ひたすら一円玉の範囲で撃ち抜けるよう訓練をしていたのは、このためだったんですね」

如月は頭を掻く。

「人の命がかかっていますからね、できるだけ一〇〇パーセントに近付けたくて」

國井が缶ビールを口から離した。

「おいちょっと待った。『できるだけ』って？」

「そりゃ、たまには外しますので」

「おいおい、まじかよ」國井の顔が青くなった。「この計画が成り立ってんのは、絶対に外さねぇって言うからよぉ……」

「だから、ちゃんと当てたじゃないですか」

青年が悪びれずに言い、二人の中年男は、一本取られた、と無邪気に笑う。

勝手に二本でも三本でも取られてろ。

「でも、あんなに血が……」

あれもシャツの中に隠していたのだろうか。

「ああ、あれはね」吉田が手品の種明かしをするように得意気な顔をする。「私の袖の中に隠してあったんだよ。國井さんの胸を押さえるふりをして実は袖口から血を注いでたってわけ。結構リアルだったでしょ」

良い演技だったよねー、暑いのにスーツ脱げなくてさぁー、と笑う男たちを唖然と眺めながら、彩香は気が遠くなりそうになった。

「それにさ、もし調べられてもいいように、前もってちゃんと俺から採血したものを使ったけど、一度にあれだけ抜くと死んじゃうから、少しずつ抜いてコツコツ貯めていたんだよ」

「数ヶ月間、冷蔵庫の中にはビールと一緒に國井さんの血液が保管されていて、まぁあれは奇妙な画でしたね」

ふたりはまた笑い、乾杯までした。

「信じらんない！　一歩間違えば、國井さんは本当に死んでたんですよ！」

そうだそうだ、と國井が頷き、吉田がチッチッチと人差し指を振る。

「もちろん万全を期すためにいろいろやりましたよ。弾がちょっとくらい外れてもいいように、肌に直接防弾素材を張りつけてもいました。この場合、命は助かっても骨にヒビが入る程度ではすみませんから、救急車の中で國井さんの状態を確認できるまでは本当に心配でした。もしなにかあれば、そのまま病院に送り届けるつもりだったんです。それと如月くんが確実に狙えるよう、國井さんには胸を張って動かずにいてもらう必要がありました」

「両手に重い水を持たされてさ、それから吉田さんには転んでもらってたり」

國井がとっておきの内緒話をするように言う。

「でもさ、本当に怖いのは吉田さんのほうだったんだよ。何せ、頭上を弾がかすめるんだ。頭は保護することもできないしね」

「ヘルメットくらいかぶりたかったですけど、とにかく不自然さを見せたらいけなかったから。でもそれで、ばっちり成功。救急車で渋谷を出ると、参宮橋駅近くの乗馬クラブに止めておいたトレーラーに救急車ごと乗っけて脱出したってわけ。それから國井さんを代々木公園で水洗いして念のため病院で検査してもらったけど、こっちも異常なし」

「おいおい、人をモノのように言うな。それにヒビが入ってるって」

いたずらが成功した少年のように笑う中年オヤジたちに呆れて言う。

「だから、どうしてそこまでしたんですか！」

すると、國井がフンと鼻を鳴らした。

「死んだものと思わせるためだ。殺される前にな」

殺される？

國井は目を細め、焦点を別の世界に合わせた。険しい表情を見て、これがブルの顔なんだ、と思った。

「今から五年くらい前の話だ。新世界銀行の不正融資を調査しているうちに連中の痛いところを突いてしまったらしい。そのうち脅迫めいたことや、ガラの悪い連中につきまとわれるようになったんだ。はじめは訳がわからなかったが、そこに大物政治家が絡んでいることをつかんだ。それが、救民党の伊藤だ。大きな地雷を踏んだってわけだ」

「警察は？　動かなかったですか。相談したんですか」

「そりゃしたさ。そしたらどうしたと思う。捜査を中止しろってさ。そんなの納得できないからさ、俺ひとりで進めた。そしたら、とうとう本格的に狙われはじめた。まずご丁寧な脅迫状が届いた。それから部屋のガス栓が抜かれていたり、夜道を車が猛スピードで突っ込んできたり。そうそう、車といえば高速道路でブレーキが利かなくなったこともあったな。それからここ」

國井はシャツの裾をめくって脇腹をあらわにした。そこには長さ一〇センチほどの皮膚の盛り上がりが見えた。

「ナイフの刺し傷だよ」

「……刑事部長には？」

どうか、おじさんも悪者の一味なんて言わないで。

「野呂さんが部長になる前の話だよ」

彩香はそれを聞いて安心した。

「それで、警察を出たんですか……誰を信じたらいいのかわからない」

「そういうこと。一旦姿を消し、陰で証拠を集めようと思った。組織の力がなくても、俺一人でもやり遂げるつもりだった。でも現実は厳しくてなぁ。なにもできずに半分諦めてたよ。そしたらこの天才が声をかけてきたってわけ」

吉田が頭を掻いた。

「私がマークしていたのは政治家の伊藤です。その異常な権力、各方面への不自然な力関係に注目していたのです。救民党の歴史を遡ると、新世界銀行の寺内とは戦時中に同じ部隊に所属していたことがわかりました。両者の関係が単なる癒着ではないことまではつかんだのですが、警察庁内部にも仲間がいる可能性もあって、おいそれとは動けない。情報も肝心なところはブロックされて見ることができない」

「吉田さんでも、ですか」

「ええ。長官の名を借りて強引に、とも思ったけど、一部を追うことで全体を逃がしたくはなかった。困り果てていたところで國井さんの存在に気付いた。なにしろ新世界銀行については第一人者でしたからね」

　吉田は國井へバトンタッチするように視線を投げた。

「ある日、タレコミがあった。時々、救民党の幹部たちが新世界銀行渋谷支店にやってきては地下にこもるという。この間は行員も近付けないからなにをやっているかわからないが、銀行創立以来の慣習だったらしく、誰も特には疑問に思わなかったらしい。ところが、その会話をうっかり聞いちゃった男がいた」

「それは？」

「支店長だよ」

　マジで？

「つまり、銀行に手引きしたのは支店長で、彼もあなたたちの仲間ってこと？」

「まぁ正確に言うと、彼女の仲間です」

　ソファーに座った女を見る。彩香よりも幼く、清楚な印象がある。

「いったい、彼女は何者ですか、國井さんとどんな関係が？」

　それとも吉田の恋人？

「まぁまぁ」吉田が暴れ馬を押しとどめるように、両手のひらを向ける。「ちょっと複雑なので順番に話しましょう。彼女のパートはこの後です」

先走りたがる生徒を抑える教師のようだった。

彩香は一息おいて、支店長の腫れ上がった顔を思い出した。

「仲間……だったのに、どうしてあんなに酷く殴ったんですか？」

「手引きしたことが銀行の上層部にバレないようにする必要があったのです。だから、殴りはしたけど、もちろん命に関わるものではないし、ウェルダンのステーキが食べづらいくらいで日常生活にも困らない。ただ見た目だけは酷くなるようにした。実際、彼は行員を守ってヒーローになったわけだから、少なくともクビになったりすることはないでしょう」

なるほど、確かに。

「そういえば、そちらの女性も殴ったとか」

人質を演じた女を、手のひらを上にして示した。くりっとした目がかわいらしく、実年齢よりも幼い印象にしている。

そういえば、この部屋に来たときから、ずっと見られている気がする。

「立てこもり初期において、物事をある程度スムーズに進めるために暴力的なショックが必要でした。だけど部外者は傷つけたくない。だから彼女は人質に志願したんだ」

女が頭を下げた。彼女は人質のケアをしていたという。それは巻き込んでしまったことに対する罪悪感からもたらされた行為だったのだろうか。

「でも、そこまでして……あんな大騒ぎを起こして、いったい何が目的だったんですか？」

今回の事件で破壊されたのは、支店長室の壁と、金庫室の中に大小二百ほど備え付けられた貸金庫のうちの一カ所だけだったと聞いている。

「名目上、そこにはなにもないことになっている。だから銀行は被害届を出していない。それに、出ては困る物だったから言えないんだ」

「それは、一体？」

吉田が彩香の前に立った。

「郷間さん、ここから先の話を聞く覚悟がありますか」

「口封じして秘密もろとも消し去ります？　それとも記憶をなくす薬とか打ちます？」

軽口を言ってみたが、吉田はこれまでの柔和な表情を見せることはなかった。数秒で、なーんちゃって、と相好を崩してくれるかと思ったが、吉田は真剣な眼差しのままだった。冷えた指先で首筋をそっと、触れられたような感覚だった。

覚悟、か。

「吉田さん、私はケチな汚職犯を追うために父の死にすら立ち会いませんでした。刑事として真相を追うためです。覚悟？　永遠に、愛すべきことと職務を天秤にかけることすら許されないとしても、ええ、私は真相を知りたい。私は……刑事ですから」

吉田は彩香の瞳の奥に答えを見たのか、ようやく頬を緩めた。

國井がミニバーを物色しながら笑う。

「吉田さん、もったいぶっちゃって。初めから話すつもりだったくせに」國井が小学生のような冷やかしかたをする。「この人ね、数年前にこの計画が持ち上がってから、あんたのことをずーっと見ていたんだよ」

「それは、この計画に郷間さんが相応しいかリサーチをしていただけで……」

「でもさ、クールに見えるけど、結構かわいいところがあるとか、ふとした時に女性らしい仕草をするとか、アヤちゃんは誤解されやすいけど本当は魅力的な……えっとなんだっけ?」

吉田が参った参ったと頭を下げる。

ちょっと、なんで照れてんのよ。てか、私まで。

「とにかく、中途半端に話すほうが、よっぽど不審に感じるかもしれないと思っただけです。すべてを聞いた上でどうされるか、あなたにお任せします。どうであれ、それも流れというものでしょう」

「流れ、ですか」

「ええ。我々は、ある物事が、本来あるべき場所に向かうよう流れを作っているだけなのです」

それなら、流れに乗ってみるか。

「聞かせてください」

吉田はミニバーから次の缶ビールを取り出した。

「今回の事件はね、ふたつの流れが合わさっているんです。ひとつは國井さんが追っていた新世界銀行と救民党の癒着。そしてもうひとつは、この方々。改めて紹介します。こちらの女性がス・ミヨンさんです。韓国から来られました」

そう言って、司会者がゲストを迎えるように手を大きく広げて男女三人組を示した。今は彼女を中心として両側を男が守るように立っている。頭を下げるミヨンに、男らも従う。

誰なんだろう。成り行きをまったく見通せず、すでにギブアップ寸前だった。

吉田は安心させるように笑みを浮かべると、指を二本立てた。

「我々が貸金庫から盗んだのは二つ。コクジと手帳です」

「コクジと手帳？」

コクヨの手帳じゃなくて？

吉田は首を傾げる彩香に頷くと、ミヨンに目配せをした。彼女は一旦奥の部屋に下がると、両手のひらの上に紺色のクロスに包まれたなにかを乗せて戻ってきた。

それをテーブルに置くときの、ゴトリという音が重厚さを示していた。

クロスがめくられる。対角線状に四回、ゆっくりと。

現れたのは、金色の……置物？　四角い台座の上に、羽ばたく鳥が麗々しく乗っている。特徴的な細い首から、鶴の仲間だろうかと思った。

彩香は導かれるようにソファーに座り、それを覗き込んだ。

それは日の光を浴びて輝きを放ってはいたが、よく見ると、特に台座の部分は金がはがれて地金があらわになっている。

美術品のようではあるが、これが危険を冒してまで取り返すほどの価値があるものなのか、判別はつかなかった。

しかし、それを見るミヨンは、達成感を伴った幸せそうな笑みを浮かべていた。

私もそんな笑顔をしてみたいわ。

「それで、これは？」

聞くと、吉田は当たり前のように言う。

「そのコクジですよ」

彩香は頭の中で文字を変換する。告示、酷似、国事、刻字……時刻？

どれもしっくりこない。

ミヨンが流暢な日本語で話し始めた。

「私たちは『クヶセ』と呼んでいます。印鑑のようなものです」

まぁ、やっぱり綺麗な声。

「えっと、それはつまり？」

それに引き換え、自分の声はグレてる。

「歴史の勉強だよ」國井が笑みを向けた。「俺が出したクイズ、覚えている？」

「えっと、韓国併合の話でしたっけ？」

「そうそう。韓国併合の際、王位を失った王朝の人たちは日本に連れてこられた。爵位を与えられてはいたが、戦争の真っ只中だったし、生活は楽なものではなかったようだ」

「はぁ」

どうも話がわからない。

彩香の理解が追いつくのを待つことなく、國井の話は続く。

「末裔たちは戦後を生き延びてきたが、最後のひとりは七〇年代に日本で亡くなっている。今でも複数の団体が王位継承を争っているが、王家の血統としてはその時に途絶えたわけだ」

「はぁ」

だからなにが言いたいの？

「まぁ……記録的にはね」

「どういうことですか」

「俺が出したクイズは、まさにそれ。最後の末裔である李玖氏には兄がいた。それがクイズの答えになっていた晋氏だ」

「生後間もなく亡くなったんですよね」

「そう。その死については当時、日朝双方による様々な陰謀説が流布した。父親の李垠は王朝最後の皇太子で、母親の方子は日本の皇族。そのことが物議を醸していたんだ。朝鮮の独立運動家などそれを嫌う人もいたし、朝鮮内の抵抗を抑え込むという名分のために日本軍が仕組んだという噂もあった。いずれにしろ、晋は一歳の誕生日を迎えられなかったわけだ。記録的にはね」

何となく重い空気になってうつむいていた彩香は、おやっ、と目を上げる。

「〝記録的〟には葬儀まで行われたことになっていますけど?」

「実は、生き延びていたんだ。しかし、当時は不穏な状況だった。皇太子婚礼の時点で実際に暗殺未遂事件も起こっていたし、これから世界がどうなるかもわからない。だから、晋が快方に向かっても、それを隠したんだ」

「でも、戦後、どうしてそれを明らかにしなかったんですか」

困惑する彩香を吉田が覗き込む。

「当時の韓国は混乱状態だった。韓国が日本の統治から独立し、大統領制になって、これから自分たちの足で歩き始めようとしたときだった。中には再び王政に戻ることを好まない人もいた。初代大統領の李承晩《りしょうばん》は李垠の帰国を許さないくらいだったからね。そこで、晋は有志の者たちに守られながら、姿を隠した。そして、今も来るべき時が来るのを待っている」

「今も？」

「彼女はその最後の末裔なんだ」

彩香は息を飲み、二人の男に守られるように座る彼女を見た。どことなく漂う気品のようなものは、そのせいだったのか。両側の男は最後のプリンセスを守る助さんと格さん。

ミヨンが口を開いた。

「私の祖父である晋は戦後に結婚し、娘をもうけました。それが私の母です」

「今もご健在なのですか」

首を振ったミヨンの髪がつややかに揺れた。

「いいえ。祖父は五〇年代に釜山で、母は先日、大阪で亡くなりました。今回お騒がせしてしまったのは、母の死がひとつのきっかけにもなっています。宝を、取り戻してあげたくて」

「その宝というのが、この……印鑑、というわけですか？」

彩香は説明を求めて背後にいた吉田を見上げた。吉田は彩香の肩越しに、テーブルの上にあったホテルのメモ帳に手を伸ばした。一時的に覆いかぶさるかたちになり、少し汗の匂いがした。決して不快なものではなかったが、不意に男を意識して動悸《どうき》が波打った自分に腹を立てた。

「コクジって、こう書きます」

手渡されたメモには〝国璽〟と書いてあった。彩香にとっては初めて見る漢字だった。

吉田が説明を続ける。

「国璽とは、国が発行する重要文書とか外交文書などに押される印章のことで、これは朝鮮王朝から大韓帝国時代のものです。韓国併合で役目は終えましたが、王だけが持つものですから、子孫にとってはそれを証明する大切なものだったのです。それを奪われた」

「誰に？」

「二人の日本陸軍士官です」

あ、つながった！

「まさか、それが、伊藤と寺内ですか？」

「その通り。当時、多くの王朝の美術品や文化的財産が海を渡りました。ほとんどは日本の美術館で展示するためで、正式な手続きをとっていました。しかし、二人は混乱した情勢に便乗し、地方の町や村から財を奪っていったのです。ときには非人道的な方法で」

「でも、どうして吉田さんが捜査を？　警察庁に戦争犯罪を取り扱う部署なんてありましたか？」

「いいえ、これは捜査ではありません。そもそも統治下にあった地域は国内との認識がされるので戦争犯罪が成立しません」

「じゃあ、いったい」

「私は、外務省へ出向していたことがあります。一等書記官として韓国に駐在していたとき、現地の担当官と胸襟を開いて話す機会がありました。彼らは日本が重要なパートナーであることを認めつつも、消えることのない蟠《わだかま》りを今も抱えています。その多くは戦時・統治下に起こったことに関係しています。残念ながら、この問題に対する特効薬はありません」

吉田はミヨンと視線を交わし、軽く頷いた。

「でもね、どんなに小さなことでもいい。ひとつひとつ積み重ねることで築ける信頼関係もあるはず。そう思って、私は個人的にその当時のことを調べはじめました。そこで浮かび上がったのが、暗躍した二人の将校——伊藤と寺内です」

長官は吉田のことを「どこにでも首を突っ込むが好奇心と正義感が原動力」そんな風に評していた。彼の行動は決して安っぽい義俠心やナショナリズムからもたらされたものではなく、吉田という人間の奥底から湧き上がった、むしろ子供のような純粋な情熱によるものなのだろう。

これまで彩香の〝嘘〟感知能力に反応していた、吉田につきまとう嘘の気配は、今は霧がはれるように消えていた。そのことを自覚するにつけ、彩香は心の静穏を感じた。

吉田はミヨンの手のなかにある国璽に目を落とした。

「この国璽は財産を奪うのに好都合だった。王朝も関東軍に協力していると思わせられる。奴らは奪えるものは何でも奪い、私腹を肥やした。その不正に奪った資産を元に設立され、発展したのが救民党と新世界銀行です。貸金庫に国璽と共に匿っていたのは、その歴史を記した手帳です。中には様々な資料や、潜り込ませている人物の名前、悪事の証拠が記されています」

吉田が彩香の横、つまり肘掛けに腰を下ろした。右手は背もたれに添わせているが、肩を抱かれるようなポジションだったので、落ち着かなくなって、お尻半分、右にずらした。

「そうやって連中は肥大していったが、戦後に占領され、GHQに統治されることに危機を覚えたようです。ただ、もともと私利私欲で動いてきた連中ですから、純粋な愛国心ではなく、求めたのは闇の利益と権力、それだけです。そして考えついたのは、まともな政治で戦うことではありませんでした。日本に寄生し、暴利をむさぼりながら力を蓄え、そして蜂起の時を待つ」

「それが、伊藤と寺内。後の救民党と新世界銀行……」

「そう。中央省庁の重要なポストを乗っ取るために息のかかった人間を次々と送り込みました。警察庁次長の百瀬と官房長の佐伯もそうです」

「つまり、じっくり時間をかけた日本占領計画だよ。いやぁ、危うく警察まで乗っ取られるところだった」國井が柿の種を頬張りながら言った。

まさに、そうだと思って、彩香は怖くなった。知らないところでこんなことが進行していたなんて。しかも、この警察組織の中で。

「この影に近づく者は伊藤らの力で排除されました。中には事故や自殺に見せかけて殺害されたジャーナリストや弁護士、警察官までいます。丸山さんのスクープの内容が陳腐だったのは彼にとっては幸いでした。もし核心をついていたものだったら、同じような目にあっていたかもしれません」

「あ、あとさ、射殺された銀行強盗もいるよ」

國井が肩を回しながら自分を指差して言ったが、とても笑えなかった。

彩香は悪夢で目がさめたときのような、妙な汗をかいた。

そして、訊きたくなった。

この人たちなら知っているかもしれない。

「あの、おじさんも？　野呂刑事部長もそうなんですか。奴らの仲間なんですか」

お願い、違うと言って。

吉田と國井は顔を見合わせた。そして吉田が笑顔を向ける。

「いや、違うよ」

【〇五：〇〇】警察庁
野呂は会議室を後にし、長い廊下の先に見えるエレベーターに向かって大股で歩いていた。ゴツゴツという床の感触が心地よい。
あの場で知らされたことはあまりにも重く、話に乗った振りをしてその場を繕ってみたが、連中がどこまで信用したかはわからない。動くなら早い方がいい。しかしその方法がわからない。
客観的に見れば自分は窮地に立たされているはずだった。仲間にならないと悟ったら、なにをやらかしてくるかわからない。自分だけでなく、彩香を含め、家族は守らなければならない。

それでも今だけは、たとえ刹那であっても、毒素を含んだような、あの空気を吸わなくていいというだけで気は軽くなった。

國井が撃たれ、他の犯人も逃走している今、現場は混乱しているはずだ。陰謀を担ぐ連中から逃れ、純粋に事件を解決しようと奮闘する者たちの中に身を置きたかった。

下りのエレベーターのボタンを押し、胸ポケットから携帯を取り出す。いくつか操作をし、あるデータをメモリーカードに転送した。

そのとき、後ろから声がかかった。

「はい？」

振り返ると、スーツ姿の男が立っていた。痩せてはいるが、背中に物差しでも入っているように姿勢がいい。その骨ばった顔は、どこかで……。

「お会いしたことはありません、野呂警視監。申し訳ありませんが、少しお時間をいただけますか」

答える前に、その男は手を伸ばして上行きのボタンを押すと、今度は下行きのボタンを長押しした。すると下りのボタンの明かりが消えた。

キャンセルできるんだ、と感心するのと同時に、その有無を言わせない行動に警戒心が芽生えた。

誰もお供するなんて言ってないけど？

そのとき、廊下の先に官房長の姿が見えた。伊藤らの提案を聞くだけ聞いて、結局曖昧な返事しかしていない俺に駄目を押すためか、それとも脅すつもりで追いかけてきたのか。いずれにしても面倒くさい。

しかし、共に上りのエレベーターを待つ痩せた男の顔を見ると、ぴたりと足を止め、慌てて戻っていった。

「失礼ですが、あなたは？」

「佐々木《さ さ き》と申します。長官の秘書をしております」

「長官って？」

なんて間抜けな質問だ。この場合、警察庁長官のことだろ。でも……。

「な、なんで？」

エレベーターの扉が開き、佐々木は野呂を中へといざなった。

「私は何も聞いておりませんので、直接お話しください」

まるで、校長室に呼び出された小学生のような気持ちだった。長官室に通され、ソファーに腰を下ろす。テーブルの上には前脚を高々と上げる雄牛の彫刻があり、そこに埋め込まれた時計と、自分の腕時計を見比べる。どちらも午前五時を少し回ったところだった。

重厚な長官の机が背にする大きな窓には、ぼんやりと明るくなった空が映っていた。雲はなく、ソリッドなグラデーションが明けの空を染めている。

この時間は好きなんだよな。

野呂は緊張を解くと、意識は本人を乖離《かいり》し、おもての世界を浮遊した。

少しひんやりとする空気は澄んでいて、幅の広い官庁街の道路に車はない。

あぁ、静かだなぁ。自分を取り巻く負の事柄から距離を置き、久しぶりにキャンプにでも行きたい気分だ。朝霧の中、コーヒーを沸かしてさ。鳥のさえずりに耳を傾ける。

クビでもいいかな。もう疲れた。

出し抜けにドアが開いて、男が入ってきた。野呂のささやかな妄想は一気に吹き飛び、背筋が伸びる。

それが誰なのか間違えようがない。反射的に立ち上がろうとしたが、ソファーに埋もれた尻がなかなか持ち上がらなかった。ヨタヨタと起立し、敬礼をする。長官は、気さくに片手を上げて応えた。

前回会ったのはいつだったか。なんかのパーティーでステージの上にいた。こんなに小さかったかなと思うくらい、いざ目の前にすると小柄だった。

それでも長官は、気品というか、凛とした雰囲気をまとっていた。野呂の方が年上だが、明らかに貫禄がある。

やはり、上に立つ人は違うな。髪の毛の量は俺が勝ってるけど。

「どうぞ、おかけください」

長官は着席を促すと、自身は向かいに座り、上着を脱いで横に置いた。無造作に見えたが、きれいに畳んでいる。

「お呼び出しして申し訳ありませんでした。どうぞ、楽にしてください。京大の先輩ですし」

そういえば、そうだった。

東大派閥が未だに勢力を誇っているこの警察庁で、数少ない京大だ。

だとしても、ざっくばらんに話せる相手では決してない。なにしろ日本の警察組織のトップにいるのだから。

「あの、私をお呼びになったのは渋谷で発生いたしました銀行立てこもり事件のことでございますでしょうか」

敬語を意識するあまり、おかしな日本語になる。長官は苦笑いを浮かべた。

「もちろんそれもありますが、正確にいうと、その背後にある問題、といえば、お分かりでしょう」

野呂は緊張した。——長官はどっちだ?

連中とつながっていたら、もう逃げ場はない。しかし、ここまできたら開き直るしかない、と腹をくくった。

「私が知っているのは、次長と官房長が、救民党や新世界銀行と何らかの関係を持ち、良からぬことを企んでいるということだけです」

長官は頷いた。小さい身体で、軽そうに見えるが、筋肉の固まり、という雰囲気を持っている。剣道の選手だったと聞いている。それも師範代クラスの腕前。

長官は足を組み、両手で片膝を抱えた。

「救民党と新世界銀行の関係は戦後すぐから続いていると聞きます。むしろ、ある目的のために生まれたといってもいい。重要なポストに彼らの仲間を潜り込ませ、裏から日本を動かそうとしている。いや、すでに動かされていたのに気付いていなかった」

「長官もご存じだったんですか」

「ええ、メールをね、貰ったのですよ。國井さんから」

「國井が？」

「ええ。そこには、次長宛に違うメールを送っていることも書いてありました。これは、彼を含めた大規模な組織を暴くための作戦だと」

「では、なにからなにまで、ご存じだったのですか」

「はじめからメールをすべて鵜《う》呑みにすることはできませんでしたが、何点かは心当たりがありました。以前から吉田の報告は受けていましたので。そして、渋谷の事件の知らせを受けて驚いたわけです。吉田を向かわせたのはそのためです。あいつはハチャメチャなところがありますが、信用はできる」

「そうだったんですか。あの、ひとつ疑問があるのですが」

長官はお見通しというように笑顔で頷いた。

「連中が、どうして野呂さんを呼び出したかということですね」

さすが。感服しながら素直に頷く。

現場をある程度コントロールすることが目的だったとしても、方法は他にもあったはずだ。俺という人間に秘密を知られるリスクを冒してまでやることではない。警察官の家と知ってて盗みに入るようなものだ。

「どうしてなんですか」

「私が言えるのは、あなたのお友達の仕業ですよ、ということだけです」

友達？

「たぶん、郷間警部補が、その謎に触れることになるでしょうから、直接お聞きになったらいかがでしょう。うん、きっとその方がいい」

上品な笑い方だった。

「それで……この件について、長官はこれからどうなさるおつもりなんですか」

長官は組んだ足を解くと前屈みになり、それぞれの膝に肘を置くと、指を組んだ両手に細いあごを乗せた。

「野呂さんをお呼びしたのは他でもありません。そのことでお願いがあるのです」

「何でしょうか」

「この件、私に預けてもらえませんか」

やはり隠蔽か。失望した。

それと同時に何やら粘度の高いエネルギーがマグマのようにこみ上げてきた。命を落とした國井だったり、現場で戦った多くの警察官だったり──。トップに裏切られた彼らの無念さが、そのエネルギーの源になっていた。そして、噴火した。

「それは、つまり……黙っていろということですか。長官！　それでいいんですか！」

途中からマズいと思ったが、もう止まらなかった。さっきの秘書が室内に入ろうとしたが、長官はそれを押しとどめた。

「國井はこんな警察の体質に失望して、今回、命がけでそれを明らかにしようとしたのに、同じ組織の仲間として恥ずかしくないのですか！　あなたも、連中と同じ……」

野呂は右腕を素早く振り上げた。邪悪な陰の急所を銛で突き刺すように、人差し指の先まで力を込め、一直線に長官を指すつもりだった。

しかし、次の言葉でこの動作は中途半端なところで停止してしまう。

「仲間ではありませんよ」

長官は、笑みさえ浮かべていた。それが急速に俺の熱を冷まさせ、自分を子供のように思わせる。

「噂どおりの方ですね」

どんな噂だろう。

「預けてくれと言ったのは、文字通りの意味です。手を引けということではありません」

野呂の理解が追いついていないことを見て取ると、柔らかい笑みで語りかけた。

「様々な情報を私が預かったうえで、改めて動くという意味です。巨大な敵を倒すには、物事を周到に行わなければなりません。どうです、一緒にやりませんか。長い戦いになりますよ。まずは警察を市民の手に取り戻しましょう。あの……手を下ろしてもいいですよ」

右腕を振り上げたままで固まっていたことに気が付いて、慌てて膝の上に戻した。

「あなたが羨ましい。多くの部下に慕われ、荒くれの多い警視庁刑事部を一枚岩にまとめられている」

「各課長が優秀なだけです。私は幸運です」

キャリアの政治ゲームよりも、彩香をはじめとする刑事たちの純粋な想いを見ているほうが心地良かっただけだ。

「幸運だけではないでしょう。あなたには、もっと上級のポストにいける機会もあったのに、それよりも最前線の刑事たちが適切な行動をとれる環境づくりにこだわってこられた。時に上層部と対立してまでもね。今の信頼関係はその積み重ねですよ。私など、このザマです。次長をはじめとする者たちの動きに何も気付けなかった」

「それは長官の責任では……」

「私の名前を知らない者もいるでしょう。顔となればなおさらだ」

確かに、彩香なんて、街で長官とすれ違っても気付かないだろうなと思ったが、そんなことないですよ、と一応言っておいた。

「トップに座ったと言っても、孤立しているようでなかなか上手く動かせませんでした。警察という組織とは別の次元にいるようです」

長官の補佐をするはずの次長と官房長があれじゃぁ、進むものも進まない。

「ですから、情報を集め、信頼できる者だけで真相を暴くのです。足並みが揃うそのときまで、少しだけ待っていただけませんか。なぁに、そう遠い話ではありません。すぐに忙しくなりますよ」

そこで、ふと頭をよぎった。決して立ち止まらない、熱い女がいる。おそらく彼女が持っているのは中途半端な情報だけだから、正義感と短気が融合して下手に騒ぎ立てられたら困る。

「私は長官のご意志は理解できるのですが、実は、ややこしいのがひとりおりまして」

「あぁ、あのお嬢さん。郷間警部補ですね。彼女には私からお話ししておきます。野呂さんは、それまでうまく往《い》なしておいていただけますか」

「承知いたしました」

とは言うものの、できるかなぁ、と思いながら彩香の連絡先を長官に伝えた。

それから自分の携帯電話の側面の小さな切り欠きに爪を立て、フタを取る。

「野呂さん、どうされました」

「あ、いえ。とれたての情報をひとつお預けしておこうと思いまして」

悪戦苦闘の末にメモリーカードの頭が出てきたが、小指の爪ほどの大きさしかないためにうまくつかめない。仕方なく、長官の机の上で激しく振って落とした。

「これは？」

「ボイスメモです。私を取り込もうとした次長、官房長、新世界銀行会長、救民党元代表の音声が録音されています。なんでもいいから突破口が欲しくて」

あのとき、ボイスメモアプリが起動したままになっていることに気付いて、彼らの会話をとっさに録音したのだった。

「さすがですね。確かにお預かりしました」

長官は愉快そうにメモリーカードをつまみ上げると茶封筒に入れ、鍵付きの引き出しを開けた。分厚い手帳を取り出す。革製のカバーが付けられており、その風合いは相当の年季の入りようを感じさせた。間に様々なものを貼り付けたり挟んだりしているようで、大きく膨れ上がっていた。

長官は、幅広のマチが入った書類袋を取り出すと、手帳とメモリーカードの入った封筒を入れた。

「あの、その手帳は？」

「ああ、今朝方届いた情報です。じっくりと精査し、作戦を練ります。できれば私の在任中に決着をつけたい」

「徹底的に、ですよね」

「その通りです」

野呂は安心した。これでなにかが変わる。現場の部下たちの働きや想いが無駄にならないよう願って、小さく頷いた。

「私に、できることはありますか」

長官は、封を閉じるつづりひもを巻く手を止めた。それから目尻に笑い皺を刻んだ。

「あぁ、野呂さんは誤解されているようですね」

「といいますと？」

「これはあなたの仕事ですよ。とりあえず異動の準備をしておいてください。次長職は、意外と忙しいですよ」

その言葉の意味を反芻《はんすう》し、理解が及んで息を呑んだ。

キャンプでのんびりは……当分お預けのようだ。

【二三：〇〇】羽田空港に隣接するホテル
吉田が、「ミヨンちゃんなんか食べなくて平気？」と聞いているのを横目に見ながら、彩香は缶ビールに手を伸ばしたが、急に彼が振り向いたので、慌てて手を引っ込めた。

「わ、私は……あなたたちに踊らされていたわけですね。結局、『ユニット』ってなんなのですか」

取り繕ったように聞いた。

「うーん、簡単にいうと、ある目的を達成するために集まった専門知識を持った者たちの集団ってところですかねぇ」

「秘密結社みたいなものですか」

「いやいや、そんなんじゃないですよ。入会の儀式とか仲間同士の秘密の暗号とかコードネームっていうのもないし」

「どちらかというと、詐欺集団だな」國井がつまみを探しながら話の腰を折る。

「あながち間違いではないかもしれません。そもそもユニットには、特に組織立ったものはないんです。目的を共有し、それを解決できる人材を吸収しながら行動する。達成したら解散する。その時々によってメンバーは違うし、同じミッションでもメンバーをひとりも知らないこともある。警察官もいればコンビニの店員もいる。サラリーマンかもしれないし医者かもしれない。ひょっとしたら、電車で隣の席に座った人間もユニットの一員かもしれない。おもしろいでしょ」

「これが、そのゆかいな仲間たちってわけですか」

彩香は部屋を見渡す。

「そう。みんなこれまで会ったこともない人たちです」

「そんなの、まとまるんですか」

「ミッション遂行の意義に共感していれば自然にまとまります。というか、共感してくれる人を慎重に選んでいます。実は、ユニットっていうのは日本だけのことではないし、最近始まったことでもない。世界中で、遠い昔から、気付かれないところにユニットは存在していたんです」

「それが血まみれ部隊……」

「んー、それも誤解ですねぇ」吉田は困ったように苦笑いをした。「どこかで間違って伝わってしまったようなのですが、〝ブラッド・ユニット〟ではなく、本当は〝ユナイテッド・ブラッド〟なんです」

彩香は小首をかしげた。

「『血をつなぐ』ってことです」

「血?」

「そう、血。血にはいろんな意味があります。命、家族、仲間、愛、心。感情を表すこともあります。沸いたり、凍ったり、躍ったり。血をつなぐということは、心を通わせるということなんです。そして、大きなことを成し遂げる。それが〝ユナイテッド・ブラッド〟です」

「そして、法で裁けない悪を裁くのですね」

「いや、それも誤解ですよ。私たちはね、隠れた陰謀を明らかにし、司法の手に委ねられるよう流れを作るだけなんです。そして、物事が進むにつれ様々な人が自らの意志で行動を起こせるように――」

「誘導するのね」

「導く、と言ってもらえると印象がいいな。犯人たちが恐れるのは、盗まれた物ではなく、そういった〝流れ〟なのです」

何だったんだ、あの事件は。みんなで寄って集《たか》って私を騙して。いや、あの事件を見た人みんなが騙された。

とうとう力が抜けて、彩香は人生で一番長いため息をついた。

しかし、疲労困憊《こんぱい》で酸欠気味の脳でも疑問を持つだけの思案力は残っていた。

「でも、分かりません」

「何がですか」

「ユニットは世界中にあり、特定のメンバーはおらず、その都度できては、目的を果たして消える。そう言われましたね」

「そうです。私たちもこの後解散します」

「では、次のユニットはどうやって発生するのですか？」

「事件の規模によっては、ユニットに関わったごく一部の人が次のユニットともつながっていることはあり得ますが、どうなるかとなると……さぁ、わかりません。今回の人たちがいるとは限らないから」

「ちょっと待ってください。勝手に自然発生するとでも？」

「そういうことではないですが……じゃあ、今回を例にとって説明しましょう。先ほども言いましたけど、私は伊藤を追い、寺内とのつながりを突き止めた。ところが途中で立ち往生する。奴らが不正に財を増やしたのは確かなのに、先に進めない。調べようとするほど圧力がかかるし、無理矢理覗いてみても何もない。諦めかけていた時、手紙を受け取ったんです」

「ええ。根の深い巨悪に対抗する手段として、〝ユナイテッド・ブラッド〟のことが書かれていました。どのように組織すれば良いかという一種のマニュアルです。私はそれをもとに作戦を練り、國井さんをはじめとする人材を集めました」

「つまり、まず中心的な役割を担う人が、何者かによって指名されるということですか」

「私の場合はそうでしたね」

「じゃあ、吉田さんは誰からの手紙で指名されたんですか」

「その人は……」

吉田の神妙な目に、彩香は生唾をこっそり飲み込んだ。鼻息も抑えた。

「あなたの、父上です」

息が止まった。

なんの冗談かと口角を上げたものの、困惑した思考は強ばった表情しか作ることができずに、複雑な顔になった。

「なに言ってんの」と返すのがやっとだった。

父が亡くなったのはもう二年も前の話だ。故人を使うとは趣味が悪い。たまにそんなデリカシーのないことを言う残念な人がいるが、あなたもそうなの？

するとミヨンが横に座り、寄りそってきた。品のいい香水が、ささくれ立った心を癒してくれた。細く柔らかい手が郷間の頬に触れ、そっと上を向かせる。キスをされるのかと思ったが、それでも逃げなかっただろう。それくらい脱力していたし、また彼女の妖艶さに引き込まれていた。

実際には、ルージュをひいてくれた。

「お化粧、しましょ」

その微笑みにどこか懐かしい、包まれるような安心感を得た。そして、このデジャヴのような感覚は何だろう、と思った。

そうだ、前にもこんな経験をしたことがあった。

続けて言う。

「ト、モ、ダ、チ。これは、私が初めて覚えた日本語です」

その途端、絡まった記憶の糸がするすると解けていき、ぼんやりとした風景がシャープに描かれていく。

私は、知っている。あなたを、知っている！　まさか、あの時の……。

「ゲンゲねぇね」

口をついて出た。

彩香を見る吉田の目が、包み込むような色に変わっていた。

「あなたの父上、郷間警部も、過去にユニットの一員だったことがあるんです」

「そんな、こと……。父に会ったことが？」

「いや、残念ながら私はお会いしたことはない」

「じゃあ、なぜ？」

父の影に追いすがろうとするかのようだった。彩香は混乱を通り越して不格好な笑みを作った。

するとミヨンが彩香の両手を取り、柔らかな輪っかが二人の間に出来あがった。その向こうには、美しくも柔らかな笑みが浮かんでいた。

「子供の頃、私はあなたと、あなたのお父さんの三人で、一緒に過ごしたことがあります。ある春の日です」

記憶がありありと甦《よみがえ》ってきた。それはたった数日を共にしただけの友人。

言葉を交わした記憶がないのは、ミヨンが日本語をまだ話せなかったからだろう。

それでも、表情やしゃべり方で意志の疎通はできていたように思える。

「あのとき、あなたの父上は、彼女を保護する任を負っていたのです」

「保護？」

「ええ。奪われた国璽を取り戻すことは、かねての悲願でした。ミヨンさんの母上は国璽の行方をずっと探していたのですが、その動きを伊藤らに察知されたのです」

「まさか、國井さんの時のような……」

「ええ、企てが発露することを恐れた伊藤と、その息がかかった者たちの手が及ぶようになりました。それらから護るためにユニットが発動しました。その一人だった郷間警部の任務は、一時的にご両親と別れて逃げることになったミヨンさんを、山口県で待つ仲間たちのもとに送り届けることでした。下関からはフェリーで韓国に渡れますから」

父と旅行した唯一の記憶。それは作戦の一部だったのか。

「あの旅行は、私のためではなかったのね」

「いや、そうでもないと思うな。なにか目的がなければ休むこともできない、不器用でまっすぐな刑事だったんです。実際、楽しかったでしょ？」

海に、山に。抱きかかえた娘を見つめる父の笑顔が思い出され、彩香は二度三度頷いた。

「先ほど言った通り、今回の事件は、時間が前後する、ふたつの流れが合わさったものなのです。國井さんは新世界銀行を追っていて、郷間警部はミヨンさんの家系を護っていた。そして陸軍士官による略奪の真相を調査していた私が共通項になり、そのふたつがつながったのです。あなたの父上によってね」

「でも、どうやって？」

「郷間警部は、その後もずっとミヨンさんたちと交流を続けていました。そして亡くなる直前、ユニットの秘密が書かれた手紙をミヨンさんに託していたのです。適任者が現れたら渡すように、と。彼女たちは待ち続け、数年の時を経て、私のところにたどり着いた」

「今回の事件は、まるで……」

「そうです。これは、父上の、長い長い計画の一部とも言えるのです」

「その、手紙は？」

父の面影に触れてみたかった。

「残念ですが、手紙に記された指示に従い読んだ直後に焼却しました」

「そうですか……。あの、今回の事件に私を巻き込んだのは、父からの指示ですか」

「んー。父上は、どちらかというと娘は作戦に巻き込むな、というスタンスでした。次の条件に適合しない限り、ですが」

「条件って？」

吉田は天井を見上げ、指を折りながら、記憶しているその条件を読み上げはじめた。

「独身、彼氏なし、仕事以外に輝く術《すべ》を知らない、そして自分を変えたがっている。あと……」

彩香は焦って止める。

「ちょ、ちょっと。そんなこと、分かりっこないじゃないですか」

「もちろん。だから、私はずっと前からあなたを見ていたんです。外れていましたか？」

当たってるけどさ……。

「その一方で、もしやらせるなら交渉役だけでなく現場指揮官も、とも指示がありました」

「なんで、ですか」

「あなたに本気で人と関わることを教えたかったんですよ。あなたは、心の中では自分への共感を強く求めているんです。注目されているか？　認められているか？　そして、愛されているか？　他者からの愛情や評価を強く確認する傾向があるのです」

彩香は自分の身なりを見た。

ブランドで着飾っているのは、注目を集めたいだけ？　いやいや、私はデザインが好きで着ているだけだ。

でも……本当に？

てっとり早く人が羨むような人物になるために、人が羨む物を着ているだけではないのか。自分をより……良く、強く見せるため。

それは、実力を伴わない表面だけの、偽りの、自分。引き換えに得たのはささやかな自尊心と外反母趾の痛みだけじゃないの？

吉田は、テーブルの上の缶やコップを脇に寄せてつくったスペースに腰を下ろすと、わずかに前屈みになり、ささやくように言った。

「そんなあなたは、時として人の気持ちに寄り添える共感力や、人を受け入れるしなやかさを持ち合わせていないように捉えられてしまう。父上はね、あなたに人と関わっていく本当の意味を知って欲しかったんです。『血の通ったコミュニケーションがすべてを変える』ということを。ご自身で伝えることができなかったから」

吉田の目を見ていると、父が託した言葉なのか、それとも吉田本人の言葉なのか分からなかったが、どちらでもいいと思えた。

そして、時間を越えて父と接した気がして、じわじわとこみ上げるものがあった。お父さん、いつまでたっても心配かける娘でごめんね。男運も悪くてさ、まだ結婚もしてないの。ごめんね。

勝手に涙が溢れてきた。うつむいていたから、その涙は頬を伝うことなく真下に落ちて、膝の上で握っていた手の甲を濡らした。

「あなたは父上の命を受けた、特命指揮官。よくがんばりましたね」

彩香の肩を、吉田の重く温かい手が、二度ほど叩いた。

「しっかしよぉ。こっちは証拠だけゲットできればよかったのに、こいつに作戦を任せたらえらい騒ぎになった」沈んだ空気を和ませるためか、國井が面白可笑《おか》しく言った。「撃たれる者の身にもなってみろっての」

「まぁ結果オーライってことで」

皆が笑い、それにつられて、彩香も泣きながら笑った。

ユニットは、ブラッドから想像されるようなおどろおどろしいものではなく、実際は馬鹿な大人たちの集まりだった。ほんとうに、愛すべきバカ。

「そういえばよ、野呂さんを呼び込んだのも、あんたのお父さんだぜ」

國井が言い、吉田は思い出したというように頷いた。

「そうそう。ホント天才だね、郷間さんの父上は」

「父が？　どうして？」

「この事件の根が相当深いことを悟っていたんでしょう。解決するにはそれなりの力がある人に動いてもらわなければならないが、信用できる人はひとりしか思い浮かばなかった」

それって、おじさんのこと？

「おじさん……野呂刑事部長はそのことを知っているのですか」

「いや、知らせてない。意識せずに動いて欲しかったし、それに、次長らのほうから野呂さんを呼び出して欲しかったんだ。ここが一番のポイントなんだよ」

「どうして？　で、どうやって？」

「國井さんが次長宛に出した犯行予告メールに、こんなことを書いた。『俺を散々な目にあわせてきた野呂がお前たちの仲間だというのは分かっている。復讐の時がきた。どんな妨害をしようとも、こちらには秘策がある。お前たちの圧力に決して負けない人物をこちらに引き込む。そして公衆の面前ですべてを暴露する』って」

「え、でも……」

吉田は、まぁまぁ、といった具合に笑みを浮かべる。

「もちろん、次長は野呂さんが仲間でないことは知っていたけど、國井さんの敵であるという点で、つけ入るスキがあると考えた。さらに交渉役が庁内で跳ねっ返り刑事として有名なあなただと知り、むやみに騒がれ、埃を立てられるのを恐れた。そこで野呂さんを呼ぶことにした。現場の情報収集もできるし、いざとなれば命令によってあなたを押さえつけられると考えたんだね。それに、警視監という高級官僚で現刑事部長を寝返らせることができれば、奴らの計画はさらに楽になる」

「正確にいうと、そうなるように誘導したということですね」

「そうです。連中は自らの意思でそれを決断したと思っている。そこが重要なんです。面倒くさいですが、どこまで闇が広がっているか分からない状況で下手に動くと、特定の人物が恨みを買うことになりかねない。だから自らの意思で決めたように思わせたんです」

「そんなことまで父が？」

「ええ。騙されたことにすら気付かせない。これがユニットの基本スタンスです。長い間、受け継がれてきたんですよ」

体中の空気が抜けてしまったかのようなため息を、彩香は長い時間をかけて、ついた。

そこで、ふと、思い出した。

「そういえば、例の手帳はどうしたんですか」

戦中戦後の混乱の中で行われた略奪と、今に至る組織ハイジャックの記録。

「ああ、あれか。今朝方ね、信頼できる人に預けました」

信頼できる人……。

「長官？」

「ええ。それから野呂さん。これから二人は共に仕事をするはずですから」

「おじさんも？」

吉田は笑みをもって肯定してみせた。

「それに」

「それに？」

「もうはじまっています。蒔かれた種が芽を出し、大きく根を広げていく。真実を知りたいと思う人が増えれば、物事は勝手に、流動的に進む」

流れ――か。

「嚙みついたら離さないジャーナリストもいますしね」

「丸山さん……まさか彼まで計画の一部？」

「あの日、あの時間にいてもらうよう仕組んだだけです。多くを背負っていただくつもりはありませんが、彼も気付かないだけで大きな流れを構成しています。他にもいますよ。銀行での会話を聞いた通信指令センターの人たちとか、後藤さんとか。彼らが開ける小さな穴は、やがて自らの圧力に負けるダムのように一気に崩れていく。そして、その勢いは誰にも止められない。連中が本当に恐れているのは、金庫の中に入る小さな物ではなく、それが生み出す〝流れ〟なのです」

彩香は面々を見渡した。

「これが、ユニット、なんですね」

「そう。我々は裁かない。流れをつくり、真実を知った人がどうするか、あとは任せるだけ。過去には上手くいった流れもあれば、上手くいかなかった流れもあるだろう。でも今回は上手くいくし、そうさせなければならない」

彩香は鼻から息を吐き出し、窓の外を見やった。

「しかし、なんとも面倒な話ですね。もっと簡単な方法はなかったんですか」

苦笑する彩香に、吉田は背伸びをして、悪戯っぽい笑みを浮かべた。

「巨大で複雑な敵をすっころがすにはね、ちょっと刺激的なきっかけが必要なんだ。面倒な真相を暴くためには、面倒な手続きが必要、ってことだね」

エピローグ

【一五：〇〇】羽田空港に隣接するホテル

事件発生から丸一日が過ぎた。何時間寝てないんだろう、と計算しかけて止《や》めた。答えが出た瞬間に肌が荒れそうだから。寝不足は美容の大敵だ。

腫れぼったい目で外を見る。滑走路を離れた飛行機が、急角度で空に駆け上がっていき、夕暮れの空に黒い影となってとけ込んでいった。

「今のかな？」國井が言う。

「あっちのじゃない？　手を振ってる人がいたよ」吉田が窓に額を付ける。

「見えるんですか、この距離で」如月がパックのオレンジジュースを飲み干し、ペコンとへこませた。

一時間ほど前、朝鮮王朝最後の末裔とそのガーディアンたちは、皆に頭を下げ、部屋を辞した。これからどこに向かうかも、なにをするかも聞いていない。

遠い昔、花輪の作り方を教えてくれた〝ゲンゲねぇね〟は、自分では如何ともしがたい運命に生きるひとだった――。

「曽祖父にあたる朝鮮王朝皇太子の李垠と、日本人であった曽祖母、方子の結婚は賛否を呼びました。終戦後も王朝復活を望まない人も多かったです。六三年にようやく帰国が許されますが、七年後に季垠は死去します。しかし残された曽祖母は日本に戻らず、そのまま韓国に留まり、まだ進んでいなかった障害児教育に力を注ぎました。すると周りの目もやがて変わり、曽祖母が亡くなった際は準国葬の扱いを受けました。血の通ったコミュニケーションが皆の気持ちを変えたのです。私には両方の血が流れています。これは南北朝鮮だけでなく、日本との架け橋になれると思っています。心から信頼し合い、融合した未来を作るのが、私の使命なのです」

「あなたは、王朝の末裔であることを名乗り出るのですか」

「まだその時ではないと感じています。でも近い将来、その時がきたら。ひょっとしたら、私やあなた方の子供たちの世代かもしれませんね」遠くを見通すような目をし、それから決意めいた色が混ざる。「いまの私にできるのは、その準備をしておくこと。未来に生きる人たちが、間違いを犯さないように」

――血の通ったコミュニケーションがすべてを変える。

ミヨンは、とても大事な国璽を、彩香の手のひらに乗せた。その歴史と重要さが実際よりも重く感じさせた。

「この取っ手の部分は、鶴を模しています」

彩香は両手で目線まであげた。確かに、そのディテールは、鶴の特徴を捉えていた。

「鶴……」

記憶の奥、めったに触れないエリアで、なにかがうずいた。

父とミヨン、訪れたゲンゲ畑。そこに……。

「鶴がいた……」

「はい。鶴のなかには、冬になると、韓国から日本にやってくるものがいます。私たちが見たのはナベヅル。山口県の八代というところに越冬に来ていました。その年は春先までそこに留まっていて、皆で見にいったのです。国璽が鶴だというのも不思議な縁です。両国を行ったり来たり、まるで私のようですよね」

ミヨンの笑みはかわいらしく、お互いが子供に戻った感覚に陥った。

「探している国璽──クク セ──が鶴だというのは母から聞いていましたので、私が鶴を見て、クク セ、というと、あなたは私が鶴の鳴き声を真似したと思ったのでしょう、クックルー、クックルーといいながら羽ばたく真似をしました」

「そして、二人で田んぼを走り回った」

「はい。飽きることなく、ずっと」

言葉が通じなかったけど、あのときは気持ちが通じたのだと感じた。心がつながったときの反応として、心から笑った。それが嬉しくて、楽しくて、それを身体で表現したのだ。

彩香は、まるで春の日だまりのような暖かさのなかに、しばらく身をおいた。

〝あやちゃん〟と〝ゲンゲねぇね〟は笑みを交わした。

そして、別れ際、ミヨンは少しはにかみながら言った。

「ところでそのブラウス、とっても素敵ね」

押上商店街のが？

しかしその笑顔は、お世辞でも、ましてや嫌みでもなく、心からの言葉のように思えた。

きっと、私には背伸びしない格好がお似合いなのだろう。ブランドに自分を合わせるのではなく、私に合うものを探してみよう。

あの人のようなフラットシューズに変えてみようかしら。

また飛行機が空に駆け上がって行った。

彼女には愛する人がいるのだろうか、そして、それを打ち明けるのだろうか。そんなことを絶え間なく飛び立っていく飛行機を見送りながら考えていた。

「では、僕はそろそろ」如月が立ち上がった。

「君は警察庁に呼び出しをくらっていることになっている。だれかに都合の悪いことを訊かれたら、機密事項だから長官に聞いてくれ、とでも言っておいて。しつこかったら警察庁吉田まで」まるで問い合わせ先がテロップでも流れているかのように、指を自分の胸の辺りで跳ねるように動かす。「大丈夫、なんのお咎めもないように手筈《てはず》は整えてあるから」

一体、どんな手筈よ。

「元気でな、ありがとう。お前でよかった」

國井は左手で胸の辺りを撫でながら反対の手を差し出し、二人は固い握手をした。

「もう、やりたくないっすね」

青年らしい苦笑いを見せて、警視庁史上最高の狙撃手は部屋を後にした。願わくは、これ以上、彼の腕が生かされない世の中にならんことを祈るばかりだ。

如月を見送ったあと、國井はテレビのリモコンを操作し、飛行機の運航状況をチェックしはじめた。しばらく画面を眺め、目頭をつまみながら言った。

「さぁて、じゃぁ俺もそろそろ行くっかな」

「行くって、どちらにですか」

「新しい人生だよ。なにせ死んだことになっているし、誰にも知られたくないから行き先は君たちにも言わないでおくよ。寒いの苦手だから南の島にでも行こうかな。そんでさ、一日中釣りをして過ごすんだ」

「お元気で」

「あんたもな、郷間警部補。たまには女っ気出してさ、いい男を捕まえなよ」

たまにはって。私は女を辞めたつもりはありませんが。

握手をする國井の手は、見かけの細さからは想像できないほどがっしりとしていた。

「それから吉田さん、お世話になりましたな」

「いえ、こちらこそ。お元気で。でも握手はしませんよ。さっきトイレに行ったとき、手を洗ってなかったでしょ」

「よく見てるなぁ。うんこしてる時にこのお嬢さんが突入してきたからさぁ」

二人は、大口で笑った。酔っ払いのオヤジが悪ふざけをしているようにしか見えない。底抜けにむかつくが、憎めなくて、一緒に笑った。

いったんドアの方に向かった國井は思い出したように足を止め、ミニバーのウイスキーをポケットいっぱいに詰め込み始めた。それを見て吉田がため息をつく。

「この部屋、誰が精算すると思ってるんです」

答えない國井の代わりに彩香が聞く。「警察庁の経費ですか」

「んなわけないだろう。自腹だよ自腹。説明に困るような請求なんかできないでしょ」

それもそうだ。

「じゃあ、今度返す」國井が呑気に言いながらドアへと歩いていくと、「もう会わないくせに。逃げ切りか」と吉田が笑う。

ドアの取っ手をつかんだところで國井は半身を翻し、肩越しに訊いた。

「動くかな、これで？」

「動きますよ」

吉田がその横顔に請け合うと、笑みが返ってきた。長年の想いが遂げられたことを実感したような、柔らかい笑顔だった。

水を差すようで悪いんですが……。

「國井さん、飛行機には液体は持ち込めませんよ」

彩香は、ポケットいっぱいのウイスキーを指差した。

「誰が飛行機って言った？」

少年のような顔をし、あー、温泉もいいなぁー、やっぱ北国かなぁ、と言いながら、まるで近所のコンビニにでも行くように出て行った。二度と会えない人とは思えないくらい、あっさりと。

ドアが閉まってから、借りていたハンカチのことを思い出した。数時間しか共にしていないが、もう返せないのかと思うと、やはり寂しくもなった。

「やれやれぇ、終わったぁ」

ソファーに身を投げ出しながら吉田が笑う。充実感に満ち溢れた顔をしていたが、同時にこれから自分の背負う重みも感じているように見えた。

これからは警察官として事件を追うことになる。それも根の深い、大きな相手だ。

空笑いを早めに終わらせたのは、その厳しさを再認識したからかもしれない。

急に静かになると、二人きりであることを意識し、途端に落ち着かなくなった。彩香は間をつなぐようにコーヒーを淹れはじめたが、二つのコーヒーカップが満たされるまで、会話はなかった。

吉田はコーヒーをブラックのまま一口、口を付けると、ソファーの背もたれに身体を埋めた。彩香は、疲れて眠ってしまったのではないかと思った。

「そうだ。長官から吉田さんにメッセージを預かっています。任せたい仕事があるから、ブラブラしてないで早く帰ってこい、とか」

「ああ、そうだったー。やだなー」

小学生が夏休みの最後にやり残しの宿題を思い出したような顔をする。

「どこかへ出向ですか」

「しばらく警視庁に居座るよ」

外国の飛行機が滑走路に舞い降りた。夕日に照らされ、翼をオレンジ色に輝かせている。

ぼんやりとその光景を眺めていた吉田は、出し抜けに膝を叩いた。

「そーぉだっ。とりあえずフローズン生でも飲みにいかない？」

どいつもこいつも、男はフローズン生が好きね。まぁ、私もだけど。

「だめです。拳銃を所持したまま飲酒なんてできません」

「あぁ、そうか。もぅ余計なもの持って来ちゃうからぁ。まっ、じゃあ、ここで部屋飲みとかどうですか」

「見知らぬ男性と二人きりでホテルで飲酒なんて不純です」と笑った。「でも、後日、改めてゆっくり行きましょうか。新橋にいいお店を知っています」

「是非とも」

笑みを交わし、彩香は背伸びをした。浮き上がったシャツの隙間からヘソピアスが覗いたのを慌てて隠したが、吉田にはしっかり見られた。

「じゃあ、私もそろそろ行きます」

逃げるようにバッグを肩にかける。

「あなたは、これからどうするのですか?」

「どうするもこうするも、仕事は山ほどあります。私を放って置かないのは仕事だけのようです。たまには男に追いかけてもらいたいものです」

私ったら、なんでそんなこと言うの。スキあり過ぎ。まるで誘ってるみたいじゃない。ほらぁ、吉田がにやけてるし。

「君のような素敵な女性を放置するなんて、日本は一体どうなってんだ」

吉田はすっと立ち上がると、彩香を抱き寄せた。それが、あまりに自然な動きだったので、彼の懐に包まれるまま、なんの抵抗もできなかった。

「少し、目を閉じてくれますか？」

「や、やめてください。なんのつもりですか」

「いいから、少しだけ」

頭の中で警戒警報が発令されているにもかかわらず、目は勝手に閉じてしまった。

鼓動が自分の耳で聞こえそうなくらい高鳴る。

吉田の左手が動いた。指先が頬を伝い、前髪を耳にかける。ぶるっと身体が小さく震えた。そして……。

あれ？　眉がムズムズする。

「なんで片方だけ眉が消えるんだろねぇ」

薄く目を開けると、大きく映された吉田の真摯な顔。彼が手にしているのは私の眉ペン……眉描くな！

「これが半マロの由来かぁ。私ね、絵を描くのは上手いほうなので安心してください」

一気に顔が紅潮する。バカにしないでよ！　私の顔はキャンバスか！

「もう、マジむかつく！」

吉田は、あはは、と笑う。

あははじゃねぇーし。

「それじゃ、さよなら」

まーむかつく男。頬がまだ熱を伴っているのが分かるから、なおさらむかつく。きっと、こうやって女をもてあそんでいるんだわ。最低な男。

「あ、そうそう」

せっかく背中を向けたのに振り返させられる。そうしてしまう自分にまた腹が立つ。

「今度、イタリアでユニットが動きます」

え？

「出向時代のつながりがあってね。なんでも、人気コメンテーターとマフィアが組んで、良からぬことしてるみたいなんですよ」

「吉田さんもイタリアに？」

「いや、今度はフォローアップ、っていうか人材派遣だけ」

「そうですか」

「それで、向こうの連中がね、ミッションに参加できる日本人女性を捜しているんです。気が強く、しぶとく、男運のない三十を過ぎたあたりの女性なんですが、誰か知りません？」

何でにやついてんのよ。

「特定の人物のことを言っているように聞こえますが」

「あ、そうそう、あとね、尖った話し方をするひと」

「私を見てます？」

吉田は、まいったなぁ、とセリフが聞こえそうな頭の掻きかたをした。

「どうでしょう、二週間くらいなんですが行ってみませんか。ほら、私は長官から仕事を任されちゃったからしばらくは忙しいし。それに……」

「なによ」

「今までとは違う自分を見つけてみたくないですか」

正直、ちょっと興味があった。読まれているのはシャクだけど。

「でも、うちの課長がそんなに有休をくれるとは思えませんけどね」

「有休かぁ。貰っても使えない公僕の悩みの代物ですねぇ」吉田は同感だとばかりに頭を掻いた。「でも、それはなんとかなるかも。新しく着任する刑事部長の許可があればね」

「へ？」

長官が吉田に任せたい仕事、それって……。

彩香が驚きの目で吉田を見返すと、彼は悪戯っぽい笑顔を浮かべ、ウインクしてみせた。

野呂警視監
警察庁次長を拝命。長官の補佐として警察組織の改革に着手。東京地検特捜部と連携し、不正を働く大物議員や官僚を一掃する捜査の陣頭指揮を執っている。なお、就任時に野呂夫人が警察庁舎内において、皆におはぎを振る舞ってまわったのは有名な話。

吉田警視長
異例の早さで警視監への昇進を果たし、警視庁刑事部長に就任。明るい性格と明晰《めいせき》な頭脳を持つこれまでにないタイプのキャリアとして慕われる反面、型破りなやり方が多く次長を困らせている。飲み会では、瞼に目を描くという一芸を持っているが、本当にその手を使い、部長室で居眠りしていたことがある。また新橋駅前で酔った女性に首を絞められている姿を数人に目撃されているが、原因は不明。

後藤警部
積極的に所轄をまわり、特殊犯罪発生時の連携、協力体制維持のための講習会を行っている。特殊犯捜査係に多くの女性警官を配属しようとしていて、「気が強く、少しくらい行き遅れた女の方が、ガッツがあっていい」と公言している。

郷間警部補

新世界銀行立てこもり事件の後、一ヶ月の長期休暇を取得しイタリア旅行へ。一人で行ったのが痛々しいと揶揄されたが、海外でストレスを発散したのか、以前よりもかわいげが出たと課内では評判が良くなっている。相手がキャリアの上司であっても、怒らせると得意の絞め技をかけるほどの熱意を持っている。

丸山一

新世界銀行と救民党の癒着、過去の犯罪についてスクープ。緻密な裏付け取材と告発したその勇気が関係者から賞賛されている。このスクープがきっかけとなり、警視庁捜査二課、警視庁公安部、東京地検が連携し解明を急いでいる。また、その過程で露呈したジャーナリストの殺害事件については捜査一課が再捜査に着手している。

國井（元）巡査部長

新世界銀行立てこもり事件の主犯とされ、現場となった銀行前にて射殺される。しかし、その際に示唆した事案は大きな注目を集め、すでに大物政治家や銀行家をはじめ、複数の官僚が更迭、または事情を聴取されている。

遺体の所在は不明。

悪意を持って入庁している者には、彼から絵はがきが届くとの都市伝説が広まっている。

その絵はがきには、麦藁帽子をかぶったアロハシャツの男が、釣りをしている後ろ姿が写っているという。

〈解説〉
人気者ひしめく女性刑事界にニュー・ヒロイン登場

大森望（翻訳家・書評家）

われらがヒロイン、郷間彩香警部補は、警視庁捜査二課の主任代理。三十二歳、独身、彼氏なし。贈収賄や横領などの知能犯罪を担当する彩香は、数字に手掛かりを求めて電卓ばかり叩《たた》いているため、周囲からは〝電卓女〟と呼ばれている。もうひとつの不名誉なあだ名は〝半マロ〟。肘をついて頭を抱えていると片方の眉が消えたように見えることがあり、平安貴族（麻呂）にちなんでこう命名されたらしい。さらには「出世と引き替えに女の幸せを捨てた」という陰口まで叩かれているが、こう見えてもちゃんと化粧はするし、ファッションにも気をつかっているつもり。たとえば、冒頭のいでたちは、「キートンの黒の上下にバレンシアガのバッグ。ＩＷＣの腕時計をはめ、靴は八センチヒールのクリスチャンルブタン」。ただし、ブラウスは地元の押上商店街で買った一九八〇円の安物——というあたりに、彩香の残念っぷりが如実にあらわれている。

ある金曜の午後、そんな彩香に、警視庁刑事部長の野呂警視監から特命が下る。いわく、「渋谷で銀行立てこもり事件が発生している。至急現場に向かい、指揮を執ってくれ」

捜査二課の彩香にとってはまったく畑違いの事件だが、当の犯人が、現場の指揮および交渉を郷間警部補に担当させろと名指しで要求してきたのだという。彩香にとって、野呂刑事部長は、刑事だった父の親友であり、幼い頃から家族同然に世話になってきた相手。「彩ちゃん、申し訳ないが頼まれてくれないか」と懇願されてこの任務を引き受けた彩香は、青天の霹靂《へきれき》に困惑しながらも、事件が起きた新世界銀行渋谷支店へと急行する……。

立てこもりの現場は、日本一有名なスポット、渋谷駅ハチ公像前のスクランブル交差点からほんの五十メートル北にある老舗百貨店の一階。作中では総武渋谷店A館となってますが、現実だと、西武渋谷店A館がある場所ですね。このあたり一帯は、W杯ブラジル大会の日本戦などに際して、交通規制がかけられたことでも有名。本書でも、事件を受けて現場付近が封鎖され、規制ラインの向こうでは野次馬がすさまじい人だかりをつくっている。こんな衆人環視の繁華街にある銀行に立てこもって、犯人はいったいどうするつもりなのか？

現場には、警視庁刑事部捜査一課特殊犯捜査係（SIT）が重装備で待機しているのみならず、警視庁特殊急襲部隊（SAT）の狙撃手までやってくる。しかし、彩香が到着しても、犯人からの要求は一向にない。それどころか、連絡さえとれないまま、時間だけが過ぎてゆく。彩香はいったいなぜ犯人に指名されたのか？　はたしてこの事件はどう決着するのか？

……とまあ、こんなユニークな設定と謎で幕を開ける本書、『警視庁捜査二課・郷間彩香特命指揮官』は、第12回『このミステリーがすごい！』大賞を受賞した、梶永正史のデビュ

1作にあたる（応募時のタイトルは「真相を暴くための面倒な手続き」）。選考会の席上でも、満遍なくポイントを集め、順当に受賞を決めた（八木圭一『一千兆円の身代金』と同時受賞）。茶木則雄氏の選評にいわく、

警察捜査の常識をことごとく打ち破る、逆転の発想に驚嘆した。白昼の渋谷で発生した銀行立てこもり事件。通常、経済事犯を扱う捜査二課の女性刑事が、立てこもり現場の陣頭に立つことなど有り得ない。それも〝電卓女〟を自称する三十路の一警部補が、警視庁捜査一課特殊犯係のSIT精鋭を指揮することなど、絶対に有り得ない。しかも進行中の現場に、警察庁のキャリアが単独で介入するなど、百二十パーセント有り得ない。さらにこのイケメン警視長が、特殊部隊SATの狙撃手を〝一名だけ〟引き連れてくるなど、警察捜査の常道と指揮系統を考えれば、二百パーセント有り得ない。もう、破天荒も破天荒、無茶苦茶な設定である。

ところが作者は、この破天荒な設定に、警察関連の豊かなディテールと様々なエクスキューズを加えることによって、あっても不思議ではないリアリティと説得力を構築しているのだ。脱帽である。事件の背景となる秘密組織の存在に違和感を覚えたが、警察ミステリーの常識を覆す発想の数々は、称賛に値する。何より、女性刑事の軽妙なキャラクターが魅力的だ。この〝電卓女〟の圧倒的存在感に、拍手喝采を贈りたい。

他の三人の選考委員の評価もほぼ同じ。一部を抜粋して引用すると――
「すぐにでも映像化されそうな（エンターテインメントとしての）もてなしのよさがポイント。（中略）舞台設定もキャラクター設定もすばらしい。お約束の展開も、それなりにきれいに決まっている」（大森望）
「序盤から軽快に読ませ、後半にも思いも寄らない展開が待っていた。笑いのセンスもあるし、商品性高し」（香山二三郎）
「ヒロインの警部補キャラと意表をつく展開がよく、くいくいと読ませる。いささかコミカルがすぎるノーテンキな場面があったり、真相となる『悪』や『組織』の取り扱いがやや陳腐だったりするものの、伏線や仕掛けを含め、全体にわたって娯楽性が発揮されている」（吉野仁）
これらの選評からもわかるとおり、いちばんの評価ポイントは、ヒロイン、郷間彩香のキャラクターにある（逆に、マイナス点をつけられている敵側の組織の設定に関しては、単行本化に関して全面的に修正されているのでご心配なく）。
このところ、警察ミステリーの世界では、『謎解きはディナーのあとで』シリーズの大ヒットでおなじみになった警視庁国立署のお嬢様刑事・宝生麗子（東川篤哉）を筆頭に、女性捜査官が大人気。思いつくままに名前を挙げても、戦力外捜査官・海月千波（似鳥鶏）、ドS刑事・黒井マヤ（七尾与史）、女性秘匿捜査官・原麻希（吉川英梨）、警視庁墨田署刑事課特命担当・一柳美結（沢村鐵）、組織犯罪対策課・八神瑛子（深町秋生）、警視庁捜査一課殺人犯捜査十係姫川班主任・姫川玲子（誉田哲也）、行動心理捜査官・楯岡絵麻（佐藤青南）、子連れ刑事・マルコーこと丸岡高子（秦建日子）、メイド刑事・若槻葵（早見裕司）……と、両手の指を合わせてもすぐに足りなくなる（括弧内は作者名です）。いまや女性刑事ものはエンターテインメント小説最大の激戦区といってもいいくらいだが、われらが〝電卓女〟こと郷間彩香は、その中にあって、ひときわ輝く個性を持つ。

ちなみに、インタビューによると、著者の梶永正史は、執筆時に頭の中で実在の俳優をキャスティングするんだそうで、郷間彩香は小西真奈美、吉田警視長は竹野内豊のイメージで書いたという。うーん、小西真奈美よりは麻生久美子か竹内結子じゃない？　年齢的には深田恭子でもいいような……とか個人的には思うわけですが、いずれにしても、まさにテレビドラマを見ているようなリーダビリティの高さには、この執筆スタイルも寄与しているのかもしれない。

本書の持ち味は、こうしたキャラクターの魅力と、ユーモラスな文体、スピード感あふれる展開にある。それともうひとつ、重要なポイントが、後半の鮮やかなどんでん返しだが、これについては、解説でくだくだしく書かないほうがいいだろう。この種の劇場型の大事件は、事件を起こすよりもうまく畳むほうがはるかにむずかしいが、その点、本書は（B級っぽい書きっぷりにもかかわらず）細部まで非常にうまく考えられていて、気持ちよく読み終えることができる。

本書で颯爽《さっそう》とデビューを飾った梶永正史は、一九六九年、山口県長門市生まれ。山口県立美祢工業高等学校を卒業。コンピューター企業に勤務するかたわら、「三〇代最後の初詣で、これまでなにも成し遂げたことがなかったことに焦りを感じて」小説を書きはじめ、書き上げた長編を『このミステリーがすごい！』大賞に投稿。第9回から連続して応募をつづけ、四作目にしてついに大賞の栄冠を射止めた。小説の舞台となる渋谷には、勤務先の会社があるらしい。自宅は神奈川県横浜市。片道約二時間の通勤時間を利用して、スマートフォンで原稿を入力したという。

なお、現在は、本書の続編にあたる、《警視庁捜査二課・郷間彩香》シリーズの第二弾、『ガバナンスの死角』（仮題）を執筆中。主任代理から主任に昇進した彩香が、捜査二課本来の知能犯罪に挑む。二〇一五年中には刊行予定とのこと。警察小説界のニュー・ヒロイン、郷間彩香の今後の活躍に期待したい。

二〇一四年十二月

本作品は、2014年1月に小社より刊行した『警視庁捜査二課・郷間彩香　特命指揮官』を加筆修正したものです。この作品はフィクションです。もし同一の名称があった場合も、実在する人物、団体等とは一切関係ありません。

宝島社文庫

警視庁捜査二課・郷間彩香　特命指揮官
(けいしちょうそうさにか・ごうまあやか　とくめいしきかん)

2015年1月22日　第1刷発行
2024年12月20日　第7刷発行

著　者　梶永正史
発行人　関川 誠
発行所　株式会社 宝島社
〒102-8388　東京都千代田区一番町25番地
電話：営業 03(3234)4621／編集 03(3239)0599
https://tkj.jp

印刷・製本　中央精版印刷株式会社

First published 2014 by Takarajimasha, Inc.
ISBN 978-4-8002-3638-8